Ennemie intime

Christine Drews

Ennemie intime

ROMAN

Traduit de l'allemand
par Dominique Autrand

Albin Michel

COLLECTION « SPÉCIAL SUSPENSE »

Édition originale allemande parue sous le titre :
SCHATTENFREUNDIN
chez Bastei Lübbe à Cologne en 2013

Pour Axel

Prologue

ELLE SE SÉCHA FIÉVREUSEMENT LES MAINS et regarda l'heure. Tout son planning était chamboulé. Le cours de musique commençait dans une demi-heure. Avant, il fallait encore qu'elle aille au supermarché, sinon il n'y aurait rien pour le dîner ce soir. Et il n'y avait rien de pire que le regard déçu d'un enfant affamé qui s'est réjoui toute la journée à la perspective du hamburger qu'on lui a promis et doit finalement se contenter d'une soupe. Il fallait qu'elle se dépêche.

Elle ferma les yeux. Mais qu'est-ce qui lui prenait tout à coup ? Les courses... Le hamburger... Où avait-elle la tête ? Elle avait une tâche beaucoup plus importante à accomplir. Il ne fallait surtout pas qu'il s'échappe...

Elle ouvrit doucement la porte et glissa un œil dans la pièce attenante. La BO du Livre de la jungle *passait en boucle sur le lecteur de CD. Parfait. Elle traversa le séjour et ouvrit la porte de la terrasse. Là aussi, tout était normal.*

Personne ne devait se douter de rien. En aucun cas.

Au moment précis où elle se retournait, elle entendit une mélodie. Un son lointain, étouffé. Elle s'arrêta, pétrifiée. Elle connaissait cet air-là, et elle savait très bien d'où il venait. D'un téléphone portable. Elle devait l'avoir oublié dans la poche du cadavre.

Il fallait espérer que la batterie serait bientôt déchargée.

1

Quatre semaines plus tôt

« TU RÉUSSIRAS à être rentré pour le dîner ? » demanda Katrin tandis qu'elle terminait de se maquiller.

Thomas lui déposa un baiser sur la joue. « Je pense que non. Je vais passer toute la journée en rendez-vous, et ensuite il faut encore que je prépare un exposé pour demain. Je risque d'arriver tard. Désolé. »

Comme d'habitude, songea Katrin qui se contenta de hocher la tête, résignée.

Depuis qu'ils avaient déménagé à Münster, Thomas travaillait encore plus qu'avant. Cela tenait à la nature de son nouveau boulot, pour lequel ils avaient dû quitter Cologne. Son entreprise, spécialisée dans la fabrication d'appareils de réfrigération, était en pleine expansion, si bien que Thomas ne savait plus où donner de la tête et rentrait la plupart du temps tard le soir. Katrin avait parfois l'impression qu'il était ravi quand il pouvait rester au bureau. C'était une manière d'échapper au chaos qui régnait à la maison. Il y avait encore dans toutes les pièces des tas de caisses qui attendaient d'être vidées. Dans la chambre à coucher, on ne voyait à peu près rien du joli papier peint d'un beau rouge sombre censé contraster avec le blanc des meubles : les cartons s'empilaient devant le mur.

Tout le déménagement reposait sur Katrin. Or depuis une semaine elle s'était remise à travailler, elle aussi, et puis il y avait Leo. Il venait justement de surgir, comme sur un coup de baguette magique, un ballon multicolore dans les mains.

« Papa, on joue ! » cria-t-il, radieux, en brandissant bien haut le ballon en tissu.

Thomas le prit sur son bras et l'embrassa. « Je ne peux pas, mon chéri, dit-il en le serrant contre lui. Papa doit aller travailler. »

Leo fit la grimace et se mit à pleurer. « Papa, on joue !

– Allons, mon ange, tu vas aller au jardin d'enfants et là tu pourras jouer comme un petit fou ! » Il caressa les cheveux d'un blond presque blanc et déposa un gros baiser sur la joue de son fils. « Ce soir, c'est moi qui te mets au lit, d'accord ? »

Leo se mit à pleurer encore plus fort. Puis, aussi soudainement qu'il avait commencé, il se calma. « Maman, on joue au foot ? » demanda-t-il en regardant sa mère avec de grands yeux encore remplis de larmes.

Katrin ne put s'empêcher de rire. Elle tapota du doigt le petit nez retroussé et secoua la tête. Ce n'était vraiment pas le moment de jouer au foot. « Il faut qu'on soit au jardin d'enfants pour neuf heures, sinon on va se faire enguirlander. »

Tandis que Thomas s'en allait, elle alla chercher les vêtements de Leo. Depuis des jours, il ne voulait mettre que son T-shirt *Sesame Street*, et aujourd'hui encore elle renonça à lutter, bien que le T-shirt soit déjà plein de taches. Le temps qu'elle lui prépare une tartine de confiture, il était presque neuf heures.

« En retard, une fois de plus », grommela-t-elle en préparant à la hâte ses propres affaires. Elle prit un sac de sport et un grand sac en plastique qui contenait quelques vêtements qu'elle ne mettait plus. Elle les apporterait chez ses parents après son travail. Sa mère était bénévole à la paroisse, où il y avait une collecte de vêtements. Tous les dons étaient les bienvenus.

À présent, il fallait d'abord filer au jardin d'enfants, puis au cabinet. Son premier patient avait rendez-vous à neuf heures et demie. Ensuite, les courses, aller chercher Leo et passer chez les parents. Pas question d'y rester trop longtemps, elle avait bien l'intention de vider au moins une caisse aujourd'hui. Katrin soupira. Une longue journée stressante en perspective.

Dix minutes plus tard, elle entrait dans le parking du jardin d'enfants. Elle sentit aussitôt la contrariété monter en elle : un petit groupe de mères s'était planté sur la seule place libre pour bavarder. Ne faisant ni une ni deux, elle gara sa Nissan noire sur l'emplacement réservé aux pompiers et descendit de la voiture.

« C'est interdit de se garer là, dit une des mères d'un ton sévère.

– Je repars dans une seconde », répondit Katrin avec mauvaise conscience, sans regarder la femme.

À l'instant même arrivait un autre véhicule, une BMW – un gros modèle, noir et coûteux. Comme l'avait fait Katrin, la conductrice jeta un regard assassin au groupe de mères qui papotaient au milieu du chemin. Elle baissa sa vitre.

« Vous pourriez peut-être libérer le parking et aller poursuivre votre conversation ailleurs. Merci. »

Sans attendre la réponse, la femme remonta sa vitre et mit son clignotant. Les mères grommelèrent quelque chose du genre « Elle manque pas de toupet, celle-là ! » et « D'où elle sort ? » et obtempérèrent sans trop se presser. La femme gara sa BMW noire, en descendit et détacha son fils du siège-auto.

Katrin avait observé la scène du coin de l'œil avant d'ouvrir la portière du côté du passager pour prendre le sac de Leo. La femme qui sortait son petit garçon de la voiture lui fut d'emblée sympathique. Ses cheveux noirs relevés dégageaient un joli visage rond. Elle avait peut-être quelques kilos de trop, estima Katrin, mais ça lui allait plutôt bien. Elle portait un pantalon noir et un chemisier blanc avec des motifs cachemire gris négligemment boutonné sous la naissance des seins. Maquillage léger. Ce qu'on remarquait le plus, c'étaient ses boucles d'oreilles en forme de fraises, d'un rouge flashy, assorti à son rouge à lèvres.

Katrin sortit Leo de la voiture. Il se précipita aussitôt vers l'autre petit garçon. « Ben, Ben ! On joue au foot ? »

Le petit Ben aux cheveux bruns était partant et ils coururent ensemble vers le jardin d'enfants.

« Je ne savais pas que Leo s'était déjà fait un ami », dit Katrin en se dirigeant vers l'autre femme, la main tendue.

« Bonjour, je m'appelle Katrin Ortrup. Nos fils ont l'air de bien s'entendre.

– Bonjour, moi, c'est Tanja Weiler. Oui, Ben m'a déjà beaucoup parlé de Leo. Je suis vraiment contente qu'ils soient devenus copains, tous les deux. Nous sommes des nouveaux venus ici. »

Katrin la regarda, surprise. « Nous aussi ! Nous sommes arrivés il y a quelques semaines. J'ai passé mon enfance à Münster, mais j'en suis partie dès la fin de mes études.

– C'est comme nous, dit Tanja. Déménager avec des enfants, c'est plutôt stressant, vous ne trouvez pas ? Chez nous, la moitié des cartons sont encore pleins.

– Chez nous, c'est pareil », dit Katrin en riant.

Elles marchèrent ensemble vers le jardin d'enfants pour dire au revoir à leurs fils.

Quelques instants plus tard, elles étaient de retour sur le parking.

« Au coin de la rue, là-bas, il y a un terrain de jeu, dit Tanja Weiler avant de monter dans sa voiture. Nous pourrions emmener les enfants y jouer, si ça te dit – oh, tu permets que je te tutoie, n'est-ce pas ?

– Bien sûr, dit Katrin avec un grand sourire. D'accord, allons ensemble au terrain de jeu. Le beau temps devrait se maintenir. » Elle leva les yeux vers le ciel bleu, parsemé de rares nuages blancs. « Pour l'instant, malheureusement, je ne peux pas, soupira-t-elle, mais dans quelques jours j'espère que la situation aura changé, et surtout que j'y verrai un peu plus clair.

– De toute façon on se retrouvera ici, au jardin d'enfants, dit Tanja. Il sera toujours temps de convenir de quelque chose. »

Katrin acquiesça et la regarda s'éloigner. Elle se mit elle-même en route, rassérénée. Leo avait trouvé un ami, c'était super. La mère de Ben paraissait vraiment cool, et gentille avec ça, pas une de ces caricatures de mère avec qui on ne peut parler que de l'art de nourrir son bébé et du danger de la télévision pour les jeunes enfants. Une mère de ce genre lui avait fait un jour des reproches virulents, parce que Leo allait s'abîmer le cerveau en regardant tous les soirs quelques minutes de dessins animés. Comme si ça allait lui déclencher automatiquement un cancer ! Katrin ne pouvait pas supporter ces donneuses de leçons qui savaient tout mieux que tout le monde.

L'impression que lui avait faite Tanja était d'autant plus positive. Elle se promit de se dégager un petit peu de temps libre dans les prochains jours et de fixer un rendez-vous avec elle, afin que les enfants puissent jouer ensemble et les mères faire plus ample connaissance.

Ses pas ralentirent automatiquement quand elle eut quitté le chemin et se fut engagée dans le sous-bois. Elle ne pouvait s'empêcher de songer à la confiance qui avait régné entre elles et à la chose horrible qui les liait. Emplie d'une profonde tristesse, elle effleurait de la main les broussailles, pleurant sur son amie perdue.

À quoi pensait-elle, la dernière fois qu'elle avait emprunté ce chemin ? Qu'éprouvait-elle ? Elle avait vécu ici les dernières minutes de sa vie, respiré pour la dernière fois l'air pur, entendu pour la dernière fois le pépiement des oiseaux de la forêt et le bruit de ses pas sur le sentier.

Mais avait-elle vraiment conscience de tout cela ? Ou bien ne percevait-elle que le contact de la corde qu'elle tenait dans ses mains et avec laquelle elle allait faire quelques instants plus tard le nœud coulant qui lui couperait le souffle à jamais ?

À quoi pensait un être humain quand il arrivait sur les lieux où il s'apprêtait à mourir ?

Elle ne le savait pas.

À présent, elle se tenait sous l'arbre et levait les yeux vers la branche où son amie était demeurée pendue plus de six semaines avant qu'un chasseur ne trouve ce qui restait d'elle. Un squelette en jeans et corsage blanc.

La jeune femme n'avait manqué à personne. Personne ne s'était rendu compte de sa souffrance, de sa révolte contre la vie qui était la sienne, contre son destin, contre sa faute. Elle était la seule à l'avoir remarqué et elle avait tout tenté pour sauver son amie.

Mais elle n'y était pas parvenue.

Accablée, elle s'assit au pied de l'arbre, regardant fixement le sol de la forêt devant elle. Elle prit une poignée d'humus et, perdue dans ses pensées, fit ruisseler la terre entre ses doigts.

Soudain elle sursauta.

À moins d'un mètre d'elle, par terre, un point brillant, quelque chose de blanc qui se détachait sur le fond sombre. Devinant aussitôt ce que c'était, elle se leva et se mit à gratter précautionneusement le sol du bout des doigts.

Quelques secondes plus tard, elle tenait le fragment dans sa main.

« Les flics ne t'ont pas trouvé », murmura-t-elle. Elle retourna s'asseoir au pied de l'arbre et caressa avec douceur le petit reste blanc et poli.

« Le moment est venu. Cette fois il va payer. »

Il était trois heures passées quand Katrin prit congé de son dernier patient. Elle aimait son métier de physiothérapeute, mais c'était un travail épuisant. Les exercices qu'on faisait faire aux patients exigeaient beaucoup d'énergie. Katrin n'avait pas besoin de faire du sport. Grâce à son métier elle se sentait solide et bien entraînée.

Elle n'avait pas le temps de se changer, aussi était-elle encore en jogging blanc quand elle monta dans sa voiture. Avant de démarrer, elle peigna ses cheveux blonds qui lui arrivaient aux épaules et refit sa queue-de-cheval. Il ne restait plus grand-chose de son maquillage, constata-t-elle en se regardant dans le rétroviseur. Elle essuya avec un mouchoir en papier les traces noires sous ses yeux et se promit que la prochaine fois elle s'achèterait un mascara waterproof.

Le trajet de son cabinet au jardin d'enfants la faisait passer devant son ancien lycée. Rien n'avait changé : l'imposant édifice de brique rouge était toujours aussi peu attirant qu'autrefois. Des ados moroses erraient dans la cour, quelques-uns fumant une cigarette, la plupart pianotant sur leur téléphone portable. Elle se revit malgré elle dans cette même cour, au milieu de ses camarades de classe. Sans portable, mais ils fumaient aussi, à l'époque, et la tenue vestimentaire n'avait pas tellement changé non plus. À la fin des années quatre-vingt, Katrin portait elle aussi des leggings.

Le désenchantement l'envahit. Ce n'était pas l'idée de ce passé irrémédiablement révolu, mais le fait de se retrouver dans cet endroit qu'elle avait tellement voulu fuir, et pour toujours. Münster était certes une belle ville, pas trop grande mais très animée, pourtant dans sa jeunesse Katrin s'était toujours sentie à l'étroit ici, cette ville de fonctionnaires lui paraissait incroyablement étriquée et petite-bourgeoise. Comme sa famille y était installée depuis des générations, tout le monde la connaissait, ou presque. Combien de fois n'avait-elle pas aspiré à un peu plus d'anonymat... À Cologne, c'était complètement différent. Déménager dans cette grande ville lui était apparu comme une vraie libération. L'enfant unique et trop couvée qu'elle était pouvait enfin vivre à sa guise.

Depuis qu'elle avait Leo, elle comprenait mieux l'attitude exagérément protectrice de sa propre mère, mais aujourd'hui encore certaines choses continuaient à lui paraître absurdes. Adolescente, Katrin n'avait pas le droit de porter des jupes au-dessus du genou. Ç'aurait été une provocation à l'égard des hommes et elle se serait mise en danger, paraît-il. Comme si la vue d'un genou de femme faisait de tout homme un violeur ! Avant l'âge de seize ans, elle ne pouvait pas non plus sortir le soir, et même ensuite, il fallait qu'elle soit rentrée à la maison à vingt-deux heures pile. Elle s'était parfois sentie carrément enfermée.

Oui, bien des choses de son enfance lui demeuraient incompréhensibles. Pourquoi fallait-il par exemple que toute la famille soit habillée de pied en cap pour venir prendre son petit déjeuner ? Même le samedi et le dimanche, sa mère n'aurait pas toléré que Katrin se pointe dans la cuisine en pyjama ou en peignoir. Si bien qu'aujourd'hui, elle n'avait pas de plus grand plaisir que de démarrer le week-end tout en douceur. Leo venait les rejoindre, elle et Thomas, dans leur lit, il tétait son biberon entre son papa et sa maman tandis qu'ils sirotaient leur premier petit café.

Katrin passa devant *L'Exil*, la discothèque où, à partir de dix-huit ans, elle avait passé des nuits et des nuits à danser. Qu'étaient devenus ses camarades de cette époque-là ? La plupart étaient partis comme elle dans d'autres villes pour étudier. Quelques-uns étaient restés à Münster. Elle se demanda un instant si elle chercherait à reprendre contact avec eux, mais opta très vite pour la négative. Que pourrait-on bien se raconter quand on ne s'est pas vus pendant près de quinze ans ? Non, mieux valait se constituer un nouveau cercle d'amis et peut-être l'inaugurer avec cette Tanja…

Elle était éreintée quand elle arriva chez ses parents avec Leo. En traversant le grand jardin devant la maison, elle poussa un profond soupir. Tout était parfait : le gazon tondu, les arbres élagués, les fleurs des massifs soigneusement assorties. C'était typique de sa mère. L'image qu'on affichait vis-à-vis de l'extérieur était essentielle. La grande maison individuelle au toit inégalement pentu et à la façade crème remplissait très bien cette fonction : elle donnait une impression de froideur et de distance, et suggérait aussi que ceux qui habitaient là jouissaient d'une certaine aisance. Non, décidément, se dit Katrin une fois de plus, ce n'est pas mon style. Je ne voudrais pas vivre comme ça. Ma maison pleine de bazar, avec ces cartons de déménagement dans tous les coins, je m'y sens beaucoup mieux.

Sa mère, qui venait juste de rentrer, était en train de faire du café. Leo courut dans le jardin pour aller jouer avec Lizzie, que son père avait trouvée à moitié morte dans une poubelle plus de dix ans auparavant et que, à force de soins, il avait remise sur pied. Depuis lors, la chatte et lui étaient inséparables. La mère de Katrin devait batailler dur pour obtenir qu'au moins le chat soit banni de la chambre à coucher.

« Regarde voir si elle est revenue ! » cria sa mère à Leo. Puis, s'adressant à Katrin : « Ça fait plusieurs jours qu'on ne l'a pas vue, cette vieille coureuse. Ton père est très inquiet, tu le connais.

– Où est-il, papa, au fait ? demanda Katrin.

– Il n'a pas fini sa sieste. Mais il ne va pas tarder à descendre. » Elle posa les tasses à thé sur la table. « Tu as l'air crevée, ma fille », dit-elle d'un ton de reproche.

Katrin haussa les sourcils. Ça m'aurait étonnée, songea-t-elle. Sa mère, comme d'habitude, était tirée à quatre épingles : cheveux blond-gris coupés en carré, twin-set bleu marine, pantalon beige, ongles vernis de frais, chaînette en or du meilleur goût.

« Merci pour le compliment, maman, répondit-elle d'une voix lasse en tendant à sa mère le sac en plastique.

– Ah, pour la collecte de vêtements. Parfait. Et à part ça ? Les cartons sont enfin vidés ?

– Pas complètement.

– Tu as besoin d'aide ? »

Katrin secoua la tête. « Non, non, pas du tout. »

Sa mère était d'une curiosité redoutable, elle fouillerait sans vergogne dans les affaires qui ne lui appartenaient pas, tandis que son père ne manquerait pas de laisser tomber une assiette sur deux.

« Pourtant je vois bien que tu es débordée. »

C'est bien d'elle, songea Katrin. Elle ne se souvenait pas d'une seule occasion où sa mère l'aurait encouragée. Tout ce qu'elle savait dire, c'était : Katrin ne s'en sort pas.

« Je vais aller réveiller papa, dit Katrin, espérant par là clore le sujet.

– Pas la peine », dit la voix de son père, dans son dos.

Katrin se retourna. Elle le vit descendre l'escalier, pâle et les traits tirés. Il avait l'air vraiment malade.

« Ça va, papa ? demanda-t-elle.

– Mais oui, bien sûr. Juste un peu faiblard côté tension. Mais rien de bien méchant. »

Katrin l'observa, soucieuse. Son père, à soixante et onze ans, avait toujours été en bonne santé. Pourtant, depuis quelques mois, il lui arrivait parfois de ne pas se sentir en grande forme, et elle espérait que ce n'était pas mauvais signe. Elle avait toujours eu un lien particulier avec lui. Comme il s'était tenu complètement à l'écart de son éducation, il représentait pour elle un recours toutes les fois où elle se disputait avec sa mère. C'était lui qui la réconfortait, lui qui la comprenait.

Un cri la tira de ses pensées. Il venait du jardin. Leo !

Elle se précipita dehors. Il avait dû tomber, se couronner le genou. Pourvu qu'il ne se soit rien cassé.

Katrin s'attendait à tout mais le spectacle qui s'offrit à elle était si horrible qu'elle faillit s'évanouir. Elle pressa sa main contre sa bouche pour ne pas vomir.

Charlotte Schneidmann repoussa précautionneusement la couverture. Elle s'en voulait de s'être endormie.

Comment s'appelait-il, déjà ? Bernd, Bernard ou Bernhard ? Elle ne savait plus. Et ne voulait pas savoir. Jamais, pas même en rêve, elle ne reverrait cet homme, à plus forte raison ne coucherait de nouveau avec lui.

Elle se leva tout doucement pour ne pas le réveiller, ramassa ses vêtements éparpillés sur le parquet et se faufila jusqu'à la salle de bains. Elle s'habilla en vitesse et quitta l'appartement, sans un regard pour ce Bernd ou Dieu sait comment il s'appelait. Dans l'ascenseur, elle s'adossa à la cloison et poussa un soupir. Ç'avait été une folle soirée, et une nuit encore plus folle. Et pourtant. Ça ne l'empêchait pas de se casser en douce. Pourquoi, en fait ? L'homme avec lequel elle avait fait l'amour sans retenue paraissait bien sous tous rapports et elle l'avait tout de suite trouvé sympathique.

C'est un peu minable de ma part, songea-t-elle, penaude, alors qu'elle sortait de l'immeuble et se hâtait vers la station de taxis toute proche.

« Sebastianstrasse, 15 », dit-elle au chauffeur en s'affalant sur la banquette arrière.

Tandis que le taxi traversait Münster encore endormie, Charlotte repensa à la soirée. Un sourire lui monta aux lèvres. Ce Bernd avait su exactement comment la caresser, à quels endroits précis, il l'avait fait jouir comme ça ne lui était plus arrivé depuis longtemps. Et dès le début, avant même qu'ils ne se retrouvent dans son appartement, il s'était conduit comme un gentleman accompli. Quand il l'avait abordée au *Sixpack*, il s'était révélé un interlocuteur passionnant, intelligent et drôle, ils avaient beaucoup parlé ensemble et elle ne s'était pas ennuyée une seconde. Il lui plaisait. Beaucoup trop. Ça pouvait devenir dangereux.

« Que peut-il bien y avoir de dangereux dans le fait de tomber amoureuse ? » lui avait récemment demandé sa sœur Ina au téléphone. De son point de vue, elle avait raison, évidemment. Mais Charlotte ne voulait pas tomber amoureuse. Elle ne voulait pas de relation sérieuse ni de famille. Pas comme Ina, mariée depuis douze ans et qui avait quatre enfants. Quatre frères et sœurs... Exactement comme nous autrefois, songea Charlotte. Philipp, Ina, Stefan et elle – une sacrée bande de galopins ! Stefan avait toujours été très proche d'elle, elle jouait aux Lego pendant des heures avec son petit frère et la nuit, quand il faisait un cauchemar, c'était toujours dans son lit qu'il venait. Il se blottissait dans ses bras et il restait là, tout tranquille, on aurait entendu une mouche voler.

Charlotte le serrait bien fort contre elle. « Tout va bien, mon petit chat », lui murmurait-elle et ils se rendormaient tous les deux... Elle sentit son estomac se contracter d'un coup. Chaque fois, c'était la même douleur poignante quand elle pensait à Stefan et que le souvenir lui revenait. L'eau avait pourtant coulé sous les ponts depuis ces terribles événements...

À cette époque le monde tournait encore rond, enfin, plus ou moins. Parfois la petite Ina venait les rejoindre aussi et il n'y avait vraiment pas assez de place pour eux trois dans le lit de Charlotte. Elle esquissa un sourire.

Et maintenant, Ina elle-même avait une tripotée d'enfants, et ils voulaient certainement tous la rejoindre dans son lit.

Non, merci. Charlotte scruta la nuit à travers la vitre du taxi. Le comportement d'Ina lui paraissait parfois carrément idiot. Chercher à revivre son enfance gâchée, mais cette fois dans un monde sain et protégé... Non, ce n'était pas le moyen qu'elle choisirait, elle, pour se réconcilier avec son passé.

Arrivée à la maison, elle prit une douche bien chaude et se prépara du café. Il était à peine cinq heures mais elle savait que sa nuit était terminée. De toute façon, il fallait se lever dans deux heures, alors inutile d'aller se recoucher.

Ses cheveux bruns coupés court étaient presque secs quand elle enfila son peignoir à carreaux noirs et blancs pour aller à la boîte aux lettres chercher le journal. On était vendredi, donc au seuil du week-end. Le moment où l'on pouvait enfin sortir et s'amuser tout son soûl, songea-t-elle. Mais c'était justement ce qu'elle venait de faire. Ces derniers temps, elle sortait de plus en plus souvent dès le jeudi soir. Comme elle ne buvait pas d'alcool, les nuits comme celle-là ne laissaient aucune trace. Elle n'avait jamais eu besoin de beaucoup de sommeil, quatre ou cinq heures lui suffisaient amplement. Sinon, elle n'aurait pas pu se livrer à ce genre de fantaisie. Pour Charlotte, il fallait être en forme au boulot, ça ne se discutait même pas.

Depuis qu'elle était entrée dans la police criminelle de Münster, à la fin de ses études de psychologie, elle n'avait pas manqué un seul jour. Même si elle adorait les sorties et la vie nocturne – c'était la discipline avant tout. Elle n'avait jamais fumé, ni bu, si bien qu'on n'aurait pas dit qu'elle approchait des quarante ans. Beaucoup de gens lui en donnaient à peine trente, sinon moins, ce qui la flattait, naturellement, et la plupart du temps elle ne les détrompait pas. Personne n'aurait imaginé qu'elle avait trente-neuf ans.

« Pourquoi est-ce que tu passes toutes ces nuits blanches ? lui avait souvent demandé sa sœur. On croirait vraiment que c'est un problème pour toi de rester seule.

– Mais non, pas du tout », répondait chaque fois Charlotte, pourtant elle savait bien que le reproche n'était pas tout à fait infondé. Il y avait des jours où elle se sentait vraiment seule et où elle était mieux dans un bar ou une boîte quelconque plutôt que chez elle. Et en même temps elle ne voulait ni liaison durable ni famille. C'était assez contradictoire mais elle s'en arrangeait très bien.

Charlotte se resservit une tasse de café et s'assit à la table de la cuisine. Son plateau en bois brut s'accordait mal avec la cuisine intégrée blanche, mais elle s'en fichait. Tout l'appartement était aménagé de façon spartiate et sans aucun souci d'harmonie. Charlotte trouvait superflu de dépenser de l'argent en meubles. D'ailleurs elle était rarement chez elle.

Elle ouvrit le journal et commença comme d'habitude par la nécrologie. Ses parents et ses grands-parents avaient toujours fait de même, lisant à voix haute qui était mort et à quel âge.

« La classe trente, y en a de moins en moins », avait coutume de dire son grand-père. Charlotte avait encore cette phrase dans l'oreille. Quand son grand-père avait fini par mourir au terme d'une longue et terrible maladie, âgé de soixante-trois ans seulement, c'était le seul décès de la classe 1930 dans le journal. Aujourd'hui, il n'y en avait aucun.

Charlotte feuilleta les pages régionales, se contentant de survoler les gros titres. On mentionnait un accident de la circulation avec deux blessés graves, la prochaine restauration de la maison natale de la grande poétesse du XIXe, Annette von Droste-Hülshoff, et puis il y avait ce type qui maltraitait les animaux et qui s'était remis à sévir.

Charlotte tourna la page. « Incroyable le nombre de malades mentaux qui se baladent dans les rues par les temps qui courent », soupira-t-elle…

2

« DEPUIS L'HISTOIRE AVEC LIZZIE, il est complètement perturbé », dit Katrin. Elle observait Leo, assis dans le bac à sable à côté de Ben, silencieux et prostré.

Tanja la regarda avec de grands yeux. « Lizzie ?

– Excuse-moi. Le chat de mon père s'appelait comme ça », expliqua Katrin avec un sourire las.

Tanja opina d'un air compatissant. Katrin lui avait déjà raconté l'horrible incident et comment Leo, depuis, avait du mal à s'endormir et faisait des cauchemars toutes les nuits. Elles ne se connaissaient que depuis une semaine mais Katrin s'était tout de suite sentie en confiance avec Tanja et ça lui faisait un bien fou de pouvoir s'épancher et raconter ce qu'elle avait sur le cœur.

« Le pauvre gamin, dit Tanja. S'il arrivait à Ben un truc de ce genre… Je ne sais pas de quoi je serais capable. Je rechercherais ce cloporte sans attendre les flics et je te lui filerais une de ces corrections, il ne saurait même plus comment il s'appelle ! »

Katrin haussa les épaules. « Moi j'en serais incapable. La police pense qu'il est vain de vouloir retrouver ce type », ajouta-t-elle, résignée. « Il paraît qu'ici, il y a sans arrêt des sévices commis contre les animaux.

– C'est affreux. » Tanja soupira. « Et quelle explication as-tu donnée à Leo ?

– Je lui ai dit que ce morceau de viande sanguinolente venait d'une poubelle. Que quelqu'un l'avait jeté dans le jardin. Que Lizzie avait sans doute fait une fugue et qu'elle réapparaîtrait bientôt. Et puis je me suis dépêchée de prendre la voiture et de le ramener à la maison, même si j'aurais préféré ne pas laisser mes parents seuls. Mon père a été très éprouvé par cette histoire, ajouta Katrin. Il tenait à ce chat. J'ai cru qu'il allait faire un infarctus tellement ça l'a choqué.

– Et maintenant, comment il va ? demanda Tanja. Mal ? » Elle s'éclaircit la gorge. « Excuse-moi. Je veux dire : j'espère que ça va déjà mieux. »

Katrin opina. « Il faut tout de même qu'il continue à prendre un tranquillisant. » Elle soupira. « Je n'ai jamais vu mon père comme ça. Jusque-là il était toujours de bonne humeur et plein d'entrain. Je me fais beaucoup de souci pour lui. Mais que peut-on y faire…, ajouta-t-elle d'un ton désolé. Quand on atteint notre âge, les parents ne sont plus de la première jeunesse non plus.

– Et c'est là que les vrais soucis commencent », renchérit Tanja. Elle posa sur Katrin un regard interrogateur. « Ça va, toi ? Tu es bien pâle.

– Oui, oui, ça va, se hâta de répondre Katrin.

– Sûre ? »

Katrin hésita. « Parfois je me sens un peu dépassée. Thomas n'est jamais là, il a fallu que je m'occupe seule du déménagement et des travaux dans la maison, mon nouveau boulot est plutôt stressant, et maintenant cette histoire de chat… J'aurais besoin de souffler.

– Je connais ce sentiment, dit Tanja, surtout quand j'ai mes règles. Ces jours-là, j'ai tellement les nerfs en pelote que j'aboie après tout ce qui bouge. Mon médecin m'a conseillé une demi-bouteille de champagne contre le syndrome prémenstruel. Du genre : le meilleur remède contre la mauvaise humeur, c'est l'alcool. »

Katrin éclata de rire. Tanja avait vraiment le don de lui changer les idées.

Elles observèrent un moment leurs fils qui faisaient des acrobaties dans une cage à poules. Leo semblait avoir retrouvé sa gaieté, constata Katrin avec satisfaction.

« C'est la première fois que je vois Leo aussi détendu depuis que nous sommes à Münster. C'est vraiment grâce à Ben.

– Alors il faut faire ça plus souvent, proposa Tanja. Vous pourriez venir chez nous. Pour l'instant les peintres sont encore là et c'est plutôt le bazar. Mais après... »

Katrin opina. Elle connaissait ça. « On peut aussi se voir chez nous, dit-elle. Il y a encore deux ou trois caisses qui traînent, mais au moins les ouvriers sont partis.

– Volontiers ! Demain ? »

Katrin réfléchit quelques secondes. C'était un peu rapide à son goût. Mais quand elle vit Leo et Ben jouer si gentiment ensemble, elle accepta. Les deux petits garçons s'étaient mis à lancer des poignées de sable en l'air, ils faisaient semblant d'être sous la douche.

« Regarde-moi ça ! » Tanja riait. « Il faudrait avoir une caméra !

– Qu'à cela ne tienne ! Tu as déjà entendu parler des téléphones portables ? » Katrin sortit le sien de sa poche et prit une photo des deux garçonnets hilares essayant d'entraîner Tanja sous leur douche de sable.

Quand elle rentra à la maison avec Leo, elle était vannée. Il y avait longtemps qu'elle ne s'était pas sentie aussi épuisée. Elle prépara une tartine de fromage et un bol de cacao pour Leo et s'assit à la table de la cuisine avec lui. Elle était incapable d'avaler quoi que ce soit. La fatigue la mettait au bord de la nausée. J'espère que je ne suis pas malade, songea-t-elle un peu plus tard en allumant la télévision, Leo ne pouvant aller au lit sans avoir regardé ses cinq minutes de dessins animés.

Tout à coup, elle se rappela qu'il y avait quelqu'un qui allait encore plus mal qu'elle.

« C'est gentil d'appeler », dit son père à l'autre bout de la ligne. Il avait une voix éteinte.

« Je sais à quel point tu tenais à Lizzie, dit Katrin.

– C'était un brave chat », murmura-t-il et il toussota pour s'éclaircir la gorge. « Il y a tellement de dingues… »

Katrin avala sa salive. « Papa, tu es sûr que ça va ? demanda-t-elle, soucieuse. Tu n'as pas l'air bien. Tu devrais peut-être aller voir le médecin…

– Non, non. Ça va. Excuse-moi, ma chérie. Je suis simplement un vieil homme qui est triste parce qu'il a perdu son animal domestique. » Il se racla la gorge à nouveau. « Je crois que ta mère a préparé le dîner. On continuera cette conversation une autre fois.

– Tu es sûr que tout va bien, papa ?

– Ne t'inquiète pas, ma chérie. Je vais bien. Je t'appelle demain, d'accord ? Je t'aime beaucoup, ma Cathy.

– Moi aussi, papa, je t'aime beaucoup. »

Elle raccrocha, songeuse. *Ma Cathy*. Son père ne l'avait plus appelée comme ça depuis l'enfance.

Elle espérait de tout son cœur qu'il se remettrait bientôt du choc subi et redeviendrait le vieil homme imposant qu'elle connaissait. Et si ce n'était pas le cas ? se demanda-t-elle tout en enfilant à Leo son pyjama préféré, le vert avec Elliott le dragon. Jamais encore elle n'avait pensé à ce qui l'attendait le jour où ses parents ne pourraient plus se débrouiller tout seuls.

Comme chaque soir, elle s'allongea avec Leo dans le nouveau lit extra-large, assez grand pour qu'ils puissent y dormir confortablement tous les trois. Avec les draps rouges tout neufs, l'effet était très réussi, exactement comme sur la couverture du magazine *Beauté de la maison*, où elle l'avait repéré.

Leo se blottit contre sa mère et but son verre de lait pendant qu'elle lui lisait une histoire. D'habitude, Katrin devait même lui en lire deux avant de l'emmener dans sa chambre, où il avait encore le droit d'écouter un CD avant qu'elle éteigne la lumière. Mais depuis la mort de Lizzie, elle attendait qu'il se soit endormi dans ses bras et le portait tout doucement dans son lit sans le réveiller.

Cette fois, Katrin n'arriva même pas à la fin de la première histoire. Au bout de deux pages, Leo dormait déjà. Elle posa le livre et mit sa main en coupe autour de la tête de son petit garçon. Deux minutes plus tard, elle dormait elle aussi à poings fermés.

3

QUAND KATRIN SE RÉVEILLA, elle se sentait affreusement mal. Elle n'eut que le temps de gagner la salle de bains et vomit.

« Super. Manquait plus que ça. Me voilà malade », murmura-t-elle quand elle se fut rincé la bouche et lavé le visage. Était-ce une grippe intestinale ? Elle se demandait encore où elle avait pu attraper ça quand elle entendit Leo l'appeler.

Thomas venait d'entrer, tout ensommeillé, dans la salle de bains. « Leo est réveillé. Désolé, j'aimerais bien m'occuper de lui, mais il faut que je me grouille. Dans une heure, j'ai ma première grande réunion. » Et il disparut dans la douche.

« Je me sens atrocement mal, merci de me poser la question », grommela Katrin en se dirigeant vers la chambre d'enfant. Quand elle entra, l'odeur de couche sale lui agressa les narines. Elle eut un haut-le-cœur et dut se précipiter dans la salle de bains pour vomir à nouveau.

« Qu'est-ce qui t'arrive ? demanda Thomas sous la douche. Tu ne serais pas enceinte, par hasard ? »

Un frisson lui parcourut le dos. Enceinte ? L'idée ne lui était même pas venue.

« J'ai dû manger une saloperie », articula-t-elle. En quelques secondes, elle fit le calcul : ses règles auraient dû survenir dix jours plus tôt. Mais elle ne les avait pas eues. Peut-être que tout ce stress avait perturbé son cycle. Oui, peut-être. Ou peut-être pas.

Après avoir emmené Leo au jardin d'enfants, Katrin entra dans la première pharmacie pour acheter un test de grossesse qu'elle enfouit au fin fond de son sac. Il ne fallait pas qu'un de ses collègues tombe dessus par hasard, elle était encore en période d'essai et ne voulait pas qu'on jase. Elle arriva en retard au cabinet. Son premier client s'impatientait à l'attendre.

« Je suis là depuis dix minutes ! » dit M. Zehrend, un vieux monsieur qui souffrait de la maladie de Parkinson, sur un ton lourd de reproches.

Katrin se força à sourire. « Je suis désolée, j'ai été retenue. Venez avec moi. »

Pendant les exercices de gymnastique de M. Zehrend, elle tourna et retourna la question dans sa tête. Se pouvait-il qu'elle soit enceinte ? Depuis la naissance de Leo, Thomas et elle utilisaient des préservatifs. En principe, c'était sûr ! D'ailleurs, elle avait mis presque un an à tomber enceinte de Leo, et à l'époque elle n'avait pas trente-quatre ans. Aujourd'hui, presque trois ans plus tard, elle devrait avoir encore plus de difficultés. Et puis, ces derniers temps, Thomas et elle n'avaient pas souvent fait l'amour.

Autrefois, elle disait toujours qu'elle aurait deux enfants. Elle estimait qu'un enfant ne doit pas être élevé seul. Dans un ou deux ans, elle voulait bien un autre bébé, pourquoi pas. Mais maintenant ? Elle soupira. La vie était déjà bien assez compliquée comme ça.

Quand M. Zehrend fut allongé sous sa couverture chauffante, épuisé par l'effort et à moitié assoupi, Katrin prit son sac à main et alla aux toilettes. Elle savait très bien comment fonctionnait le test, mais lut avec soin le mode d'emploi. Et puis elle prit une profonde inspiration. Enfin, elle allait en avoir le cœur net.

« Génial », murmura-t-elle un instant plus tard. Elle s'adossa à la porte des toilettes et ferma les yeux. Elle préférait ne pas penser à tout ce que cela impliquait. Non seulement neuf mois de stress…

Puis elle posa une main sur son ventre et, d'un coup, se détendit.

« Bonjour, bébé », dit-elle tout doucement.

Courage, allez, elle s'en sortirait.

Elle regagna le cabinet, vit que M. Zehrend dormait comme un bienheureux, et sortit son téléphone de son sac. Elle allait appeler Thomas. Il fallait qu'il soit le premier à savoir. Et peut-être allait-il se réjouir, lui aussi…

« Je regrette », dit une voix féminine à l'autre bout de la ligne, avec une amabilité toute professionnelle. « Votre mari est en pleine vidéoconférence. Je ne peux pas le déranger. Puis-je lui transmettre un message ?

– Non, merci, se hâta de répondre Katrin. Ce n'est pas si important. » Une immense déception l'envahit. « Ça peut attendre ce soir. »

Tanja et Ben étaient déjà devant la porte quand elle arriva à la maison avec Leo.

« Excuse-moi, dit Tanja. Nous sommes en avance. Je ne t'ai pas vue au jardin d'enfants.

– C'était l'enfer ! Tout qui se complique à la dernière seconde, répondit Katrin. Des discussions sans fin avec un patient, ensuite les embouteillages, la folie ordinaire, quoi. Entrez donc. »

Ben et Leo coururent aussitôt dans la chambre d'enfant. « Café ou thé ? » demanda Katrin en se dirigeant vers la cuisine.

Tanja la suivit. « Et toi, qu'est-ce que tu bois ?

– J'ai besoin d'un café séance tenante. » Mais elle se rappela tout à coup pourquoi elle s'était sentie si mal ce matin. « Non, je vais plutôt me faire un thé. »

Tanja la scruta en fronçant les sourcils. « Alors pour moi aussi. » Elle s'assit sur la banquette d'angle et ôta une de ses boucles d'oreilles. « Par moments je les trouve vraiment trop lourdes, dit-elle en se massant le lobe.

– Mais elles sont ravissantes ! » Katrin prit la boucle dans sa main pour mieux la regarder. « D'où est-ce que tu les tiens ?

– Je les ai eues pour la naissance de mon fils. Prime de résultat. » Tanja fit une grimace éloquente.

Katrin éclata de rire. « Est-ce que vous voudrez un second enfant ? demanda-t-elle en mettant les sachets de thé dans les tasses.

– Bien sûr ! dit Tanja. Et le plus tôt sera le mieux. Mais ça ne marche pas toujours aussi vite… Et vous ? »

Katrin se sentit rougir et eut un petit sourire bête.

Tanja la regarda et hocha la tête d'un air entendu. « Je m'en étais tout de suite rendu compte, dit-elle d'un ton triomphant. Il suffit de te regarder, tu sais ! Eh bien, toutes mes félicitations ! » Elle se leva et serra Katrin dans ses bras. « Et tu en es à combien ?

– Oh, c'est tout récent, dit Katrin, un peu gênée. Tu es la première à le savoir. Je ne l'ai même pas dit encore à Thomas. Alors ne le crie pas sur les toits.

– Je n'en parlerai à personne, promis, dit Tanja d'un ton solennel, la main posée sur le cœur. Ce n'est pas une bonne nouvelle ? Tu n'as pas l'air enthousiasmée.

– Disons que ce n'était pas prévu. Et le moment n'est pas vraiment idéal, dit Katrin en versant l'eau chaude sur le thé.

– Ce n'est jamais le moment idéal pour avoir un bébé », répliqua Tanja. Elle tourna les yeux vers la fenêtre et ajouta, pensive : « Quoi qu'il arrive, il faut s'en arranger. »

Katrin fronça les sourcils. Que voulait-elle dire par là ? Et pourquoi cet air songeur, tout à coup ? Au moment où elle allait formuler sa question, Ben surgit en trombe dans la cuisine.

« Bonjour, mon trésor, qu'est-ce qui se passe ? demanda Tanja.

– Leo parti », dit Ben. Il grimpa sur une chaise et attrapa une pomme dans le grand saladier sur la table.

« Il s'est encore caché ? » demanda Katrin, amusée. « En ce moment c'est son jeu favori, ajouta-t-elle en riant. On l'a cherché pendant près d'une heure, Thomas et moi, l'autre jour, et on a fini par le trouver dans la corbeille à linge, sous une pile de chemises sales.

– Allons, Ben, réponds ! » Tanja lui ôta la pomme de la main.

Le petit garçon secoua la tête. « Leo parti.

– Qu'est-ce que ça veut dire, Leo est parti ? » demanda Katrin en sortant de la cuisine. « Leo ? Où te caches-tu ? » Elle monta l'escalier, déjà inquiète. « Où es-tu, mon chéri ? Tu te caches ? Pas maintenant, mon petit cœur. Allez, viens, sors de ta cachette ! »

Katrin entra dans la chambre d'enfant, regarda sous le lit, dans le placard, puis vérifia dans la salle de bains, dans leur chambre. Rien. Désemparée, elle redescendit à la cuisine. Elle avait à nouveau envie de vomir.

« Ben, ce n'est pas drôle. Où est Leo ? demanda Tanja.

– Leo parti, répéta obstinément le petit. Veux une pomme. »

Katrin blêmit. « Il ne serait tout de même pas... » Elle courut vers la porte d'entrée. Elle était entrouverte.

« Ce n'est pas possible ! »

Elle se rua dehors, traversa le jardinet et sortit dans la rue, regardant partout autour d'elle.

« Leo ? Leo ! Reviens ici tout de suite ! Leo ! »

Une fenêtre de la maison voisine s'ouvrit. La vieille Mme Werres pointa son nez.

« Pourquoi vous criez comme ça ?

– Vous n'avez pas vu mon fils ? » demanda Katrin, affolée. Mme Werres secoua la tête.

« Un petit garçon très blond ? insista Katrin.

– Je sais bien à quoi ressemble votre fils, répondit la voisine, vexée. Mais aussi, pourquoi est-ce que vous le laissez jouer dehors ? Il est beaucoup trop jeune.

– Je ne l'ai pas laissé jouer dehors. Il est sorti de la maison tout seul », voulut se justifier Katrin.

Mme Werres lui jeta un regard réprobateur. « Sorti de la maison tout seul... Mes enfants à moi n'auraient jamais fait ça. » Elle secoua la tête. « Les mères d'aujourd'hui feraient mieux de surveiller leurs gosses. » Elle referma sa fenêtre en maugréant dans sa barbe.

Katrin descendit la rue. « Leo ! Leo ! Où es-tu ? » cria-t-elle de nouveau. Où avait-il bien pu passer ? Il ne s'était tout de même pas volatilisé ! La sueur lui coulait dans le dos et elle sentait la panique monter. Et s'il lui était arrivé quelque chose ? S'il s'était fait renverser par une voiture et gisait dans le fossé, quelque part, blessé ? S'il était tombé entre les mains d'un pédophile ? Katrin retenait ses larmes.

Que fallait-il faire ? Elle restait plantée là, désemparée, quand elle aperçut soudain, là-bas au coin de la rue, la voiture du glacier ! Et devant... Leo !

Elle le rejoignit aussi vite qu'elle put.

« Veux une glace au chocolat », était en train de dire Leo, et le marchand secouait la tête en souriant gentiment.

« Je ne peux pas t'en donner, mon bonhomme. Il faut que tu viennes avec ta maman ou ton papa. Ils sont où, tes parents ?

– Veux une glace au chocolat, répétait Leo.

– Excusez-le, dit Katrin en attrapant son fils par le bras.

– Il ne faut pas faire ça, mon chéri ! Il ne faut pas t'en aller tout seul ! Maman était folle d'inquiétude !

– Glace au chocolat », répétait obstinément Leo, mais Katrin ne céda pas.

« Non, pas de glace. On rentre à la maison et tu me promets que tu ne feras plus jamais une chose pareille. Compris ? »

Leo la regarda avec de grands yeux. « Oui », dit-il enfin, penaud.

Katrin lui caressa la tête. « Bon, ça va, on oublie. » Elle salua d'un geste le marchand de glaces et rentra à la maison en tenant Leo par la main. Elle s'était promis de ne pas pleurer, mais les larmes coulaient sur ses joues.

Thomas préparait sa valise.

« Je suis désolé de devoir prendre l'avion dès ce soir », dit-il. Il déposa un baiser rapide sur le front de Katrin, assise au pied du lit, et se hâta vers la salle de bains. « Où est passé mon flacon d'after-shave ?

– Il était vide. Chéri, je voulais te dire...

– Tant pis. J'en achèterai à l'aéroport », l'interrompit-il en revenant dans la chambre. « C'est une chance inespérée pour nous », dit-il, tandis qu'il empilait chemises et cravates dans la valise à roulettes. « Un marché gigantesque ! On commence par Lima et quand on aura le Pérou dans la poche, la Colombie suivra sans aucun problème.

– Thomas, il faut que je te...

– Tu n'as pas idée des moyens de refroidissement qu'ils utilisent dans ces pays-là. Du n'importe quoi, c'est moi qui te le dis. » Ses yeux brillaient d'excitation. « Si on arrive à maintenir les coûts dans des limites raisonnables, on va faire des profits d'enfer ! Ensuite, toutes les portes me seront ouvertes, je jouerai enfin dans la cour des grands. Et alors, tu verras, ma chérie, tout va changer. » Il actionna la fermeture éclair de sa valise et regarda Katrin, radieux et plein d'une énergie conquérante. « Alors ce ne sera plus moi qui courrai comme un fou, d'un rendez-vous à l'autre, je ferai courir les autres ! Je te le promets. J'aurai enfin du temps à vous consacrer.

– Ça serait bien. » Katrin se força à sourire. Elle lui prit la main et le regarda tendrement. « Chéri, qu'est-ce que tu dirais, si bientôt...

– ... on faisait un voyage ensemble ? J'y songeais aussi, mon chou. On pourrait laisser Leo quelques jours chez tes parents, et ce serait super, rien que nous deux », dit Thomas. Il la prit par la main pour qu'elle se lève du lit où elle était assise, la serra brièvement contre lui et empoigna sa valise. « Je crois que j'ai tout. Il faut que je sois à l'aéroport dans une demi-heure. Tu m'emmènes ou j'appelle un taxi ? »

Sans attendre la réponse de Katrin, il sortit son portable de sa poche. « Non, c'est bon, j'appelle un taxi. Tu es encore toute pâlotte. Ça ne va pas mieux ? »

Katrin n'eut pas le temps de placer un mot, il commandait déjà son taxi. Elle s'avoua vaincue. Pas entre deux portes, se dit-elle. Quand il sera de retour, je trouverai bien un moment de calme pour lui annoncer la nouvelle.

Leo surgit à la porte de la chambre. « T'en va pas, papa ! » supplia-t-il, sanglotant déjà. Thomas le prit dans ses bras. « Je reviens très vite, mon petit bonhomme, dit-il pour le consoler. Et j'aurai quelques jours de congé, on va bien s'amuser tous les deux. Promis !

– Leo veut venir avec toi !

– Ce n'est pas possible, mon grand. Tu ne vas pas laisser maman toute seule ! » Il attrapa sa cravate et la noua autour du cou du nounours de Leo. « Regarde, tant que je suis parti, il peut la garder. D'accord ? »

Leo acquiesça et essuya ses larmes.

Dehors une voiture klaxonnait.

« Le taxi est là », dit Thomas et il embrassa Katrin. « Une toute petite semaine et je suis de retour. »

Elle prit Leo sur le bras et le serra contre elle. « Mais oui, bien sûr », dit-elle, se forçant à prendre un ton léger. « Une minuscule petite semaine et papa est là de nouveau. »

Le taxi avait depuis longtemps tourné au coin de la rue, que Katrin et Leo agitaient encore la main pour dire au revoir à Thomas.

Elle avait de nouveau les larmes aux yeux. Saloperies d'hormones, songea-t-elle. Déjà quand elle était enceinte de Leo, elle n'arrêtait pas de chialer. Il fallait espérer que ça se passerait moins mal cette fois-ci.

« Bon, maintenant on va lire un beau livre ensemble », dit-elle, s'obligeant à sourire à son fils. « Qu'est-ce que tu préfères ? *Pierrot le jamais content* ou *L'École des petits lapins* ?

– Pierrot, Pierrot ! » Leo jubilait.

Katrin le reposa par terre et il courut aussitôt dans la maison pour chercher son livre préféré.

4

IL FALLUT ATTENDRE le lendemain après-midi pour que Thomas lui donne enfin de ses nouvelles.

« Je suis complètement épuisé », l'entendit-elle gémir au téléphone. Elle tenait son portable entre l'épaule et l'oreille et s'efforçait de porter à la fois Leo et le sac de provisions. Elle rentrait de faire les courses. Leo pleurnichait, il était fatigué et il avait soif. Tandis qu'elle s'efforçait de calmer son fils tout en mettant la clé dans la serrure, une boîte d'œufs glissa du sac et tomba au sol.

« Merde ! jura-t-elle.

– Qu'est-ce que tu dis ? demanda Thomas. La ligne est mauvaise, je t'entends mal.

– Rien », grommela-t-elle. Puis elle haussa la voix : « Tu es bien arrivé à Lima ? » Elle déposa Leo dans l'entrée.

« Oui. Mais je n'ai pas réussi à dormir dans l'avion, et le voyage a quand même duré quatorze heures. En revanche on est dans un super-hôtel, tout est luxueux et... »

« Maman, j'ai soif », chouina Leo et il se mit à pleurer pour de bon. « Maman ! »

« Écoute, Thomas, on se rappelle plus tard, d'accord ? » Katrin coupa la communication. Elle s'en fichait pas mal, que son hôtel soit luxueux, pour l'instant elle n'avait ni le temps ni l'envie de l'écouter.

Elle donna à boire à Leo et rangea les provisions dans le placard. Le reste de l'après-midi fut consacré à vider une caisse puis à construire un château fort en Lego avec Leo. Elle s'apprêtait à préparer le dîner quand le téléphone sonna de nouveau.

« Ça doit être papa », dit-elle en décrochant.

Mais ce n'était pas Thomas, c'était sa mère. Elle sanglotait tellement que Katrin eut du mal à la comprendre.

« Maman, je t'en prie. Que se passe-t-il ? Il est arrivé quelque chose à papa ?

– Il a été pris de convulsions, et il a perdu conscience. Nous sommes à l'hôpital.

– J'arrive », dit Katrin d'une voix tremblante et elle raccrocha.

Elle réfléchit à cent à l'heure. Que devait-elle faire de Leo ? Thomas n'était jamais là quand on avait besoin de lui. Il n'y avait pas trente-six solutions : il fallait embarquer l'enfant épuisé et grognon dans la voiture et traverser avec lui la moitié de la ville.

Quand elle atteignit enfin l'hôpital, Leo dormait à poings fermés dans le siège-auto. Et maintenant ? Si elle le réveillait, il allait sûrement pleurer, et ce n'était pas de lui qu'elle devait s'occuper, mais de ses parents. Il pouvait continuer à dormir tranquillement sur ce parking. Et s'il se réveillait ? Katrin décida de faire un saut à l'hôpital pour voir comment son père allait. Peut-être que sa mère avait exagéré et qu'il était déjà remis. Ce ne serait pas la première fois qu'elle en rajoutait. Et si le problème était plus sérieux, elle reviendrait chercher Leo.

Elle mit les pare-soleil devant les vitres pour qu'on ne puisse pas voir Leo de l'extérieur, vérifia que les portières étaient bien verrouillées et se hâta vers l'hôpital. Il fallait sûrement demander une tisane pour son père, il ne buvait jamais assez, elle le lui répétait chaque fois. Mais c'était un ponte de la médecine, à présent à la retraite, certes, n'empêche qu'il savait tout mieux que tout le monde. Le nom du docteur Franz Wiesner avait encore un certain écho ici, à Münster, Katrin le reconnaissait volontiers. Il avait tenu un cabinet de gynécologie pendant près de quarante ans, leur assurant, à sa mère et à elle, une vie des plus confortables. Katrin savait bien que son père n'avait pas toujours eu la vie facile. Sa mère était une femme exigeante, qui tenait à ce que son mari s'implique dans la vie familiale, malgré son activité professionnelle très prenante. Katrin admirait son père qui avait réussi à rentrer à la maison pratiquement tous les soirs pour l'heure du dîner. Parfois elle se demandait pourquoi Thomas, lui, n'en était pas capable.

Tandis qu'elle parcourait les couloirs labyrinthiques, elle s'interrogeait : allait-elle parler de sa grossesse à ses parents ? Son père s'en réjouirait à coup sûr, et même, la nouvelle lui ferait du bien. Katrin sourit intérieurement en se rappelant comme il était fier quand elle avait annoncé qu'elle était enceinte de Leo. Il s'était mis à lui prescrire de l'acide folique, des vitamines, et le moindre mouvement du bébé faisait l'objet de commentaires scientifiques. Elle se réjouissait déjà de la mine qu'il allait faire lorsqu'elle lui dirait...

Quand elle atteignit enfin les soins intensifs, elle trouva sa mère prostrée sur une chaise, en larmes.

« Maman ! » Katrin se précipita et lui prit la main. « Que se passe-t-il ? Comment va papa ? »

Sa mère tenta de lui dire quelque chose d'une voix tellement entrecoupée qu'elle ne comprit rien du tout.

« Maman, calme-toi ! Dis-moi ce qui se passe.

– Il... il est mort... »

Son sang se glaça. Son père ? Mort ? Comme ça, tout d'un coup ? Ce n'était pas possible.

Elle fut prise de nausée et regarda autour d'elle. Il devait bien y avoir des toilettes quelque part. Elle tenta d'avaler sa salive pour enrayer les haut-le-cœur, mais en vain. Les doigts tremblants, elle n'eut que le temps de sortir un mouchoir et de le plaquer contre sa bouche.

Charlotte se fit couler de l'eau froide sur les mains et se regarda dans le miroir. Ces derniers temps, il lui arrivait plus souvent qu'à l'ordinaire d'avoir à participer à des auditions de grands blessés ou de parents de victimes, même dans des cas qui ne relevaient pas directement de sa compétence. On épargnait manifestement à ses collègues masculins cette tâche délicate. Charlotte avait horreur de ça. Aujourd'hui, elle avait été appelée à l'hôpital pour entendre la femme et les trois filles d'un homme mort dans un accident, avant même que le médecin chef ait pris la peine de les informer de la terrible nouvelle.

« Je ne suis ni docteur en psychologie ni ordonnatrice de pompes funèbres », avait-elle déjà objecté souvent à son patron, mais il s'était contenté de hausser les épaules et d'invoquer un prétendu « doigté féminin ». « D'ailleurs », avait-il ajouté, comme s'il s'agissait d'un argument déterminant, « vous savez aussi bien que moi que la veuve éplorée se révèle parfois être une meurtrière pressée d'hériter. »

Charlotte se passa de l'eau sur le visage et s'essuya. L'audition de la famille encore sous le choc avait duré près de deux heures et elle avait eu du mal à cacher son impatience. Les circonstances de l'accident avaient beau être suspectes, elle avait la conviction que ni la femme ni les filles n'y étaient impliquées. « Laissez-vous aller, donnez libre cours à votre peine », leur avait-elle dit d'un ton apaisant en les quittant. C'était ce qu'elle disait toujours en pareil cas. Mais cela avait-il un sens ? Pouvait-on ne *pas* laisser libre cours à sa peine ? Pouvait-on échapper à la souffrance causée par la disparition d'un être cher ? Même si on retenait sa douleur, il restait ce poids insupportable sur le cœur. Elle le savait par expérience. Non, le chagrin de la perte était un sentiment très puissant et impossible à éluder. Et elle savait aussi que dans une telle situation, rien ne vous consolait, même si la faute incombait à un tiers et que le responsable était arrêté par la police. Il faudrait des mois, des années peut-être, pour que ces gens en deuil se remettent à vivre normalement.

Alors qu'elle sortait sur l'immense parvis devant l'hôpital, elle remarqua un attroupement de badauds autour d'une voiture garée sur le parking.

« On devrait appeler la police », disait une femme avec véhémence. « Comment peut-on être aussi négligent ? »

Tandis que Charlotte s'approchait, elle entendit des pleurs d'enfant. Elle se fraya un chemin parmi les curieux et découvrit un petit garçon très blond dans un siège-auto sur la banquette arrière d'une Nissan noire. Il serrait contre lui un ours en peluche avec une cravate d'homme nouée autour du cou et pleurait à chaudes larmes.

Au même instant, un portable se mit à sonner. Il était posé sur le siège du passager. Charlotte fronça les sourcils. Un de ces machins modernes qui vous écorchent les oreilles. Quelle horreur. Comment pouvait-on choisir une sonnerie aussi exaspérante ?

Avant qu'elle ait eu le temps de faire quoi que ce soit, une femme sortit de l'hôpital en courant et se précipita vers la voiture. Elle avait les yeux rouges.

« Leo, mon chéri, oh mon Dieu ! »

Elle déverrouilla les portières, ouvrit, défit la ceinture du siège-auto et prit l'enfant dans ses bras. Elle pleurait.

« Maman ! Maman ! » sanglotait le petit garçon.

« Je suis désolée, mon chaton ! » La femme se pencha à l'intérieur de la voiture pour récupérer son portable.

« Elle laisse son gamin tout seul, et après ça elle chiale, commenta une passante. Ça me rend dingue de voir ça !

– C'est terrible la vie que mènent certains enfants de nos jours », dit une autre d'un ton acerbe. « Je suis là depuis vingt minutes, et ça fait vingt minutes que ce pauvre gosse pleure.

– Je vous remercie, dit Charlotte. Tout va bien, maintenant, vous pouvez tranquillement rentrer chez vous.

– Il faut qu'on fasse quelque chose ! » intervint un homme visiblement outré. « Nous devrions appeler la police. »

Charlotte sortit son badge de sa poche et le brandit. « Je crois que vous pouvez tous vous en aller, maintenant », dit-elle avec le plus grand calme.

Les badauds parurent hésiter puis, après un dernier regard réprobateur en direction de la femme en larmes, ils finirent par s'éloigner à contrecœur.

« Ça va ? » demanda Charlotte.

La femme se contenta de hocher la tête. Elle serrait le petit garçon contre elle.

« Vous savez que vous êtes tenue de surveiller votre enfant et que vous ne pouvez pas le laisser seul comme ça ?

– Je sais », dit la femme d'une voix faible. « C'était un cas de force majeure. Ça ne se reproduira plus. »

Charlotte l'observait, soucieuse. « Voulez-vous que j'appelle quelqu'un ? Vous avez besoin d'aide ?

– Non, non. Tout va bien, à présent. Merci. »

Quand Charlotte monta dans sa voiture, elle se sentit confortée dans sa décision : pas de liaison durable, encore moins de mariage et pas d'enfant. Pour rien au monde elle ne voulait se retrouver au nombre de ces mères surmenées qui laissent leurs enfants seuls et se font faire la leçon par leurs congénères si affreusement raisonnables.

Non, jamais elle ne serait mère ! Et surtout pas une mère comme la sienne !

Katrin sanglotait doucement dans son oreiller. Leo dormait avec elle et elle ne voulait pas le réveiller. Elle ne cessait de lui caresser tendrement la tête.

Le jeune médecin chef du service lui avait dit que son père était dans le coma quand il était arrivé à l'hôpital. À ce moment-là, le manque massif d'oxygène avait déjà causé de graves lésions à son cerveau. Et malgré les efforts intensifs de l'équipe médicale, son cœur avait finalement cessé de battre.

Quand elle s'était retrouvée au chevet de son père mort, Katrin avait éprouvé la sensation d'un vide immense. Il gisait là, paisible, figure familière et en même temps un complet étranger. Son visage était d'un blanc jaunâtre, cireux et brillant. Elle lui toucha la main, si froide qu'elle sursauta.

« Comment un homme en bonne santé peut-il tomber ainsi dans le coma ? » avait-elle demandé au médecin d'une voix tremblante.

« Votre père avait soixante et onze ans. De nos jours, ce n'est certes pas très vieux, mais ce genre de chose arrive parfois, malheureusement », avait-il répondu, et il avait évoqué des problèmes circulatoires dont son père se plaignait depuis longtemps et qui avaient probablement été à l'origine du collapsus.

Katrin avait déposé un baiser d'adieu sur le front de son père, et c'est seulement quand sa mère lui avait dit entre deux sanglots que Leo désormais n'avait plus de grand-père qu'elle s'était souvenue tout à coup qu'elle avait laissé son fils tout seul dans la voiture.

Katrin se leva sans faire de bruit. Elle voulait essayer à nouveau de joindre Thomas au téléphone. Pour l'instant elle avait juste réussi à lui envoyer un mail.

Cette fois, enfin, il répondit.

« Hello, ma chérie ! » s'écria-t-il d'un ton joyeux. On entendait de la musique en arrière-fond. « J'ai essayé de t'appeler au moins dix fois ! Où étais-tu passée ?... » Un grondement l'interrompit. « Je t'entends à peine ! Nous sommes en pleine réception, c'est génial. Tu as quelque chose d'important à me dire ?

– Oui », dit Katrin en toussotant pour s'éclaircir la voix.

« Pardon ? Il faut que tu parles plus fort, sinon je ne t'entends pas.

– Mon père est mort », dit-elle d'une voix blanche. Soudain elle ne perçut plus rien d'autre que la musique. « Thomas ? Tu as compris ce que je viens de te dire ?

– Oui », répondit-il. Elle l'entendit qui inspirait profondément. « C'est affreux. Je rentre dès que possible. Je suis vraiment désolé pour toi.

– Oui.

– Je t'appelle dès que je sais quand j'arrive.

– Oui. »

Katrin reposa le téléphone sur sa base et, l'espace d'une seconde, elle se dit que la voix de Thomas sonnait bizarrement.

5

LE MATIN DE L'ENTERREMENT, Leo avait 38,2 °C de fièvre. Rien d'inquiétant mais il ne pouvait pas venir au cimetière dans cet état. Tout en enfilant son ensemble pantalon noir, Katrin se demanda si, avec un cachet d'aspirine, il serait capable de tenir jusqu'au soir.

« Non, ça ne marchera pas », déclara Thomas, qui semblait lui-même épuisé après sa nuit blanche dans l'avion pour revenir de Lima. « De toute façon, je suis contre le fait qu'il assiste à tout ça. Il est trop petit pour comprendre. »

Katrin n'avait pas trop de temps pour se retourner. La messe commençait dans une heure. Comment dénicher une baby-sitter dans un si bref délai ? C'est alors qu'elle pensa à Tanja. Son amie l'aiderait sûrement. Elle l'appela sur son portable.

« Aucun problème », répondit aussitôt Tanja. « Cet après-midi, mon mari va installer le train électrique avec Ben, Leo pourra jouer avec eux. Je viens le chercher, je suis chez vous dans dix minutes. »

Qu'il était bon de pouvoir se reposer ainsi sur Tanja. Tous ces derniers jours, Katrin avait beaucoup repensé à ses amis de Cologne, qui lui manquaient tant. Et puis Tanja était arrivée – un cadeau du ciel.

Von guten Mächten wunderbar geborgen, erwarten wir getrost, was kommen mag[1], chantait la soprano à la tribune de l'orgue, et dans l'église bondée il n'y avait pas une personne qui ne soit émue. Sa mère faisait preuve d'une maîtrise d'elle-même exceptionnelle, constata Katrin avec surprise en la regardant du coin de l'œil. Elle avait passé tous ces derniers jours à pleurer et il était d'autant plus remarquable qu'elle soit aussi calme le jour de l'enterrement. C'est sans doute parce qu'elle veut que tout le monde admire son attitude, songea Katrin. Ça lui ressemble bien.

Sur le chemin du cimetière, sa mère, droite comme un I, marchait en tête du cortège, juste derrière le cercueil – incarnation de la digne veuve d'un citoyen important de la ville de Münster. Et même quand, debout à côté de la fosse, elle y jeta une rose, son visage resta impassible.

Ce fut ensuite au tour de Katrin. Les larmes ruisselaient sur ses joues et ses genoux tremblaient.

Elle revoyait son père mort, exposé dans la chapelle funéraire. De part et d'autre du cercueil ouvert, deux grands cierges et des compositions de fleurs artificielles. Ses yeux et ses lèvres étaient hermétiquement clos. On lui avait mis le costume sombre qu'il avait porté à Noël pour la dernière fois. Un court instant, Katrin le revit allumant les bougies sur le sapin et expliquant à Leo quand le petit Jésus allait arriver. Maintenant il gisait là, devant elle, les mains croisées sur le ventre. Sa tête reposait sur un coussin de satin blanc et un drap d'un blanc étincelant était étendu sur ses jambes. Il ne se res-

1. « Merveilleusement protégés par des forces bénéfiques, nous attendons, tranquilles, ce qui adviendra. » Extrait d'un célèbre poème composé en 1944 par le pasteur évangélique luthérien Dietrich Bonhoeffer, résistant de la première heure au nazisme et qui fut pendu dans un camp de concentration en Bavière en 1945. (*N.d.T.*)

semblait plus, moins encore que sur son lit de mort. Il n'avait plus rien d'humain, on aurait dit un mannequin de cire. Ce n'est plus mon père, songea Katrin. Juste une enveloppe vide, qu'il a depuis longtemps quittée.

Elle repensa au dessin qu'elle avait sorti de son sac, un dessin que Leo avait fait pour son grand-papa. Il n'avait pas vraiment compris qu'il ne le reverrait plus jamais. On lui avait dit que son grand-père était au ciel et il trouvait ça super.

« Alors il vole, grand-papa ? Comme un oiseau ? » avait-il demandé à Katrin, les yeux brillants.

« Je ne sais pas, mon chaton. Personne ne sait vraiment comment c'est, au ciel, avait-elle répondu. Mais maintenant, il est auprès du bon Dieu et il va très bien. »

Leo avait dessiné le ciel. Des tas de petits ronds bleu clair, avec un grand cercle jaune autour. Et Katrin avait déposé la feuille sur la poitrine de son père.

« De la part de Leo, avait-elle murmuré. Il t'aimait beaucoup, papa. Nous t'aimions tous beaucoup. »

Katrin sursauta en sentant quelqu'un l'attraper par la manche

Elle se retourna et vit le visage grave de Thomas.

« Allez, viens, maintenant », dit-il à voix basse.

Elle hocha la tête sans répondre. Puis jeta une rose sur le cercueil.

Au repas qui suivit les funérailles, Katrin fut incapable d'avaler une bouchée. En un sens, elle était soulagée que l'enterrement soit passé, mais l'atmosphère d'excitation qui régnait autour de cette table lui était presque insupportable. Quelqu'un ne tarda pas à commander la première bière et bientôt chacun y alla de son anecdote.

« Il aimait la vie, venait de dire un des vieux amis de son père.

– Oui, et il savait y mordre à pleines dents, renchérit un autre. Un congrès sans Franz, c'était deux fois moins drôle.

– Et il avait la femme la meilleure et la plus compréhensive qu'on puisse trouver, dit un troisième en serrant la mère de Katrin contre lui.

– Il faut que je sorte, murmura Katrin à Thomas.

– Tu ne peux pas faire ça. Patiente encore un peu, il n'y en a plus pour longtemps. »

Les minutes se traînaient interminablement et, quand enfin elle se laissa choir sur le siège du passager à côté de Thomas, Katrin poussa un profond soupir. « C'était le pire jour de ma vie. »

Thomas lui caressa la joue. « Écoute, je vais lire à Leo une histoire dans son gros livre de contes, et pendant ce temps-là tu prendras un bon bain bien chaud. D'accord ?

– D'accord. Ça me fera du bien. »

Ils arrivèrent à la maison un peu avant seize heures. Tanja ramènerait Leo dans un quart d'heure, avaient-elles convenu. Katrin fit couler l'eau dans la baignoire. Ce serait un bain à la lavande, idéal pour se détendre et évacuer tout le stress de ces derniers jours. L'eau se teinta de mauve.

Pour la première fois de la journée, Katrin respira. Leo serait bientôt là, Thomas s'occuperait de lui, elle pourrait s'allonger dans la mousse parfumée et s'autoriser à décrocher enfin.

À seize heures trente, Leo n'était toujours pas rentré.

« Va donc dans la baignoire, dit Thomas. Il ne va plus tarder. »

Mais Katrin hésitait. Elle voulait absolument attendre le retour de Leo. Le prendre dans ses bras, le serrer contre elle, et vérifier sa température.

Une demi-heure plus tard, toujours pas de Leo. Elle commençait à s'inquiéter sérieusement.

« Ils doivent être en train de jouer, ils n'ont pas vu le temps passer, dit Thomas qui se voulait rassurant.

– Et si son état s'est aggravé ? objecta Katrin. Peut-être que sa fièvre a tellement monté que Tanja a dû l'emmener chez le médecin ! Je l'appelle. »

Elle saisit son portable et composa le numéro de Tanja.

« Le numéro que vous demandez n'est pas attribué », répondit une voix préenregistrée.

Katrin vérifia la liste des appels. S'était-elle trompée sur un chiffre ? Non, c'était bien le numéro auquel elle avait joint Tanja le matin même. Elle réessaya. Nouvelle réponse automatique.

« Tu as dû mal l'enregistrer dans tes contacts », dit Thomas, et bien qu'elle sût que ce n'était pas possible, Katrin appela les renseignements.

« Je n'ai pas de *Tanja Weiler* sur le territoire de la commune », dit une femme à la voix aimable. « Rien non plus à *T. Weiler*. Désolée. Cette personne doit s'être mise sur liste rouge. »

Katrin sentait la tension monter en elle.

« Tu ne sais pas où elle habite ? demanda Thomas. Comment est-ce possible ?

– Nous nous sommes toujours donné rendez-vous au terrain de jeu ou alors ici. Ils ont encore des ouvriers à la maison. Mais attends. J'ai quelque part une liste d'adresses fournie par le jardin d'enfants.

« Voilà », dit-elle un instant plus tard en revenant avec un papier à la main. « Ben Weiler, Ratsstrasse 78. Ce n'est pas très loin d'ici. »

Katrin monta aussitôt dans la voiture. Thomas resterait à la maison pour qu'il y ait quelqu'un si on ramenait Leo entre-temps.

Elle parcourut au pas de course la Ratsstrasse. Le cœur battant, elle réfléchissait à toutes les raisons qui pouvaient expliquer que Leo ne soit pas encore rentré. On pouvait se fier à Tanja. Mais à son téléphone ? Peut-être le lui avait-on volé… Peut-être Leo et elle avaient-ils été agressés… Mais non, quelle idiotie ! Ou alors la fièvre de Leo avait tellement grimpé que Tanja l'avait emmené aux urgences de l'hôpital. Mais dans ce cas elle aurait bien trouvé le moyen de la prévenir ! Et si elle n'avait pas pu ? S'ils avaient eu un accident tous les deux ?

Katrin poussa un soupir de soulagement quand elle aperçut la BMW noire dans une allée d'accès à l'une des maisons. Thomas a sûrement raison, se dit-elle en se garant au bord du trottoir, ils jouent et ils n'ont pas vu le temps passer.

Un rire d'enfant acheva de la rassurer. Le sourire aux lèvres, elle sonna à la porte du 78, Ratsstrasse.

Une grande femme mince vint ouvrir. Elle portait Ben sur le bras. « Oui, c'est à quel sujet ? »

La femme était élégamment vêtue, pantalon de tailleur clair et chemisier de soie abricot. Ses cheveux avec des mèches blondes étaient relevés en chignon. Elle consulta du coin de l'œil l'iPhone qu'elle avait à la main.

« Euh… Eh bien bonjour, je suis Katrin Ortrup, la mère de Leo. Pourrais-je parler à Mme Weiler ?

– Elle est devant vous, répondit l'étrangère qui considérait Katrin d'un air perplexe.

– Je ne comprends pas, dit Katrin, nerveuse. Je veux dire *Tanja* Weiler. J'aimerais dire un mot à Tanja Weiler, la mère de Ben. »

La femme fronça les sourcils.

« Je ne sais pas qui vous êtes ni ce que vous me voulez. C'est moi, Mme Weiler, *Sabine* Weiler, et voici mon fils Ben. »

Katrin crut que le sol se dérobait sous ses pieds.

« Mais où est Leo ? articula-t-elle d'une voix tremblante. Où est mon fils Leo ?

– Comment voulez-vous que je le sache ? » répondit l'inconnue d'un ton sec.

Katrin se tourna avec anxiété vers le petit Ben.

« Ben, où est Leo ? Dis-moi. Il est venu ici aujourd'hui ? Est-ce que tu sais où il est ? »

Mais l'enfant se contenta de secouer la tête.

« Vous seriez aimable de nous laisser tranquilles, à présent, dit la mère de Ben.

– Je vous en prie, juste une question, supplia Katrin. La femme qui allait chercher Ben au jardin d'enfants, qui l'emmenait au terrain de jeu...

– Vous voulez parler de cette Tanja-là. Tanja Meyer », dit la femme, et cette fois elle paraissait furieuse. « Elle a été notre baby-sitter pendant quelques semaines. Je me disais, enfin une qui a l'air sérieuse, un coup de chance pour une mère qui travaille comme moi. Mais elle a démissionné ce matin. D'un coup, sans prévenir, sans donner de raison. Ça nous est tombé dessus. Elle n'a même pas réclamé l'argent que nous lui devions. Vous pouvez peut-être me dire où j'ai une chance de trouver une nouvelle baby-sitter, comme ça, au débotté ? »

Katrin secoua la tête d'un air absent et regagna sa voiture comme une automate.

« En tout cas, si vous parlez à Mme Meyer », ajouta l'inconnue, haussant la voix pour que Katrin l'entende : « Vous pouvez lui dire que je suis absolument furax ! Ce sont des choses qui ne se font pas, bon sang, comment je vais m'en sortir, maintenant ? ! »

Katrin ne réagit pas. Elle s'assit dans sa voiture, tremblante, et chercha désespérément à mettre de l'ordre dans ses idées.

C'était probablement un pigeon qui avait fait cette grosse tache sur le capot de la voiture. Il fallait qu'elle la nettoie au plus vite, avant que les excréments corrosifs n'attaquent la peinture. Elle trempa l'essuie-tout dans le seau d'eau à côté de la pompe à essence.

L'odeur d'essence lui rappelait le passé. Combien de fois, adolescents, n'étaient-ils pas venus, en pleine nuit, acheter des cigarettes et de la bière à la station ? Quand le disco avait fermé, c'était devenu leur point de ralliement. C'est seulement lorsqu'elle avait fait la connaissance de son amie que ces parties nocturnes avaient cessé.

Ça y est, elle y était arrivée : la tache avait disparu. Mais la peinture était tout de même un peu abîmée.

« Saloperies de pigeons ! grommela-t-elle. Si seulement je pouvais tous vous écraser ! »

Quand elle prit son sac à main sur le siège du passager, son regard tomba sur la petite boîte en carton ornée de fleurs qu'elle avait achetée quelques heures plus tôt. Je te rangerai là-dedans, songea-t-elle avec tendresse. Non, elle n'avait pas eu le cœur d'enterrer à nouveau le petit objet et de s'en séparer à jamais. Pas maintenant, au moment où elle allait en finir avec tout ça.

Elle nota dans sa tête le numéro de la pompe et se dirigea vers la caisse. Décidément, l'essence est de plus en plus chère, se dit-elle en tendant un billet de cent euros au jeune homme derrière le guichet.

La monnaie dans sa main, elle parcourut les allées de la boutique attenante à la station, qui était presque aussi vaste qu'un vrai supermarché.

De quoi avait-elle encore besoin ? Elle avait déjà acheté à manger. Il y avait du papier toilette, du gel douche et du shampoing dans le coffre de la voiture.

Elle prit dans un rayon un rouleau de scotch extra-fort et le considéra, pensive. Ce serait mieux que de la corde à linge. Elle retourna à la caisse.

« Je passe chez le boulanger avant de rentrer à la maison. Tu as besoin de quelque chose ? » demanda Charlotte à son collègue Peter Käfer.

Celui-ci regarda d'un air découragé son bureau encombré de papiers dans tous les sens. « Je reste encore un moment. Apporte-moi un sandwich au fromage, mais sans tomate. Et puis un croissant aux amandes et une forêt-noire bien crémeuse, s'ils en ont.

– Bien cré… ? » Charlotte fit la grimace. « Je suis déjà écœurée. Et pourquoi pas aussi un pudding, pendant que tu y es ?

– Bonne idée.

– C'était ironique ! » Charlotte leva les yeux au ciel. « Tout ça va se transformer en graisse ! »

Käfer haussa les épaules. « J'ai pas de problème de ce côté-là ? Et toi ? » Charlotte devait avouer qu'il avait plutôt la ligne – malgré une alimentation déplorable. Quelle injustice ! Elle-même était mince et musclée, mais c'était parce qu'elle mangeait sainement et faisait du sport le plus souvent possible.

Le téléphone sonna et Käfer décrocha. « Inspecteur divisionnaire Käfer… »

Charlotte attrapa son sac à main et sortit du bureau. Il ne changera jamais, songea-t-elle tandis qu'elle quittait le commissariat et se dirigeait vers la boulangerie. Elle l'aimait bien, il était plutôt pas mal avec ses cheveux noirs et ses yeux d'un bleu intense, il ne manquait pas d'humour et faisait preuve d'une grande acuité intellectuelle. Mais en tant qu'homme, il ne lui plaisait pas du tout. Elle était en train de se demander pourquoi quand elle entendit son nom.

« Charlotte ? Hé ho, Charlotte ! Attends une minute ! »

Elle s'arrêta et se retourna.

« Hello, Charlotte ! »

Elle se mordit la lèvre en découvrant, planté sur le trottoir en face, ce Bernd, Bernhard – comment s'appelait-il, déjà ? Il tenait un sac en plastique à la main et lui faisait de grands signes. Il essayait désespérément de traverser la rue mais le trafic était trop dense. Charlotte répondit poliment à son salut et s'apprêta à continuer sa route, mais une voiture s'arrêta, puis une deuxième, et Bernd ou Bernhard accourut à grands pas.

« C'est moi, Bernd ! Tu ne te souviens plus ? » dit-il hors d'haleine en la rejoignant.

C'était donc Bernd. « Si, si, bien sûr que si, répondit Charlotte. Je suis juste un peu pressée.

– Comme l'autre jour, c'est ça ? » Il lui fit un clin d'œil. « Dommage que tu aies disparu aussi vite. Quelque chose qui n'allait pas ?

– Non, non, rien. Il fallait que j'aille travailler.

– En pleine nuit ? » Bernd ouvrit des yeux ronds. « Allez, avoue que tu n'avais tout simplement pas envie de te réveiller à côté d'un amant d'une nuit.

– C'est que…

– Laisse tomber. Tu n'as pas de comptes à me rendre », dit-il avec un grand sourire. « En tout cas j'ai trouvé que c'était une soirée super et j'aimerais beaucoup te revoir. Tu as des choses prévues ce week-end ? Je n'ai Sophie qu'un week-end sur deux et le prochain, je suis libre.

– Sophie ? » demanda Charlotte.

Le visage de Bernd s'illumina. « Sophie est ma toute petite fille. » Il souleva le sac qu'il avait à la main. « Là-dedans il y a Flagada, son ours blanc, qu'elle a réduit à l'état de loque à force de le câliner. Elle l'a oublié chez moi hier, alors il faut vite que je le lui rapporte.

– Ah bon », dit Charlotte. Et il a un gosse, par-dessus le marché. Après s'être coltiné ses frères et sa sœur, les jeunes enfants, ce n'était vraiment plus son truc. Elle ne voyait quasiment jamais ses neveux et nièces, et c'était très bien comme ça. Ils ne lui manquaient pas. Et quand elle voyait ses amies faire des enfants, fonder des familles, elle n'éprouvait aucune envie de les imiter. La perspective de devoir se sentir responsable d'un autre être humain lui donnait des sueurs froides. Un cauchemar. En tant que psychologue, elle avait naturellement une explication à cela, mais pas question de tout déballer devant Bernd.

« Alors, qu'est-ce qu'on fait ce week-end ? demanda Bernd. Tu as envie d'aller au restaurant ? Le *Papageno*, ça te dirait ? Je t'invite !

– Désolée, mais le prochain week-end je suis prise »,

se hâta de répondre Charlotte. Elle se serait giflée. Pourquoi ne pas dire simplement oui ? C'était super, avec ce type ! Où était le problème ?

« Si tu ne peux pas ce week-end, pourquoi pas dans la semaine ? Jeudi, par exemple ? Allez, un petit dîner rapide, deux heures après tu es de nouveau opérationnelle, promis ! »

Charlotte s'avoua vaincue. « D'accord. Jeudi, vingt heures. » Elle essaya de sourire. « Maintenant, il faut vraiment que j'y aille.

– Eh, mais je n'ai même pas ton numéro ! » dit Bernd et il lui fourra sa carte de visite dans la main. « Voici le mien. Au cas où », et il ajouta avec un fin sourire : « Ou si par hasard tu avais envie de me téléphoner… »

Il la regarda, plein d'espoir. En soupirant, Charlotte sortit une carte de son sac et la lui tendit. « Cette fois, j'y vais pour de bon. »

Quand elle revint, Peter Käfer l'attendait impatiemment.

« J'espère que tu n'as rien de prévu ce soir, dit-il.

– Pourquoi ? » Charlotte redoutait déjà le pire.

« Il faut qu'on y aille tout de suite. Un gosse de trois ans a disparu, enlèvement présumé.

– Il a disparu depuis combien de temps ?

– Au moins huit heures.

– Comment ça ? Les parents ont attendu huit heures pour signaler la disparition de leur enfant ? J'y crois pas. » Charlotte était interloquée.

« Ils étaient à un enterrement et avaient confié leur petit garçon à une femme avec qui ils s'étaient liés d'amitié. Et elle s'est volatilisée. Avec l'enfant, expliqua Käfer.

– Si les parents étaient amis avec cette femme, il ne devrait pas y avoir de problème pour trouver l'endroit où elle a emmené l'enfant.

– C'est un peu plus compliqué que ça. La femme en

question, une certaine Tanja, travaillait manifestement comme baby-sitter sous un faux nom chez une autre famille. Et maintenant elle a disparu, et avec elle le petit garçon.

– On commence par aller voir les parents ?

– Oui, dit Peter. Et ensuite la famille chez qui cette femme était baby-sitter. Dès qu'on aura établi qu'il s'agit bien d'un enlèvement, on constitue une équipe d'intervention. Peut-être que tout ça n'est qu'une plaisanterie idiote. » Il soupira. « Mais ce n'est pas l'impression que ça me donne.

– On prend ta voiture ou la mienne ?

– La mienne, naturellement. » Käfer prit un air entendu. « Les femmes au volant, tu sais...

– Ben voyons ! » Charlotte retint un commentaire acerbe sur le machisme dont il faisait preuve à la moindre occasion. « Y a-t-il eu une demande de rançon ? » voulut-elle savoir tandis qu'ils marchaient vers le parking.

« Pas jusqu'à présent. »

Charlotte s'assit dans la voiture de Käfer et attacha sa ceinture. Elle détestait les affaires où la victime était un enfant. Peu importait qu'il s'agisse de mauvais traitements, d'un enlèvement ou à plus forte raison d'un meurtre – dès qu'un enfant était au cœur d'un délit, tous les gens impliqués étaient aux prises avec des émotions beaucoup plus fortes que dans les autres cas. Non seulement les parents et la famille, mais aussi les enquêteurs. En particulier les collègues qui avaient eux-mêmes des enfants avaient beaucoup de mal à faire leur travail avec la distance habituelle et l'objectivité requise.

À peine vingt minutes plus tard, Käfer se garait devant la maison de Thomas et Katrin Ortrup.

« Pas mal, comme quartier », commenta Charlotte en regardant autour d'elle. De part et d'autre de la rue, des maisons individuelles entourées de terrains bien entretenus. Tout cela un peu trop propre et coquet à son goût, et pas très animé. Aux fenêtres de la maison située à gauche de celle des Ortrup, elle aperçut des rideaux de dentelle. Sans doute maintenus en forme avec des épingles. Le genre de chose qui aurait plu à ma mère, songea-t-elle avec un frisson dans le dos.

« Ça ne veut rien dire, comme chacun sait, objecta Käfer.

– Je sais. Observe donc l'environnement un instant et dis-moi ce que tu vois, toi.

– Très bien, madame la psychologue. » Käfer lui adressa un sourire acide et considéra la maison des Ortrup.

« Alors ? demanda Charlotte au bout d'un moment.

– Il y a eu une rénovation récente. Ils viennent d'emménager ou alors il y a des ouvriers chez eux.

– Pas de rideaux aux fenêtres. Au premier étage, derrière la vitre, à droite, on distingue des cartons de déménagement, dit Charlotte. Ils viennent probablement de s'installer. »

Käfer hocha la tête. « La maison est assez grande, le terrain fait... je dirais dans les huit cents mètres carrés. La famille ne doit pas être dans le besoin. D'ailleurs, il suffit de voir les deux voitures devant le garage. Une cible possible pour un maître chanteur, tu ne crois pas ? »

Charlotte acquiesça. « Les maisons voisines, à droite comme à gauche, sont très bien entretenues aussi. Les gens qui les habitent en prennent grand soin. Et des petits jardins en façade également. Ce qui veut dire qu'ils sont souvent dehors et voient beaucoup de choses.

– Exact. Celui qui taille souvent sa haie peut observer ce qui se passe de l'autre côté, dit Käfer.

– Et en l'occurrence il a peut-être remarqué quelque chose, ajouta Charlotte. S'il s'agit d'un enlèvement prémédité, on ne peut pas exclure qu'il y ait des complices.

– Oui. On interroge d'abord les parents, et ensuite je m'attaque aux voisins », dit Käfer.

Ils descendirent de voiture et virent une femme assez âgée se diriger vers eux. « Qu'est-ce que vous nous voulez ? » demanda-t-elle, méfiante. « Vous êtes de la police ? Il y a eu un cambriolage ? Les vols avec effraction sont tellement fréquents, de nos jours ! C'est une plaie.

– Vous habitez ici ? demanda Käfer.

– Oui, j'habite cette maison. » Elle désigna la maison aux rideaux de dentelle. « Mon nom est Werres, Doris Werres. »

Käfer se présenta, présenta Charlotte, et demanda à Mme Werres si elle avait remarqué quelque chose d'inhabituel autour de la maison des Ortrup.

« Pourquoi ? Il est arrivé quelque chose ? » La curiosité faisait briller les yeux de la voisine.

« Répondez à nos questions, s'il vous plaît, intervint Charlotte. C'est très important. »

Mme Werres hocha la tête. « Eh bien, il y a eu pas mal de va-et-vient aujourd'hui. Les parents sont partis ce matin, habillés tout en noir. Un enterrement, sans doute. Le fils n'était pas avec eux. » Elle toussota. « J'ai vu ça par hasard. N'allez pas croire que je les espionne !

– Mais non. » Charlotte se força à sourire aimablement. « Avez-vous vu également – tout à fait par hasard, bien sûr – si le fils a quitté la maison, à un moment ou à un autre, en compagnie d'une autre femme ? »

Mme Werres parut tout à coup comprendre. « Le gamin a disparu ? » Elle eut un rire moqueur. « Il n'arrête pas de s'échapper. Si vous voulez mon avis, sa mère est incapable de le tenir, ce gosse. Il s'est déjà sauvé alors qu'elle était dans sa cuisine en train de jacasser tranquillement avec une autre femme sans se douter de rien. C'est terrible, les mères d'aujourd'hui. Elles ne pensent qu'à leur épanouissement personnel et négligent leurs enfants. Le pire, c'est que… »

Charlotte lui coupa la parole. « Avez-vous remarqué une voiture ou quelqu'un que vous ne connaissiez pas ?

– Non », répondit Mme Werres, vexée. « Mais…
– Je reviendrai relever votre identité et vous poser encore quelques questions, dit Käfer. Merci beaucoup, madame. »
Charlotte et lui se dirigèrent vers la maison des Ortrup.
« Charmant voisinage », murmura Charlotte avec une grimace.

Un homme en noir, d'apparence particulièrement avenante, leur ouvrit. Il se présenta comme étant Thomas Ortrup et les conduisit dans la salle de séjour. Il y avait des cartons de déménagement dans tous les coins. Dans la lumière rasante du soleil couchant flottaient des particules de poussière. Sur un canapé de couleur claire était assise une femme blonde, de noir vêtue elle aussi, les yeux rougis, qui fixait le vide d'un air absent. Sur une petite table d'appoint trônait un château fort en Lego qui paraissait abandonné, attendant l'enfant qui voudrait bien jouer avec lui.
Thomas Ortrup les pria de s'asseoir. Lui-même faisait les cent pas, incapable de rester tranquille. Charlotte fut frappée par sa pâleur, ses cernes violets et le pli qui lui barrait le front, on voyait bien qu'il se faisait un sang d'encre.
« Nous n'avons pas encore eu la moindre nouvelle », dit-il d'une voix rauque, quand Käfer lui demanda si la femme s'était manifestée.
« Le mieux, c'est que vous nous racontiez en détail tout ce qui s'est passé aujourd'hui », dit Käfer.
Katrin Ortrup sembla enfin prendre conscience d'une présence étrangère dans la pièce. Elle regarda les deux intrus sans comprendre. Charlotte fut interloquée : elle avait déjà vu cette femme quelque part, mais où ?…
Contrairement à son mari, Mme Ortrup ne paraissait pas seulement soucieuse, elle avait l'air complètement perdue. Elle rappelait à Charlotte certaines victimes

qu'elle avait parfois eu à prendre en charge, des gens qui avaient survécu à un accident et qui se trouvaient dans un semblable état de sidération. Incapables de parler, se rongeant les ongles au sang, respirant avec peine.

« Pouvez-vous me donner le nom, le numéro de téléphone ou l'adresse de cette femme ? demandait Käfer.

– Son numéro ne répond plus, dit M. Ortrup. On a déjà essayé.

– Nous allons tout de même vérifier.

– Elle s'appelait Tanja Meyer. Le numéro, il faut que j'aille le chercher, une seconde. Tu l'as bien enregistré, ma chérie, n'est-ce pas ? »

Mme Ortrup haussa les épaules.

« Auriez-vous par hasard une photo d'elle ? » demanda Käfer.

M. Ortrup fit un signe de dénégation. « Non, pas à ma connaissance. » Il se pencha vers sa femme. « Chérie, est-ce que tu as une photo d'elle ? Et son numéro de portable ? »

Mme Ortrup secoua lentement la tête. « Non... Le numéro, oui... Où est mon portable ? Mais une photo...

– Dans ce cas, nous vous enverrons un technicien de l'identité judiciaire qui établira avec vous un portrait-robot, déclara Käfer.

– Mais oui. » Soudain son regard s'éclaira. « Bien sûr que si, j'ai une photo, dit-elle. Où est mon téléphone ? Je l'ai prise au terrain de jeux. Il y a quelques jours, quand nous y sommes allées avec Ben et Leo... » Un sanglot lui noua la gorge. « Elle est sur la photo. Où est passé ce fichu portable ? »

Elle se leva et fouilla parmi les objets éparpillés sur la table. Son attention se focalisa tout à coup sur un grand album pour enfants qu'elle prit dans ses mains. La couverture était illustrée de camions et de grues. Lentement, elle se rassit.

« Il adore ce livre », dit-elle d'une voix tremblante.

Charlotte la regarda, émue. Elle se souvenait très bien que son petit frère Stefan lui aussi était dingue des camions.

« Les petits garçons ont tous la folie des camions », dit-elle.

Mme Ortrup esquissa un pâle sourire. « C'est le premier mot qu'il a dit, *camion*, bredouilla-t-elle. Après *maman.* » Ses yeux se remplirent de larmes. Elle se força à respirer et essuya ses yeux. Son regard tomba sur le portable, qui se trouvait justement sous ce livre. Elle le prit et chercha parmi les photos enregistrées.

Interloquée, elle secoua la tête. « Elles n'y sont plus », bredouilla-t-elle en regardant les deux policiers d'un air désemparé. « La photo n'est plus là. Il manque la carte mémoire. Quelqu'un a dû l'enlever.

– Vous êtes sûre que vous en aviez bien mis une ? » demanda Käfer.

Mme Ortrup hocha vivement la tête. « Bien sûr. Ce portable n'a qu'une faible capacité, c'est pour ça que j'ai toujours une carte mémoire pour pouvoir prendre des photos quand j'en ai envie.

– Avez-vous prêté votre portable à Tanja Meyer ? » demanda Charlotte.

Mme Ortrup réfléchit intensément. « Non... Mais Leo a eu besoin que je lui change sa couche », dit-elle, nerveuse. « Mon Dieu, elle a dû enlever la carte mémoire de mon portable pendant que j'avais le dos tourné !

– Ça signifierait qu'elle a anticipé, elle a pensé à effacer d'avance toutes ses traces », dit Charlotte, réfléchissant tout haut. « Mais ne vous inquiétez pas, nos techniciens de l'identité judiciaire sont des experts. Nous obtiendrons un excellent portrait-robot. »

Mme Ortrup prit son visage entre ses mains. « Elle a tout manigancé à l'avance, elle savait déjà ce qu'elle allait faire », sanglota-t-elle.

M. Ortrup s'assit à côté d'elle et passa le bras sur ses épaules.

« Quatre-vingt-dix-neuf pour cent des enfants disparus

réapparaissent », dit Charlotte d'une voix calme. « Vous ne devez pas perdre espoir.

– Qu'est-ce que vous allez faire ? demanda-t-il.

– Nous allons interroger tous les gens susceptibles de nous apprendre quelque chose sur Tanja Meyer. La famille dans laquelle elle a travaillé, les employés du jardin d'enfants, enfin tout le monde. Parallèlement, nous lancerons un avis de recherche concernant Leo, peut-être même un appel à témoins dans les médias. Pouvez-vous nous donner une photo de Leo ? demanda Käfer.

– Bien entendu. » M. Ortrup lâcha sa femme et prit son porte-monnaie dans sa poche, d'où il sortit une photo. Un petit garçon blond qui riait en fixant l'objectif.

« Merci. » Käfer empocha la photo. « Racontez-nous un peu quel genre d'enfant est Leo. Il est turbulent, ou plutôt timide ?

– Leo est un petit gars très éveillé et adorable », déclara M. Ortrup, la voix rauque. « Il est parfois un peu réservé et craintif, mais...

– Il n'est pas craintif du tout ! l'interrompit sa femme. Ces derniers jours, avec la mort de son grand-père, il était peut-être un peu déboussolé, mais sinon, il est tout sauf craintif ! On voit bien à quel point tu le connais peu ! » ajouta-t-elle d'un ton de reproche.

Charlotte observait Thomas Ortrup, qui se contenta de hausser les épaules et de se détourner. « Que pouvez-vous nous dire à propos de cette Tanja ? » demanda-t-elle.

Mme Ortrup raconta comment elle avait fait sa connaissance et comment elle s'était très bien entendue avec elle dès le début.

« Je pensais avoir trouvé une amie, dit-elle. Et maintenant... » Elle fondit à nouveau en larmes.

Charlotte hocha la tête d'un air compréhensif.

« Et avec vous, monsieur Ortrup, comment était cette femme ? Aussi aimable et serviable ? demanda Käfer.

– En réalité, je ne l'ai jamais vue, même pas ce matin, répondit Ortrup. Nous ne sommes pas depuis longtemps à Münster, et sur le plan professionnel, je suis parfois assez débordé...

– Parfois ? » commenta sa femme avec ironie. Elle se moucha.

« Je travaille énormément », précisa son mari sans s'énerver.

Charlotte et Käfer échangèrent un regard. Le moment était venu d'interroger les deux parents séparément. Charlotte se chargerait de Mme Ortrup.

« Voudriez-vous me montrer la chambre de Leo ? » demanda-t-elle en se levant. « J'y trouverai peut-être un indice quelconque qui nous mettra sur la voie. »

Mme Ortrup acquiesça et elles quittèrent ensemble la salle de séjour.

Charlotte savait combien il serait difficile pour Mme Ortrup d'aller dans la chambre de son fils. De fait, elle s'en approcha d'un pas hésitant, la main appuyée contre le montant de la porte comme si elle allait s'effondrer. Il lui fallut prendre sur elle, mais elle entra. Ses doigts effleurèrent le papier peint orné de petites voitures multicolores.

« Oh, non ! » gémit-elle soudain. Elle tituba jusqu'au lit et prit l'ours en peluche posé sur la couette. « Il n'a pas son nounours », dit-elle dans un sanglot. « Il ne peut pas s'endormir sans son nounours... Une fois, nous avons dû faire cent kilomètres en voiture pour revenir le chercher à la maison parce que nous avions oublié de l'emporter et que Leo était inconsolable. Et maintenant... maintenant il est Dieu sait où... tout seul... sans sa maman, sans son papa... et sans... »

Mme Ortrup serra la peluche contre elle. Elle pleurait à chaudes larmes et tremblait de tout son corps. Le souffle court, elle pressait son autre main contre son ventre. Charlotte avait la conviction que sa douleur n'était pas feinte.

« Madame Ortrup, dit-elle. Je sais que c'est très dur pour vous, mais je dois vous poser encore deux ou trois questions. Vous voulez bien ? »

Mme Ortrup prit une profonde inspiration et s'efforça de se calmer.

« Comment se comportait cette Tanja avec vous ? N'aviez-vous pas l'impression parfois qu'elle en faisait trop, qu'elle vous importunait, vous sentiez-vous harcelée ?

– Harcelée ? » répéta Mme Ortrup, presque agressive. « Par une femme ? Je ne comprends pas...

– Avez-vous déjà entendu parler du *stalking*, savez-vous ce que c'est ?

– Je sais ce qu'est un *stalker*, oui. Cela concerne en général des célébrités, non ? Des stars de Hollywood, des chanteurs, qui sont poursuivis par des fans. Quel rapport avec Leo ?

– Le *stalking* n'est pas du tout réservé aux stars, expliqua Charlotte. Au contraire. La plupart des victimes sont des gens tout à fait ordinaires. Certains *stalkers* sont tellement fascinés par la vie d'une autre personne qu'ils veulent absolument vivre la même chose.

– Je ne comprends toujours pas...

– Si nous savions ce qui anime cette Tanja, le motif de son acte, nous aurions plus de chances de découvrir où elle est et donc de retrouver votre fils. Si c'est une *stalker*, si elle est obnubilée par vous et par votre existence, cela nous ouvre de nouvelles perspectives.

– Ce sont presque toujours des femmes dont le désir de maternité n'est pas satisfait qui enlèvent les enfants, n'est-ce pas ? demanda Mme Ortrup.

– C'est exact. Mais dans près de cent pour cent des cas, il s'agit de nourrissons. Ces femmes-là simulent une grossesse, puis volent un bébé, en règle générale dans le service maternité d'un hôpital, et elles le font passer pour leur propre enfant auprès de leur entourage. Ce genre de femmes ne s'intéressent pas à un enfant de trois ans, poursuivit Charlotte. Contrairement à une *stalker*.

Les *stalkers* ne sont pas en mesure de penser de façon rationnelle. Ils ne voient rien d'autre que la personne sur qui ils sont focalisés et ils sont prêts à tout pour se rapprocher de l'image idéale qu'ils s'en font. »

Ou pour la détruire, songea Charlotte. Mais elle se garda de le dire. « Comment était Tanja avec vous, madame Ortrup ? demanda-t-elle plutôt. Vous faisait-elle souvent des compliments, receviez-vous beaucoup d'appels téléphoniques ou de SMS, aviez-vous l'impression qu'elle vous admirait particulièrement ? »

Mme Ortrup faisait des efforts visibles pour formuler le plus précisément possible sa pensée. « Nous nous entendions très bien et nous étions toujours du même avis, qu'il s'agisse de la manière d'élever les enfants ou de nos livres préférés... » Elle fit une pause. « D'ailleurs, quand j'y réfléchis, c'était toujours *mon* point de vue, mes idées, *mes* livres préférés, *mes* disques favoris, que Tanja affirmait partager. Elle ne m'a à peu près rien révélé sur elle-même. » Elle secoua la tête. « Pourtant elle n'était jamais envahissante. Elle ne m'appelait qu'avec une bonne raison, et je crois bien n'avoir pas reçu un seul SMS. Non, franchement, je ne me suis jamais sentie harcelée ou persécutée. Je ne l'ai jamais perçue comme une *stalker*. Au contraire. Je la voyais vraiment comme une amie. »

Thomas Ortrup faisait les cent pas dans le séjour. Il avait manifestement du mal à se concentrer sur les questions que lui posait Käfer.

« Il y a quelques heures, nous enterrions mon beau-père, et maintenant nous voilà privés de notre fils, dit-il sur un ton désespéré.

– Je comprends, c'est une épreuve terrible pour vous, dit Käfer. Mais je dois malgré tout vous poser encore quelques questions. Aviez-vous des ennemis, vous ou votre femme ? Dans votre vie privée ou professionnelle ?

– Des ennemis ? Quelle idée ! Nous n'avons aucun ennemi ! Pourquoi posez-vous une question pareille ?

– Si nous avions affaire à un enlèvement contre demande de rançon... », voulut expliquer Käfer, mais Ortrup lui coupa la parole.

« Il n'y a pas grand-chose à prendre chez nous, dit-il, amer.

– Pouvez-vous me préciser ce que vous entendez par "pas grand-chose" ?

– Je gagne à peine soixante-dix mille euros par an, bruts naturellement. Ma femme, avec son boulot à mi-temps, doit faire dans les vingt mille. Il ne nous reste plus grand-chose à la fin du mois. Nous avons notre maison à payer.

– Les demandes de rançon ne portent pas toujours sur des sommes exorbitantes, objecta Käfer. Les auteurs de rapt veulent toucher l'argent le plus vite possible. Et ils savent très bien que si leurs exigences sont irréalistes, ils n'y arriveront pas.

– Mais la demande de rançon devrait avoir eu lieu depuis longtemps. Je ne comprends pas. » Ortrup se laissa tomber sur une chaise et enfouit son visage dans ses mains. Quand il leva la tête, ses yeux étaient remplis de larmes. « Et si ce n'est pas une histoire de rançon ? Si cette Tanja fait du trafic d'enfants ? Si c'est une meurtrière ? Comment ma femme a-t-elle pu faire aussi aveuglément confiance à une criminelle ? Elle n'a donc aucun jugement sur les gens ? N'aurait-elle pas dû se rendre compte qu'il y avait quelque chose de louche chez cette femme ?

– On ne peut rien exclure d'emblée, dit Käfer. Devez-vous de l'argent à quelqu'un, une assez grosse somme ?

– Vous voulez dire qu'on pourrait avoir enlevé Leo pour qu'il serve de gage, en quelque sorte ?

– Ça peut arriver.

– Je n'ai de dettes qu'auprès de la banque.

– Et du côté de vos activités professionnelles ? Se pourrait-il que quelqu'un veuille faire pression sur vous ? Que cette Tanja ait été engagée pour enlever Leo afin de vous mettre à la merci d'un maître chanteur ? »

Ortrup secoua la tête. « Je ne suis jamais que le directeur du marketing, pas le P-DG. Non, ça n'a pas de sens.

– Vous en êtes sûr ? »

Il opina. « Je vais interroger Carmen par acquit de conscience », dit-il et il corrigea aussitôt : « Je veux dire Mme Gerber, mon assistante. » Il se passa nerveusement la main dans les cheveux.

Käfer vit sa gêne et décida d'enfoncer le clou. « Quels sont vos rapports avec votre assistante ? »

Ortrup prit aussitôt la mouche. « Je n'ai pas de *rapports* avec elle ! Vous êtes chargé de retrouver mon fils, merde, et pas de bâtir je ne sais quelles théories vaseuses ! » Il se leva d'un bond. « Il faut que je sorte. » Il avait l'air d'un homme traqué. « Je suis incapable de rester là, à répondre tranquillement à vos questions, alors que mon fils a besoin qu'on lui porte secours de toute urgence. Il faut que je fasse quelque chose, sinon je vais péter les plombs. Je peux partir ?

– Oui, dit Käfer en se levant à son tour. Allez-y. »

Thomas Ortrup fonça dans l'entrée, prit son blouson et ses clés et cria en direction de l'étage : « Je suis de retour dans deux heures ! »

Sa femme apparut en haut des marches. « Qu'est-ce que tu vas faire ? demanda-t-elle d'une voix éteinte.

– Je ne sais pas. Il faut que je cherche Leo. Il faut que je fasse quelque chose. » Il ne tenait manifestement plus en place. « Je vais fouiller les jardins ouvriers. On peut très bien dissimuler quelqu'un au milieu des plantations. »

Sa femme acquiesça d'un air las. « Fais attention à toi », dit-elle, et elle regarda son mari quitter la maison en courant comme s'il avait le diable à ses trousses.

Charlotte et Peter Käfer avaient regagné leur voiture. Mme Ortrup leur avait donné l'adresse des Weiler, et ce serait leur première destination. Tout en roulant dans les rues presque désertes maintenant que le soir tombait, Käfer parlait au téléphone. « Je ne veux plus perdre de temps. Il faut vérifier toutes les Tanja Meyer, T. Meyer, et Meyer tout court... Oui, je sais bien. Moi aussi, je préférerais qu'elle s'appelle Zukolowski... Et aussi le numéro de portable. Même s'il a été désactivé, ça ne veut pas dire que nos petits gars de l'informatique ne peuvent pas en tirer quelque chose tout de même... Non, pour l'instant nous n'avons encore aucun indice. On ne peut pas se mettre à passer tous les bois au peigne fin... Non... Dès que nous pourrons circonscrire une zone, on commencera la battue... Oui, c'est ça... Non, pas un mot à la presse pour le moment. J'emmène Charlotte chez les Weiler et je rentre au commissariat. À tout à l'heure. »

Il coupa son téléphone et se gara devant la maison de la famille Weiler.

« Je vais tâcher de trouver un objet quelconque qui nous donne une empreinte ADN, dit Charlotte avant de descendre de la voiture.

– Avec un peu de chance, l'empreinte sera peut-être déjà au fichier », répondit Käfer en se fourrant dans la bouche une pleine poignée de petits ours en sucre gélifié. « À plus. »

Il repartit et Charlotte se dirigea vers la maison. Elle était plus grande et paraissait plus cossue que celle des Ortrup. La façade et le perron bénéficiaient d'un élégant éclairage indirect. De part et d'autre des marches qui menaient à l'entrée, deux buis taillés en cubes parfaits. Sur le gazon gisait un vélo d'enfant en bois avec une selle bleue.

Charlotte dut sonner plusieurs fois avant qu'on lui ouvre. Une femme en tailleur-pantalon crème se présenta à la porte. Elle paraissait fatiguée. On entendait un enfant appeler quelque part dans la maison.

« Oui. De quoi s'agit-il ? » demanda-t-elle d'une voix lasse. « C'est l'heure d'aller au lit, Ben ! » cria-t-elle en tournant le dos à sa visiteuse. « Bon sang, calme-toi, Ben ! Excusez-moi », ajouta-t-elle à l'adresse de Charlotte. « Que disiez-vous ? Vous êtes qui ?

– Je n'ai encore rien dit », répondit Charlotte, et elle se présenta. « Et vous, vous êtes Sabine Weiler, je présume. »

La femme acquiesça.

Charlotte expliqua brièvement ce qui l'amenait.

« Mon Dieu, c'est épouvantable », dit la femme avec effroi. « Et vous croyez vraiment que le petit garçon a été enlevé par Tanja ? Franchement, j'ai du mal à imaginer une chose pareille. Encore que, ma foi, après le coup qu'elle m'a fait aujourd'hui...

– Vous permettez que j'entre ? l'interrompit Charlotte. Nous pourrons parler de tout ça un peu plus en détail. »

Sabine Weiler se passa la main dans les cheveux. « C'est que... le moment est plutôt mal choisi, pour être franche. Le petit dort... ou enfin presque... et il faut que j'en profite pour...

– Je suis désolée, mais ce n'était pas une question », la coupa de nouveau Charlotte. « Il *faut* que nous parlions de tout ça maintenant. On peut le faire ici, ou alors au commissariat, comme vous voulez. Et je dois aussi parler avec votre fils. Au moins quelques minutes. »

Sabine Weiler s'écarta en soupirant pour la laisser entrer. « Vous avez raison... »

Charlotte pénétra dans un grand vestibule et regarda autour d'elle.

Sur un étroit buffet tout de verre et d'acier brossé, un miroir serti d'argent faisait paraître la pièce encore plus vaste. Dans le coin du mur, une lampe de designer en forme d'étoile. Sur le tapis de soie à motif floral, les pièces d'un jeu de construction – seule preuve qu'un enfant vivait dans cette maison.

« Et quel coup vous a fait votre baby-sitter aujourd'hui ? » demanda Charlotte.

Mme Weiler referma la porte. « Jusque-là Tanja était absolument fiable. Je dirais même que c'était la baby-sitter la plus fiable que nous ayons jamais eue. Mais ce matin elle m'a appelée à mon cabinet en me disant qu'elle ne pouvait pas aller chercher Ben au jardin d'enfants. Elle devait malheureusement partir subitement. Pour une durée indéterminée. Elle ne savait même pas si elle reviendrait. » Mme Weiler était furieuse. « Je lui ai dit que j'étais en rendez-vous avec des clients et que je ne pouvais absolument pas m'en aller. Mais elle s'en fichait. Elle m'a juste dit que je pouvais garder l'argent que je lui devais, à titre de dédommagement. Et puis elle a raccroché. C'est inconcevable ! Vous imaginez un peu la tête de mes clients ?

– Pour être franche, non, répondit Charlotte.

– En tant qu'avocate, je ne peux pas me permettre ce genre de fantaisie, continua Mme Weiler. Mon mari est à New York pour raison professionnelle. Nous n'avons pas de grands-parents à proximité, je suis obligée de m'en remettre à une baby-sitter. »

Charlotte opina. « Depuis quand cette femme travaillait-elle pour vous ? »

Quelques semaines plus tôt, la présumée coupable avait abordé Sabine Weiler sur un terrain de jeux et lui avait mis dans la main sa carte de visite, où elle se présentait comme une éducatrice diplômée et une baby-sitter expérimentée. Sabine Weiler l'avait appelée peu après et, Tanja lui ayant fourni diverses attestations et références, toutes excellentes, elle l'avait engagée.

« Jusqu'à ce matin, je me disais que c'était vraiment un coup de chance absolu, déclara Mme Weiler. Avec Ben elle s'est toujours montrée adorable et d'une grande patience. Ils ont tout de suite été inséparables. En tant que mère, j'aurais presque pu en être jalouse.

– Vous l'étiez ?

– Non, bien sûr que non. Ce serait absurde. Je suis ravie quand Ben aime bien sa baby-sitter, c'est tellement plus confortable. Sinon, tout va de travers à la maison. Je n'ai tout de même pas fait le barreau pour passer mes journées à construire des châteaux avec des cubes en bois.

– Maman ! appela de nouveau l'enfant.

– Il est encore réveillé, on dirait, dit Charlotte. Le mieux, c'est que je parle avec lui tout de suite, avant qu'il ne s'endorme. »

Mme Weiler ne parut pas ravie mais elle s'inclina. « Venez », dit-elle.

Un escalier de bois clair menait au premier étage. Sur le parquet du couloir, un long tapis moderne, à motifs noirs et gris. Ce couloir était assez large pour loger, d'un côté, un grand buffet de style ancien et, en face, une sculpture de marbre abstraite et froide.

Mme Weiler se dirigea vers la seule porte qui n'était pas fermée, seulement entrebâillée. Charlotte la suivit.

« Maman, doudou ! Maman, mon doudou ! »

Mme Weiler poussa la porte et entra.

« Oh, Benny, tu as encore perdu ton doudou ! Où l'as-tu fourré, hein ? »

Tandis qu'elle explorait le petit lit en quête du doudou, Charlotte s'avança dans la pièce. L'ameublement était plutôt sophistiqué. Le lit de Ben avait la forme d'un bateau. Sur la couette s'ébattaient des pirates. À droite, une étagère remplie à craquer de figurines Playmobil et de Lego. Au milieu de la pièce, sur un énorme pouf, toute une collection de peluches.

« Le voilà, ton doudou », dit Mme Weiler en tendant à son fils un bout de tissu multicolore qui paraissait usé jusqu'à la corde.

Charlotte ne put s'empêcher de sourire en voyant le bambin serrer tendrement ce chiffon contre son cœur. Exactement comme Stefan autrefois, songea-t-elle. Son petit frère, lui non plus, ne s'endormait jamais sans son doudou.

« Hello, Ben, dit-elle doucement. Je m'appelle Charlotte et je voudrais te demander quelque chose. »

Ben se frotta les yeux. Il avait l'air somnolent, mais la regardait tout de même avec une certaine curiosité.

« Tu sais où est Leo ? »

Ben secoua la tête et pressa son doudou contre sa joue.

« Et est-ce que tu sais où est Tanja ? » tenta encore Charlotte. « Tu sais, la gentille dame qui prend toujours bien soin de toi. »

Ben secoua à nouveau la tête et s'enfonça deux doigts, l'annulaire et le majeur, dans la bouche.

« Il ne faut pas sucer tes doigts, Benny », lui dit sa mère gentiment, mais Ben ne l'écoutait plus. Sa curiosité naissante s'était manifestement envolée, il voulait juste dormir.

« Tanja t'a peut-être dit si elle avait l'intention de partir en voyage avec Leo ? demanda Charlotte.

– Nan... » La voix de Ben n'était plus qu'un filet et ses yeux se fermaient tout seuls.

« D'accord, Ben, fais dodo. On parlera une autre fois. Bonne nuit.

– Hum... »

L'enfant s'était endormi. Charlotte quitta la chambre à pas de loup derrière Sabine Weiler.

« Tanja a-t-elle séjourné ici, dans cette maison ? » demanda-t-elle quand elles furent de retour dans le vestibule.

« Non. Nous avons une chambre de bonne pour loger éventuellement les baby-sitters, car mon mari et moi sommes très pris par nos activités professionnelles, mais elle l'a très peu utilisée.

– Pouvez-vous me donner l'adresse de Tanja ?

– Tout de suite. » Mme Weiler se dirigea vers le buffet, ouvrit un sac à main qui était posé dessus, et en sortit une carte de visite.

« Tanja Meyer, Frankoniastrasse, 12 », lut-elle avant de tendre la carte à Charlotte. « Elle m'a donné ça la première fois.

– Je vous demande un instant », dit Charlotte. Elle appela aussitôt le commissariat.

« Schneidmann, c'est pour une vérification d'adresse… Non, tout de suite. Frankoniastrasse, 12… Oui, j'attends. »

« Merci », conclut-elle quelques secondes plus tard avant de fermer son téléphone. « L'adresse est fausse », dit-elle à Mme Weiler. « Pourriez-vous me montrer la chambre de bonne, s'il vous plaît ?

– Bien sûr. »

Mme Weiler la conduisit à l'autre extrémité du palier et ouvrit une porte. Charlotte pénétra dans une grande pièce tapissée d'un papier à fleurs. Les seuls meubles étaient un lit à baldaquin d'un autre âge, une commode et une penderie. Cette chambre ne semblait guère confortable, songea Charlotte.

Elle regarda autour d'elle, ouvrit les tiroirs de la commode, la porte de la penderie. Tout était vide.

« Pas le moindre objet personnel, dit-elle, déçue.

– Tanja n'a passé qu'une ou deux nuits ici, pour cela une brosse à dents suffit.

– Peut-être la brosse à dents y est-elle encore.

– Je vais aller voir dans la salle de bains de la chambre d'enfant, dit Mme Weiler. Elle avait l'autorisation de l'utiliser aussi. »

Elle sortit de la chambre et Charlotte jeta un dernier coup d'œil. Tout était méticuleusement propre et rangé. Comme si on venait de faire le ménage. Pour faire disparaître toutes les traces…

Mme Weiler venait de réapparaître, une brosse à dents à la main. « La voici.

– Merci. » Charlotte la mit dans un sachet en plastique.

« Vous avez peut-être aussi une photo d'elle ?

– Il y en avait une avec ses certificats de travail. Je dois l'avoir rangée, venez avec moi. »

Charlotte la suivit en bas dans un bureau spacieux. Ici aussi tout était très propre et parfaitement en ordre.

« Quand le ménage a-t-il été fait ici pour la dernière fois ?

– Cet après-midi. Notre femme de ménage vient trois fois par semaine.

– Il va être difficile de trouver des empreintes digitales.

– Elle prenait ma voiture de temps en temps, mais je suis allée la récupérer au garage aujourd'hui à midi, elle y était pour une révision, si bien que là aussi, tout a été nettoyé... »

Charlotte ne fit aucun commentaire.

Mme Weiler ouvrit le secrétaire et s'immobilisa.

« Attendez, il y a un problème. Quelqu'un a fouillé là-dedans... » Elle inventoria rapidement ses documents et poussa un soupir de soulagement.

« Dieu merci, tout est là. » Elle regarda Charlotte et ajouta, avec un haussement d'épaules : « Sauf les certificats et la photo.

– Ç'aurait été trop beau. » Charlotte mit le sachet en plastique avec la brosse à dents dans sa poche et prit congé de Mme Weiler en précisant qu'elle reviendrait le lendemain interroger Ben. Elle aviserait aussi le service d'anthropométrie judiciaire afin qu'il vérifie s'il ne restait pas tout de même quelques empreintes digitales sur la voiture. Sait-on jamais.

Quand elle se retrouva sur le perron, Charlotte ressortit le sachet en plastique de sa poche et regarda la brosse à dents d'un air songeur.

« Tu as manifestement pensé à tout. Sauf à cette brosse. L'as-tu oubliée par mégarde ? Ou bien pour que je la trouve ? » murmura-t-elle. En soupirant, elle remit la pièce à conviction dans sa poche. « Que peux-tu bien avoir derrière la tête ?... »

Katrin était plantée dans la cuisine, tremblante de fatigue. Où avait-elle donc fourré le thé ? Sur le rebord de la fenêtre ? Non. Il y avait là un grand plat rempli de sucettes et de tétines, à côté d'une série de biberons et de tasses à bec. Près de la boîte de café, sur le plan de travail, Katrin découvrit un sachet d'oursons en sucre gélifié et un paquet entamé de biscuits à la farine d'épeautre ; à moitié cachés derrière la bouilloire il y avait aussi un bocal de Nutella et des cornflakes. Quel bazar, soupira-t-elle. Elle finit par trouver les sachets de thé, à côté des éponges, sur le micro-ondes… Il allait vraiment falloir qu'elle mette un peu d'ordre. Un de ces jours.

Elle se prépara du thé avec des gestes fébriles et retourna dans le séjour où elle se rassit sur le canapé. Elle but une gorgée, se brûla la langue et posa le mug sur la table basse. Perdue dans ses pensées, elle se mit à ronger les petites peaux autour de ses ongles, jusqu'au sang. Impossible de s'arrêter. La douleur avait presque un effet apaisant.

Elle avait beau se sentir épuisée, sa tension ne se relâchait pas. Que mijotait Tanja ? Que voulait-elle faire de Leo ? Comment allait-il ? Ses pensées tournaient dans sa tête, une ronde infernale.

« Oh mon Dieu, faites qu'il ne lui arrive rien, qu'elle ne lui fasse pas de mal, je vous en supplie ! » gémit-elle. Tanja s'était toujours montrée si gentille avec Leo et Ben, si délicate, si sincère, si douce et compréhensive, comme seule une mère peut l'être. Elle ne pouvait pas avoir fait semblant sur toute la ligne… À moins que… Ne lui avait-elle pas menti depuis le début ? Elles étaient assises côte à côte sur un banc au terrain de jeux, à bavarder gaiement, et Tanja avait profité d'un moment où elle avait le dos tourné, où elle changeait la couche de Leo, pour subtiliser la carte mémoire de son téléphone. Et Leo ? Ne lui avait-elle pas déjà fait un mal immense en l'arrachant à ses parents ? Pourtant elle devait bien savoir à quel point c'était affreux pour lui. Il devait les réclamer, pleurer, demander où se trouvaient son papa et sa maman, qui lui manquaient affreusement, sans aucun doute, de même que son nounours… Il n'arrivait pas à s'endormir sans son nounours…

Katrin pressa sa main contre sa bouche pour ne pas se remettre à sangloter. Plus elle pleurait, plus elle se sentait impuissante. Elle avait peur de ne plus être capable de réfléchir du tout.

Elle se força à prendre une longue inspiration, but une gorgée de thé et entreprit de se remémorer tous les détails de ses rencontres avec Tanja. Y avait-il quelque chose qu'elle aurait dû remarquer ? Un regard de travers, une réflexion désobligeante à laquelle elle aurait dû prêter attention ? Non, elle ne voyait rien. Au contraire. Dès le début, Tanja lui avait fait l'effet d'une personne franche et droite. Quelqu'un qui vous regardait dans les yeux en vous parlant, contrairement à la plupart des gens qui se focalisent sur votre bouche. Du coup, elle lui était apparue comme une auditrice attentive, intéressée… Et tout cela n'était que du calcul, songea Katrin avec amertume. Cette femme était une comédienne redoutable.

Mais pourquoi ? Pourquoi s'en prenait-elle à Leo ? Qu'espérait-elle obtenir ? Et pourquoi enlever Leo plutôt qu'un autre enfant, plutôt que Ben, par exemple ?

Soudain, son portable se mit à sonner. Dans la maison silencieuse, on aurait dit la sonnerie stridente d'un vieux réveil. Katrin sursauta. Elle se sentait comme paralysée. Qui pouvait bien lui envoyer un SMS ? Si tard le soir ? Thomas ? Mais où était-il ? Il était parti avec l'intention de fouiller les jardins ouvriers… Pourquoi n'était-il pas ici, auprès d'elle ? Afin de la consoler ? De la soutenir ? Il n'était jamais là quand elle avait besoin de lui…

Les mains tremblantes, elle sortit son téléphone de sa poche et lut : *Un inconnu vous a laissé un message.*

Les mains de Katrin étaient moites. Que devait-elle faire ? Finalement, elle décida de lire le message.

Les larmes d'Alecto seront les tiennes, disait le SMS.

Katrin secoua la tête. Qu'est-ce que cela signifiait ? Qui était *Alecto* ? Quelqu'un lui avait-il adressé ce SMS par erreur ? Non, Katrin ne voulait plus croire aux hasards. Pas aujourd'hui.

Elle se leva et, d'un pas déterminé, alla chercher son ordinateur portable dans le bureau. Elle se rassit sur le canapé et chercha sur Internet : *Alecto.*

Elle trouva un hôtel *Alecto,* découvrit sur Wikipédia que c'était le nom d'une déesse grecque, et la raison sociale d'une société de cinéma ainsi que de plusieurs autres entreprises.

Ce qu'elle lut tout en bas de l'écran la surprit davantage :

Alecto est sur Facebook. Rejoins Facebook pour entrer en contact avec Alecto.

Sans hésiter, Katrin alla sur Facebook. En quelques clics, elle se retrouva sur la page d'*Alecto.*

Il n'y avait pas de photo de profil, et aucune mention non plus aux rubriques « Informations » et « Liste d'amis ». Katrin n'était pas une adepte des réseaux sociaux et elle avait peu pratiqué Facebook. Elle ne comprenait pas pourquoi tant de gens éprouvaient le besoin de partager avec la terre entière le moindre pet de travers. Quand elle ouvrit l'album photos d'*Alecto,* Katrin tomba d'abord sur une série de clichés de naturaliste représentant des pierres classées par ordre de taille. Cela présentait-il une quelconque valeur artistique ?

Soudain, elle sursauta.

Tout à fait à la fin de l'album surgit une photo de groupe, prise en surplomb et de biais, peut-être d'une fenêtre, ou du haut d'un mur. Il ne semblait pas s'agir d'un instantané, plutôt d'une photo officielle, prise pour immortaliser un événement, par exemple. On distinguait sur le cliché une vingtaine de personnes, qui toutes regardaient l'objectif, l'air détendu. Plusieurs agitaient la main, quelques-unes levaient le pouce. Katrin faillit ne pas reconnaître Tanja car la main de la femme à côté d'elle lui cachait en grande partie le visage. Mais on distinguait parfaitement la boucle d'oreille : une petite fraise rouge... Pas de doute. C'était bien Tanja.

Katrin se rua sur le téléphone et composa le numéro que Charlotte Schneidmann lui avait laissé.

L'enquêtrice répondit aussitôt.

« Je crois que la ravisseuse s'est manifestée, dit Katrin.

– Vous lui avez parlé ?

– Non. » Katrin parla du mystérieux SMS et de ses recherches sur Internet.

« J'arrive », dit Charlotte Schneidmann.

Katrin posa le téléphone à proximité, prit une couverture dont elle s'enveloppa jusqu'au cou et s'allongea. L'ordinateur était toujours posé sur la table basse, ouvert, et elle ne pouvait détacher ses yeux de la photo.

Ainsi, elle s'était manifestée.

Bientôt, Katrin saurait enfin ce que Tanja lui voulait.

Elle perçut un bruit étouffé. Était-ce la porte d'entrée ? Katrin n'arrivait pas à ouvrir les yeux. Après son coup de téléphone à Charlotte Schneidmann, le sommeil avait eu raison d'elle. Son corps s'était octroyé ce dont il avait besoin, et il ne semblait pas encore disposé à obéir à sa volonté.

Dans un demi-sommeil, elle entendit des pas familiers dans le couloir. Thomas était de retour. Elle connaissait ce petit froissement : c'était le bruit de sa veste lorsqu'il la suspendait au portemanteau. L'espace d'un instant, elle crut qu'il rentrait du travail et qu'elle s'était endormie devant la télévision, comme cela lui arrivait souvent ces derniers temps. Et que Leo dormait tranquillement là-haut, dans sa chambre.

Leo.

La conscience lui revint d'un coup. Elle se leva d'un bond.

« Thomas ? Il y a du nouveau ? »

Il entra lentement dans le séjour, les épaules tombantes, les yeux las et cernés, et secoua piteusement la tête.

« Je ne sais pas où je dois encore chercher », dit-il d'une voix éteinte, le regard perdu. « As-tu pensé à prévenir ta mère ? »

Katrin sursauta. Elle avait complètement oublié. « Oh mon Dieu, non ! Je vais l'appeler tout de suite. » Elle avait déjà saisi son téléphone quand son regard tomba sur la pendule. « Il vaut peut-être mieux que j'attende demain matin. Il est déjà tard. Elle doit dormir depuis longtemps et je ne voudrais pas lui infliger un choc supplémentaire après une si dure journée. » Les larmes lui montèrent aux yeux.

Thomas chercha une parole réconfortante à lui dire, mais aucun mot ne vint. Il se contenta de lui caresser le bras en silence.

« Allons nous coucher », dit-il enfin.

Katrin secoua la tête. « Ce n'est pas possible. La police arrive d'une minute à l'autre.

– Pourquoi donc ? »

Katrin le regarda à travers ses larmes. « Elle s'est manifestée », dit-elle, et elle le mit au courant du SMS et de la photo qu'elle avait trouvée sur Facebook.

« À quoi ça rime ? demanda Thomas. Que veut-elle obtenir de toi ?

– Je ne sais pas. » Elle prit son portable sur la table basse, appuya sur une touche et l'écran, qui était en veille, se ralluma.

« On ne peut malheureusement pas la reconnaître formellement, elle est à moitié cachée. Mais la boucle d'oreille ! Regarde. C'est la sienne. J'en mettrais ma main à couper. »

Thomas scrutait la photo, les yeux grands ouverts, et sa lèvre inférieure se mit à trembler.

« Il est encore tiède, dit Katrin en lui tendant son mug de thé.

– Oh mon Dieu », murmura Thomas. Il prit la tasse, les mains tremblantes, si bien que le thé éclaboussa son pantalon noir. Il n'y prêta aucune attention. Il avait l'air abasourdi.

Katrin tiqua. Pourquoi réagissait-il si violemment ?

La sonnette les fit sursauter tous les deux. Katrin se hâta d'aller ouvrir. « Vous avez fait vite. »

Charlotte Schneidmann entra. Elle paraissait fatiguée, et abattue. Katrin la conduisit vers le séjour. Elles tombèrent nez à nez avec Thomas qui quittait la pièce.

« Il faut que j'aille boire une gorgée de vin, sinon je vais disjoncter », dit-il en se ruant vers la cave.

Katrin et Charlotte Schneidmann s'installèrent sur le canapé et regardèrent l'écran de l'ordinateur. Katrin désigna la femme, au centre de la photo.

« On ne distingue pas grand-chose, hélas, commenta l'enquêtrice. Elle semble un peu en surpoids. Et ses cheveux sont d'une couleur pas très naturelle. Teints en noir, probablement. »

Katrin haussa les épaules. « Peut-être bien.

– On dirait qu'il y a un lien entre tous ces gens », poursuivit Charlotte, réfléchissant tout haut. « Ou alors ils sont réunis là pour une raison particulière. Tous sont habillés normalement, personne n'est endimanché ou en tenue de cérémonie. Il ne s'agit pas d'un mariage ou d'une occasion de ce genre. »

Katrin acquiesça. « Ce ne sont presque que des femmes. Il n'y a que trois hommes parmi elles.

– Et la photo est prise dehors, sur une place, ou dans une cour. » L'enquêtrice désigna le bord gauche du cliché. « Vous voyez ? On voit ici d'autres personnes, qui ne font pas partie du groupe. Cela pourrait signifier que la photo a été prise lors d'une fête publique, peut-être une fête de rue ou un rassemblement religieux. Ou alors ce sont des collègues au cours d'une sortie d'entreprise.

– On ne voit pas de maison, pas d'enseigne de magasin, remarqua Katrin.

– Malheureusement. Mais mes camarades de l'informatique pourront peut-être remédier à cela. Quand on télécharge une photo, le serveur enregistre une foule d'informations. Par exemple, la marque de l'appareil, la date, et même éventuellement le lieu si la photo a été prise avec un téléphone portable muni d'un GPS. Mes collègues vont se mettre au travail tout de suite », conclut Charlotte Schneidmann.

Thomas réapparut, un verre de vin rouge à la main. Il était toujours aussi pâle et défait. Il s'affala dans un fauteuil et but une longue gorgée.

« Avez-vous appris quelque chose d'utile en parlant à la mère de Ben ? demanda Katrin.

– Oui, nous avons un nom. Tanja Meyer. Les vérifications sont en cours. Il y a malheureusement beaucoup de Meyer. »

Katrin opina en silence.

« Pour l'instant, nous n'avons hélas identifié aucune personne qui fasse partie de son entourage. Si nous avions la trace d'un mari, d'une sœur, ou d'amis, ce serait plus facile. Si par hasard vous repensiez à quelqu'un qui pourrait connaître cette femme d'une manière ou d'une autre… »

Katrin secoua la tête. « Moi-même, je ne la connaissais que depuis très peu de temps. »

Thomas toussota. Il avala encore une gorgée, comme s'il avait besoin de se donner du courage. « Je connais quelqu'un sur cette photo », dit-il enfin d'une voix altérée. Il faisait tourner nerveusement le verre entre ses mains.

Katrin le regarda, surprise.

« La femme à gauche, à côté de Tanja Meyer. Elle s'appelle Christa Leifart. Docteur Christa Leifart. Nous avons été collègues à une époque.

– Nous allons la retrouver et l'interroger, dit Charlotte Schneidmann.

– Vous pensez qu'elle est complice ? demanda Katrin.

– Elle peut être un témoin important. En tout cas, c'est la première personne identifiable qui appartient au passé de Tanja. Avec un peu de chance, il s'agit d'une parente ou d'une amie, et elle pourra nous donner des indications sur l'endroit où se trouve la ravisseuse. » Elle sortit son téléphone de sa poche. « Vérification d'identité en urgence. Docteur Christa Leifart... Oui, préviens-moi dès que tu as des éléments... À tout à l'heure. »

« Tu ne m'avais jamais parlé de cette femme. » Katrin observait son mari, visiblement contrariée.

Il évitait son regard, préférant fixer le sol. « Je... je l'ai rencontrée autrefois, il y a des années. De nombreuses années. C'est vraiment de l'histoire ancienne.

– Où l'as-tu rencontrée ? Je veux dire, si c'est une collègue ?

– À un congrès, dit Thomas. Leo n'était pas né, à l'époque, ça remonte à loin.

– Tu travaillais avec elle ?

– Eh bien... oui. En fait, non. Disons... plus ou moins.

– Qu'est-ce que ça veut dire ? Tu sais tout de même bien si tu as travaillé avec elle ou pas ! » La voix de Katrin était suraiguë, elle s'en rendit compte elle-même. Pourquoi Thomas bafouillait-il de la sorte ?

« Je l'ai rencontrée lors d'un salon, un grand salon international, Intertec.

– Quand l'avez-vous vue pour la dernière fois ? intervint Charlotte.

– Oh, ça fait un bail ! répondit Thomas. Au moins cinq ou six ans. Je ne l'ai vue qu'une seule fois, lors de ce salon. » Il but une nouvelle gorgée de vin. « Plus tard, le soir...

– Les salons se terminent avant vingt heures », dit Katrin sèchement.

« C'était lors d'une réception, après la clôture. En l'honneur de je ne sais quoi... »

Katrin observait Thomas. Il était là devant elle, piteux, tout suant et bredouillant. Elle ne le connaissait pas sous ce jour.

Il se leva sans crier gare. « J'ai besoin d'un café. Quelqu'un en prendra avec moi ? » Il n'attendit pas la réponse et fonça vers la cuisine. Katrin le suivit des yeux, avec une drôle de sensation dans le ventre. Une sensation jadis familière, à l'école, quand le professeur allait rendre un devoir et qu'elle savait qu'elle aurait une mauvaise note, ou plus tard, quand un ami voulait rompre avec elle.

Thomas revint dans le séjour avec, à la main, non pas un café mais un nouveau verre de vin. Il s'assit, mal à l'aise. Les oreilles de Katrin se mirent à siffler.

« Tu avais une liaison avec elle, c'est ça ? » demanda-t-elle.

Thomas se passa fébrilement la main dans les cheveux et but une gorgée. « Ce n'était pas une liaison », murmura-t-il après un long silence. « Il y a tellement longtemps... ça n'avait aucune importance...

– Mais c'était bien ta... », dit Katrin, comme pour elle-même.

« Non ! » l'interrompit-il. Il se leva d'un bond. « Je n'avais pas une liaison avec elle. Nous étions à un congrès, il y a eu une cérémonie de clôture et beaucoup de gens étaient bourrés. Nous nous sommes retrouvés au lit ensemble, je ne sais même pas comment. Mais ça ne s'est pas reproduit ! Ça n'avait vraiment aucune importance ! » Il faisait les cent pas, désemparé.

D'un seul coup, Katrin se sentit complètement vidée. Le chagrin et la peur qu'elle avait éprouvés toutes ces dernières heures s'étaient comme évaporés.

« Je suis vraiment désolé, ma chérie, dit Thomas d'une voix tremblante.

– Ne m'appelle pas *chérie* ! hurla Katrin. Ne m'appelle plus jamais *chérie* ! »

Ils se regardèrent, silencieux et hagards.

Tout à coup, le téléphone de Charlotte Schneidmann sonna.

« Oui ?... Où ça ? OK, tu y vas ?... Non, le rapport avec la ravisseuse n'est toujours pas établi. Cette femme, ce docteur Leifart, a eu autrefois une... » Elle s'éclaircit la voix et continua, plus bas mais Katrin comprit parfaitement ce qu'elle disait : « ... une liaison avec le père de l'enfant... Oui... Non... D'accord, vérifie. À plus. » Sa conversation terminée, elle se tourna vers Katrin. « Nous avons réussi à retrouver cette Mme Leifart, mon collègue va parler avec elle. Peut-être en saurons-nous davantage.

– J'en sais déjà bien assez, dit Katrin, glaciale, et elle se détourna.

– Madame Ortrup, calmez-vous, s'il vous plaît. Nous voulons juste savoir ce que cette Christa Leifart vient faire dans l'histoire qui nous occupe. Le plus important, pour l'instant, c'est que la ravisseuse a cherché à entrer en contact avec vous. » Charlotte Schneidmann attendit de croiser à nouveau le regard de Katrin. « Elle a voulu que vous trouviez cette photo – quelle qu'en soit la raison. Vous pouvez la contacter par l'intermédiaire de Facebook, j'imagine ? »

Katrin opina. « Naturellement. Je peux envoyer un message sur le compte de cet *Alecto.*

– Eh bien vous allez le faire tout de suite.

– Ça servira à quoi ? demanda Katrin d'un ton las.

– On peut peut-être la faire sortir du bois par ce moyen. » L'enquêtrice la regardait. « Vous ne mentionnerez pas cette Mme Leifart. Vous ferez comme si vous n'étiez au courant de rien.

– Pourquoi ?

– Parce que je pense que la ravisseuse a justement voulu vous dévoiler l'incartade de votre mari.

– Mais pourquoi donc ?

– Nous ne le savons pas encore. Mais nous n'allons pas lui faire ce plaisir. Nous allons tout simplement ignorer cette information. Votre mail doit être tout à fait normal. Ce sont parfois les phrases les plus banales qui font mouche. »

Katrin soupira et s'assit devant son ordinateur. « Qu'est-ce que je dois écrire ? »

Charlotte Schneidmann réfléchit un court instant puis elle dicta à Katrin la phrase suivante : *Chère Tanja, comment va Leo ? Sa fièvre a-t-elle baissé ? Salutations, Katrin.*

Peter Käfer était planté devant la porte d'entrée d'une petite maison mitoyenne, le doigt sur la sonnette. Au-dessus des toits de ce lotissement déjà endormi brillait un mince croissant de lune. Les volets roulants étaient fermés, aucune lumière derrière les rideaux tirés. Käfer regarda sa montre. Minuit passé. Il soupira. Lui aussi serait bien allé se coucher. Parfois il détestait son métier. Il appuya de nouveau sur la sonnette. Cette fois, il garda le doigt dessus jusqu'à ce qu'une lumière s'allume à l'intérieur. Derrière la porte fermée, il entendit une voix de femme.

« Qui est là ?

– Inspecteur divisionnaire Käfer, police criminelle de Münster. Ouvrez, s'il vous plaît. »

On tira le verrou, une clé tourna dans la serrure et la porte s'ouvrit.

« Qu'est-ce qui se passe ? » demanda une femme mince en peignoir, rejetant en arrière la mèche blonde qui lui tombait sur le visage. Elle fixa sur l'intrus des petits yeux ensommeillés.

Käfer lui montra son badge. « Vous êtes bien le docteur Christa Leifart ? »

La femme acquiesça. Elle parut tout à coup inquiète. « Il est arrivé quelque chose ?

– Connaissez-vous une certaine Tanja Meyer ? »

Mme Leifart secoua la tête. « Non. Jamais entendu parler. »

À cet instant, Käfer aperçut un petit garçon qui descendait l'escalier. « Qu'est-ce qu'y a, maman ? » Il se grattait le nombril sous son pyjama orné d'un énorme Winnie l'Ourson et regardait d'un air interloqué le monsieur inconnu.

« Tout va bien, mon chéri. Remonte vite. » Mme Leifart aida le petit garçon à remonter les premières marches.

« Mais…

– Il n'y a pas de mais. Allez, au lit, mon chéri. »

Le garçonnet obtempéra en chouinant. « C'est trop nul… »

« Puis-je faire autre chose pour vous – en pleine nuit ? » demanda la femme, manifestement prête à refermer la porte.

« Quels sont vos rapports avec Thomas et Katrin Ortrup ? » attaqua Käfer.

Mme Leifart hésita. Elle jeta un regard furtif en direction de l'escalier. « Eh bien… Thomas… » Elle se racla la gorge. « Je préférerais ne pas en parler maintenant. Mon mari… Peut-être pourrions-nous…

– Je suis navré, mais je crains que vous soyez dans l'obligation de me répondre tout de suite, l'interrompit Käfer. J'enquête sur une affaire d'enlèvement et votre témoignage peut être important. Quand avez-vous vu Thomas Ortrup pour la dernière fois ?

– Pas ici », dit tout bas Mme Leifart. « Venez avec moi dans la cuisine. Je vais tout vous raconter. »

La nuit semblait ne jamais devoir finir. Après que l'enquêtrice fut partie et que Thomas eut accepté de mauvais gré d'aller se coucher seul dans leur chambre, Katrin avait trouvé refuge dans la chambre de Leo. Elle s'était assise sur le lit, l'ours en peluche serré contre elle, et contemplait les dessins de son petit garçon punaisés au mur. Un joyeux fouillis de ronds et de traits de toutes les couleurs avec, au milieu, trois bonshommes bâtons, deux grands et un petit. Papa, maman et Leo.

Elle se sentait vide, immensément vide. Et dans ce vide surgissaient des sentiments qui lui étaient inconnus. De la fureur et de la haine. Thomas l'avait trompée. Comment avait-il pu lui faire ça ! Et comment pouvait-il prétendre que ça n'avait pas d'importance ? Peut-être y en avait-il eu d'autres que cette Christa. Était-ce vraiment parce qu'il avait beaucoup de travail qu'il rentrait si souvent tard le soir à la maison ? Les larmes coulaient sur les joues de Katrin. Depuis quinze ans, depuis qu'ils étaient mariés, elle avait toujours cru qu'elle était la seule femme dans la vie de Thomas. Ses pensées la ramenèrent à cet instant où elle l'avait vu pour la première fois. Elle était tombée raide amoureuse de lui à la seconde même où il était entré dans le restaurant universitaire. En fait, elle n'aurait pas dû manger là, elle n'était pas étudiante. Mais à partir de ce jour, elle y était venue chaque midi. Elle avait tout de suite remarqué qu'elle n'était pas la seule à le trouver à son goût. Il y avait toujours une nuée de filles charmantes qui lui tournaient autour. Mais il n'avait d'yeux que pour elle… À moins que… Se faisait-elle déjà des illusions, à l'époque ? Il était si beau avec ses cheveux noirs et ses yeux d'un bleu limpide… Elle l'avait toujours cru fidèle, elle avait rêvé d'une famille parfaite, d'un avenir idéal auprès d'un homme qui lui vaudrait la jalousie de toutes les autres femmes, un mari qui serait à la fois un amant passionné et un ami, son meilleur ami… et aussi un excellent père, évidemment. Quelle naïveté ! La plupart de ses amies avaient été trompées à un moment ou à un autre, s'imaginait-elle vraiment que ça ne lui arriverait jamais, à elle ?

6

CHARLOTTE SE GARA sur le parking du jardin d'enfants. Pendant que Peter Käfer tâcherait de découvrir ce qui se cachait derrière ce nom bizarre, *Alecto,* elle allait essayer une nouvelle fois de parler avec Ben, le grand ami de Leo. Elle était convenue avec Mme Weiler qu'elle interrogerait son fils dans la salle de réunion du jardin d'enfants. Elle espérait que dans cet environnement familier, où les deux petits garçons avaient l'habitude de jouer ensemble, Ben se souviendrait mieux de certains détails.

Tandis qu'elle descendait de sa voiture et se dirigeait vers le bâtiment de brique rouge, dont les fenêtres étaient ornées de décalcomanies multicolores, Charlotte entendit les bruits caractéristiques d'un lieu rempli d'enfants : des cris stridents, des rires, des pleurs.

Quand elle eut sonné deux fois, l'interphone bourdonna et une femme d'allure sportive, dans les quarante ans, les cheveux courts et décolorés, le teint hâlé aux UV, ouvrit la porte.

Charlotte Schneidmann se présenta et montra sa carte de police. « Vous êtes sans doute Regina Hellmann, la directrice de ce jardin d'enfants ? »

La femme acquiesça d'un air grave.

« Y a-t-il un endroit où nous pourrions parler sans être dérangées ? »

Charlotte suivit Mme Hellmann dans son petit bureau. Bien qu'elle eût déjà plus ou moins informé la directrice par téléphone, l'effroi se peignit sur le visage de Mme Hellmann à l'évocation de la disparition de Leo.

« Mon Dieu », dit-elle, visiblement émue. « Le pauvre petit. Les pauvres parents.

– Désormais, pour nous, toute remarque concernant la ravisseuse présumée est importante. Que pouvez-vous nous dire sur cette femme ?

– Pas grand-chose, répondit Mme Hellmann. Je l'ai vue quelquefois de loin et je n'ai jamais parlé avec elle. Ben avait déjà eu tellement de baby-sitters que j'ai fini par ne plus prêter attention à aucune en particulier. Les parents ont signé une déclaration écrite précisant qu'une tierce personne pouvait venir chercher leur fils. Ainsi tout était en règle. Nous n'avons absolument aucune responsabilité dans ce drame, je tiens à le souligner.

– Personne ne vous accuse, la rassura Charlotte. Aviez-vous le numéro de portable de cette femme pour pouvoir la joindre en cas d'urgence ?

– Non. Si besoin était, nous aurions appelé la mère.

– Avez-vous remarqué si cette femme avait des contacts avec d'autres parents ? Auxquels elle aurait parlé sur le parking, ou dans l'entrée ? »

Mme Hellmann se mit à rire. « Je serais bien incapable de vous le dire, avec la meilleure volonté du monde. Ici, il se passe sans arrêt quelque chose. » Elle secoua la tête. « Il y a deux sortes de parents, vous savez : ceux qui sont toujours pressés et ceux qui ont tout leur temps. Et les deux sont stressants, chacun à sa manière.

– Les enfants ont-ils un casier ou un placard pour ranger leurs affaires personnelles ? voulut savoir Charlotte.

– Évidemment. Chaque enfant a son propre casier.

– Voudriez-vous me montrer les casiers de Leo et de Ben ?

– Bien sûr. »

La directrice conduisit Charlotte à un grand meuble rempli d'innombrables casiers fermés à clé.

Celui de Ben contenait quelques couches et un berlingot de jus d'orange, et celui de Leo, des couches également et plusieurs dessins, faits par lui, vraisemblablement. Tout au fond du casier, elle découvrit quatre ou cinq petits cailloux remarquablement ronds, blancs et lisses. Elle en prit un dans sa main et l'examina.

« Mme Weiler vient d'arriver », dit à cet instant la directrice.

Charlotte fourra le petit caillou dans sa poche de pantalon et suivit Mme Hellmann dans la salle de réunion. Les murs de la pièce claire et lumineuse étaient couverts de dessins d'enfants. Une grande bibliothèque contenait des albums illustrés et des manuels pédagogiques.

Sabine Weiler était assise à une table, son fils sur les genoux. Charlotte les salua tous deux et demanda à la mère d'aller s'asseoir sur une chaise près de la porte afin qu'elle puisse parler plus tranquillement avec Ben. Mme Weiler s'exécuta à contrecœur.

Charlotte s'installa à côté de l'enfant.

« Tu as envie de me faire un dessin, Ben ? » demanda-t-elle avec un grand sourire.

Le petit garçon la regarda, déconcerté, et jeta un coup d'œil en direction de sa mère.

C'est seulement lorsqu'elle l'eut rassuré d'un signe de tête qu'il répondit, radieux : « Ben fait une auto !

– Parfait, allons-y pour une auto. Pendant que tu dessines, tu pourrais peut-être me parler de la gentille dame qui t'amène toujours au jardin d'enfants. D'accord ? »

Ben opina et traça un rond rouge avec son crayon de couleur.

« C'est la dame ? » demanda Charlotte.

Ben hocha la tête.

« C'est super, ton dessin, Ben ! Vraiment super ! Tu l'aimais bien, cette dame ? »

Ben hocha à nouveau la tête. « Elle est gentille.

– Super. Et vous vous amusiez bien ensemble ? »

Nouveau hochement de tête.

Après avoir laissé passer un peu de temps, Charlotte demanda : « Est-ce que tu as déjà fait une promenade en voiture avec la dame ? Est-ce que vous êtes allés quelque part ensemble ?

– Oui ! » dit Ben, radieux. « Jouer au terrain !

– Mais oui, vous êtes allés au terrain de jeux, c'est bien. Et puis aussi autre part ?

– Ils sont allés une fois au zoo », intervint la mère de Ben.

Charlotte soupira. « S'il vous plaît, madame, il est très important que vous ne nous interrompiez pas.

– Je voulais juste vous aider », répliqua Mme Weiler, vexée.

« Au zoo ! répéta l'enfant, les yeux brillants.

– C'était génial, hein ? Voir toutes les bêtes, c'est drôlement amusant, tu ne trouves pas ? »

Ben hocha la tête.

« Vous avez vu des éléphants et les lions ? »

Ben éclata de rire. « Des éléphants et des lions ! Et puis des singes ! Et puis des tig' !

– Oui, bien sûr ! Je les avais oubliés, les singes et les tigres. Et il vous est arrivé de rendre visite à d'autres enfants, aussi ?

– Oui.

– Tu te rappelles qui c'était ?

– Leo...

– Ton ami Leo, oui. Quelqu'un d'autre ?

– Sais pas. » Ben s'était remis à dessiner.

« Il y avait peut-être une autre dame qui était là, ou un monsieur ?

– Oui ! » Ben rayonnait. « Le marchand de glaces ! »

Charlotte soupira intérieurement. Elle commençait à avoir des doutes. Interroger cet enfant avait-il un sens ? Peut-être attendait-elle beaucoup trop d'un gamin de trois ans...

« Donc vous êtes allés voir Leo et puis le marchand de glaces. Quelqu'un d'autre ?

– Oui. »

Charlotte sentait l'impatience la gagner. Pourquoi ce petit garçon ne pouvait-il pas lui donner directement une réponse sensée ? Parce qu'il a tout juste trois ans, se dit-elle en s'efforçant de retrouver son calme.

« Et tu te souviens comment il s'appelait ?

– Eh ben c'était Klausi ! » répondit Ben sur un ton d'évidence.

Charlotte fronça les sourcils. « C'est qui, Klausi ?

– Sais pas. »

Charlotte se tourna vers la mère de Ben. « Ce nom vous dit quelque chose ? »

Sabine Weiler leva les yeux au ciel. « Notre voisine a eu l'idée lumineuse d'appeler son chien Klaus Kinski. Un horrible bâtard. Ben joue parfois avec lui. N'est-ce pas, Benny ? Klausi vient de temps en temps chez nous, dans le jardin, pas vrai ?

– Oui !

– Donc, c'est un chien. » Charlotte nota le nom de la voisine. Ses collègues iraient l'interroger, peut-être leur donnerait-elle une information intéressante.

Charlotte sortit une sucette de sa poche et la donna à Ben.

« Tiens, c'est pour toi. Tu as été super, dit-elle en souriant.

– Ben ne doit pas manger de sucreries, dit la voix de la mère, derrière son dos.

– Je suis désolée. Disons que c'est une exception. » Charlotte caressa la tête de Ben. « S'il vous dit autre chose au sujet de Tanja Meyer ou bien si un détail vous revient en mémoire, je vous demande de m'appeler, d'accord ? »

Sabine Weiler hocha brièvement la tête.

Charlotte quitta le jardin d'enfants, assez découragée. Quand elle plongea la main dans la poche de son pantalon pour sortir ses clés de voiture, elle fit tomber par inadvertance le petit caillou blanc et lisse. Elle le ramassa, pensive, et le remit dans sa poche. Elle avait déjà vu ce genre de cailloux, mais où ?

La serpillière sentait le moisi et elle décida de la mettre à la lessive. Si seulement elle avait fait ça plus tôt, maintenant ça puait dans toute la cuisine.

Tout à coup elle sourit. Des problèmes de femme au foyer. Elle se réjouissait d'avoir ce genre de soucis, désormais.

Son regard tomba sur la montagne de linge sale par terre à ses pieds. Il y avait là-dedans au moins une vingtaine de chaussettes, toutes noires ou presque, Klaus n'en portait pas d'autres.

C'est plus facile pour les hommes, songea-t-elle. Du moins pour ce qui est de l'habillement. Elle pensa à son père. Elle l'avait toujours vu en costume quand il quittait la maison, il en avait trois, un gris, un bleu marine et un noir.

Elle-même ne trouvait jamais rien à se mettre. Les vêtements chic en taille 46, ça ne court pas les rues.

Le linge fut prestement trié. Elle avait maintenant trois tas devant elle : blanc, couleur et noir.

Elle prit pour finir le T-shirt bleu clair et s'apprêtait à le mettre sur le tas du linge de couleur quand elle remarqua les taches de sang. D'où provenaient-elles ? Un soupçon lui vint. Il faudrait faire plus attention, la prochaine fois…

Elle devait d'abord le faire tremper à l'eau froide avant de le mettre dans la machine. Sans trempage, les taches de sang ne s'en vont plus. Elle jeta le T-shirt dans le lavabo.

Mais soudain elle se ravisa. Non, elle ne le laverait pas. Elle reprit le T-shirt dans ses mains et le regarda longuement. Un sourire se peignit sur son visage.

Dès le matin, Katrin avait appelé sa mère et lui avait fait le récit, entrecoupé de larmes, de la disparition de Leo.

Malgré ce choc supplémentaire, sa mère avait gardé son calme, ce dont Katrin se félicita. Elle lui promit qu'elle passerait plus tard pour lui donner tous les détails, mais d'abord il fallait qu'elle aille à la police parce qu'on allait établir un portrait-robot de cette Tanja.

Elle avait pas mal appréhendé cette séance mais, à sa propre surprise, elle était plutôt détendue quand elle s'installa avec le technicien de l'identité judiciaire dans un bureau du commissariat. Elle s'était attendue à ce que le fait d'avoir à repenser à cette horrible femme l'oppresse davantage, mais ce fut le contraire qui se produisit. Les efforts qu'elle faisait pour se remémorer les détails de son visage, la forme de son nez ou la couleur de ses yeux eurent un effet apaisant.

Katrin fixait l'écran, très concentrée. « Le visage est plus rond. » Le technicien fit une proposition.

« Oui, c'est à peu près ça.

– Parfait, dit l'homme. Vous faites ça très bien. Maintenant je vous montre différents modèles d'yeux. Prenez tout votre temps et dites-moi lesquels ressemblent le plus à ceux de la ravisseuse. »

Katrin opina. Ses yeux. Les yeux de Tanja avaient tout de suite retenu son attention. Ils étaient d'un bleu intense, entourés de charmantes petites rides de rire. D'ailleurs, c'étaient ces petites rides qui la lui avaient rendue immédiatement sympathique. Elle riait avec ses yeux, c'est pourquoi son rire ne semblait jamais faux. Et puis elle avait un regard ouvert, direct, celui d'une personne qui n'a rien à cacher.

Katrin se moqua d'elle-même intérieurement. Quelle idiote elle avait été ! Elle désigna une paire d'yeux.

« Ceux-là vont très bien.

– OK. » Le technicien les ajouta à son portrait-robot. « Nous allons faire de même avec la bouche. Examinez attentivement les différentes formes, et dites-moi. »

La bouche de Tanja… Elle avait toujours du gloss sur les lèvres, ce qui les faisait paraître encore plus pleines.

Et puis comme les deux femmes étaient généralement de bonne humeur quand elles se voyaient, la bouche de Tanja riait. Découvrant des dents très blanches et parfaitement alignées.

Katrin désigna un modèle de bouche, que le technicien mit aussitôt en place.

« Ne manquent plus que les oreilles, dit-il.

– Elle portait toujours des boucles d'oreilles assez voyantes, déclara Katrin. Mais peut-être ne doit-on pas les faire figurer sur un portrait-robot ? Je veux dire : parce qu'elle peut les enlever ?

– Si, si, répondit l'homme. On va les mettre sur le dessin. De toute façon, elle peut modifier chaque détail à tout moment, si elle veut. Il suffit qu'elle porte une perruque, des lunettes, et personne ne la reconnaîtra. Mais si ses boucles d'oreilles vous ont frappée, peut-être que quelqu'un d'autre aussi s'en souviendra. Elles étaient comment ?

– En forme de fraises, composées de petits éclats de strass rouge très brillants. »

Le technicien de l'identité judiciaire tenta de traduire cette description en image. « Comme ça ?

– Avec un peu de vert en haut… Oui, c'est ça. »

C'était la dernière pièce du puzzle.

Katrin fixait l'écran d'ordinateur, médusée. Une femme lui souriait, un sourire franc, cordial, avec des petites rides de rire autour des yeux. Une femme qui vous était d'emblée sympathique.

Tanja.

Son pire cauchemar.

Käfer, assis à son bureau, dégustait avec gourmandise un morceau de pudding tout en observant sa collègue Charlotte en train d'ouvrir la fenêtre. Elle s'assit sur le large rebord et regarda la cour en bas. Le bâtiment du commissariat était si haut que la cour intérieure, à cette période de l'année, restait plongée dans l'ombre. Une douce fraîcheur en montait, un agréable filet d'air, perceptible jusqu'à son bureau.

« Il fait trente degrés, aujourd'hui. Et on n'est qu'en mai, dit Charlotte.

– Et la clim est naze, pour changer », répondit-il la bouche pleine.

« Hum », fit-elle, l'esprit ailleurs. « La ravisseuse a publié sur Facebook une photo de groupe où on la voit à côté de Christa Leifart », dit-elle sans préambule, comme si elle réfléchissait tout haut. « Ça signifie qu'elle ne cherchait pas seulement à entrer en contact avec Katrin Ortrup, elle voulait que la mère de Leo apprenne l'existence de cette Christa Leifart.

– Mais pourquoi ?

– Pour que Katrin Ortrup sache que son mari l'avait trompée avec cette femme.

– OK. Elle enlève le gamin, révèle l'infidélité du mari... Qu'est-ce qu'elle veut ? Foutre en l'air cette famille ? » Käfer avala une gorgée de café. « Dans quel but ?

– Son acte vise-t-il Katrin Ortrup ou Thomas Ortrup ?

– Peut-être les deux.

– Hum.

– Que sait-on pour l'instant des circonstances dans lesquelles la photo de groupe a été prise ? » demanda Charlotte.

Mme Leifart avait raconté à Käfer que la photo avait été prise trois ans plus tôt en Forêt-Noire. À l'occasion d'une rencontre entre tous les groupes allemands d'entraide pour malades atteints du diabète. Environ cinq cents personnes. Dont il n'existait malheureusement pas de liste exhaustive. Il n'était nécessaire de s'inscrire que si l'on devait faire une communication ou alors pour les dîners, sinon l'entrée était libre. C'était là, au milieu des stands, que la photo avait été prise. Mme Leifart, qui souffrait de diabète depuis l'enfance, s'était souvenue de la ravisseuse quand il lui avait montré la photo.

« Le nom ne me dit rien, mais les boucles d'oreilles… Oui, oui, j'ai effectivement parlé avec cette femme, lui avait-elle dit. Pas seulement de la maladie mais aussi de la vie en général, de la famille, des enfants. Je l'ai trouvée très agréable. Je la vois encore me raconter comment, dans sa vie à elle, tout était toujours allé de travers, malgré les efforts qu'elle avait faits pour garder le cap. Je ne me souviens plus exactement comment ce sujet est arrivé sur le tapis, mais nous avons aussi évoqué la question du mariage, de l'infidélité.

– Lui avez-vous confié à ce moment-là que vous aviez eu une liaison avec Thomas Ortrup ? » avait demandé Käfer.

Christa Leifart avait haussé les épaules. Elle ne savait plus, mais ne pouvait pas exclure cette hypothèse.

« Nous avons parlé de tellement de choses, avait-elle dit. Il n'y a personne, lors de cette rencontre, avec qui j'ai autant échangé. Vous savez, dans les groupes d'entraide de ce genre, on se sent vite en confiance avec les autres. La communauté de destin, ça rapproche. Mais je ne peux vraiment pas vous dire plus précisément…

– Vous vous souvenez du nom de cette femme ? » avait-il encore demandé, plein d'espoir, mais elle avait secoué la tête.

Il enfourna une énorme bouchée de pudding. « La ravisseuse n'était pas dans le même groupe que Mme Leifart », marmonna-t-il, la bouche pleine.

« Il faut que nous fassions le tour de tous les groupes d'entraide qui étaient représentés ce jour-là. Peut-être que quelqu'un reconnaîtra Tanja Weiler. »

Il opina en soupirant. « J'ai déjà mis deux collègues sur le coup, ils doivent établir la liste de tous les groupes d'entraide pour diabétiques qui existent en Allemagne. Et puis leur envoyer la photo et le portrait-robot. Ensuite, il faudra interroger tous les membres séparément, sans oublier de consulter les listes d'inscriptions pour les communications et pour les dîners. Tout cela risque de prendre pas mal de temps, on n'est pas près d'obtenir un résultat. Si tant est qu'on aboutisse.

– Partons donc de l'hypothèse que la ravisseuse est diabétique, proposa Charlotte. Cela signifierait qu'elle a probablement dû consulter un médecin pendant qu'elle était baby-sitter. Attends voir... »

Elle sortit son téléphone et composa un numéro. Au bout de quelques minutes, elle raccrocha, déçue.

« La mère de Ben n'est pas au courant d'une éventuelle maladie de Tanja. En fait, elle ne sait rien de sa vie privée. »

Peter parut perplexe. « Comment peut-on en savoir aussi peu sur une femme à qui on confie son enfant ?...

– Elle n'a jamais eu l'occasion de lui parler en privé. En général, elles se voyaient quelques minutes, avant que la mère ne parte travailler et au moment où elle rentrait. Juste le temps d'échanger les informations indispensables, et puis c'est tout, expliqua-t-elle.

– Ce genre de maladie, cela oblige à consulter un spécialiste, ou pas ? » demanda-t-il. Sur les questions médicales, Charlotte était incollable, même si elle avait plutôt étudié la psychologie.

« Les généralistes sont compétents sur ce genre de problème. Mais autant que je sache, il existe aussi des diabétologues. L'essentiel, c'est que le patient soit mis sous traitement.

– OK. Je vais lister aussi les diabétologues. » Il nota. « A-t-elle pu se faire remarquer en achetant certains aliments particuliers ? »

Charlotte secoua la tête. « Laisse tomber. Bien sûr, en tant que diabétique, elle doit surveiller son poids, mais pas plus qu'une autre personne en surcharge pondérale. Ça ne nous mènera à rien. On pourrait évoquer aussi la question de la stérilité. Beaucoup de femmes diabétiques ont du mal à tomber enceintes. Mais est-ce un motif plausible ? Ça ne cadre pas avec toute cette histoire.

– Qui s'avère beaucoup plus tordue que ce qu'on pouvait imaginer au début, grogna Käfer. Ça n'a plus rien à voir avec un enlèvement ordinaire, si je puis dire. »

Charlotte se leva de son appui de fenêtre et prit un stylo. Sur le paperboard qui se trouvait devant le bureau de Peter, elle écrivit : *Rencontre avec Christa Leifart.*

« La rencontre avec Christa Leifart a dû être un événement déterminant, dit-elle. D'après ce que nous savons à ce jour, il est impossible qu'elle ait planifié cette rencontre. L'élément déclencheur remonte donc trois ans en arrière...

– ... précisément au moment où Leo est né, fit remarquer Käfer.

– Tout juste. »

Charlotte écrivit : *Naissance de Leo* sur le paperboard.

« Peut-être a-t-elle appris à peu près à la même époque l'infidélité de Thomas Ortrup et la naissance de son fils », poursuivit-il, réfléchissant tout haut. « Mais s'il y a un rapport entre les deux, pourquoi a-t-elle attendu trois ans pour enlever l'enfant ? »

Charlotte haussa les épaules.

« Peut-être que l'occasion ne s'est pas présentée plus tôt ? À mon avis, elle mijotait son coup depuis assez longtemps. C'est souvent ce qui se passe, notamment avec la délinquance sexuelle. Les délinquants de ce type rêvent pendant des années de commettre un crime. Ils se le repassent en boucle dans la tête, comme un film porno, mais les interdits sociaux ou les inhibitions personnelles les empêchent de passer à l'acte. Jusqu'au jour où la digue cède. Il suffit souvent d'un hasard : une rencontre, une bagarre, un cadeau de Noël qui déplaît... C'est parfois ce genre de détail qui transforme un être banal en un dangereux criminel. Ou alors, tout à coup l'occasion lui est offerte... C'est peut-être ce qui est arrivé à Tanja.

– Tu crois que cette Tanja est une délinquante sexuelle ?

– Non », répondit Charlotte d'un ton ferme. « Sinon elle s'en serait prise aussi au petit Ben.

– Il faudrait donc imaginer par exemple qu'elle a subi dans le passé un événement traumatisant. Et quand, soudain, le nom de Thomas Ortrup surgit, quelque chose fait qu'elle ne peut plus se contrôler », dit Käfer en vidant sa tasse de café.

« Oui, partons de cette supposition. Un événement ancien, qu'elle rumine depuis des années, et qui fait régulièrement monter en elle un désir de vengeance. Elle ne savait vraisemblablement pas quelle forme prendrait cette vengeance. Et puis voilà qu'elle rencontre Mme Leifart et c'est l'élément déclencheur. » Après *Rencontre avec Christa Leifart*, Charlotte traça une flèche vers la gauche représentant un retour vers le passé et au-dessus de laquelle elle nota *Traumatisme*.

« Peut-être un viol ? suggéra Käfer.

– Tu penses que Thomas Ortrup l'aurait violée un jour ?

– C'est juste une éventualité que je mets sur le tapis. » Charlotte réfléchit. « Pendant mes études de psychologie, j'ai eu affaire à des femmes qui avaient subi des viols dans leur enfance ou leur adolescence et qui, une fois adultes, s'étaient vengées. Mais, en règle générale, ces femmes se trouvaient dans un rapport de dépendance avec leur violeur.

– Tu veux dire que c'était par exemple leur père ou leur beau-père ?

– Exactement. Et la plupart du temps, il s'écoule des années pendant lesquelles elles ne sont pas en mesure de se défendre contre cet homme. Et la haine accumulée pendant tout ce temps peut ensuite se décharger sous la forme d'un acte de violence qui a un effet libérateur.

– Oui, mais il y a un truc qui ne colle pas. Si c'est ça, Ortrup nous cache quelque chose. » Il réfléchit. Thomas Ortrup lui était apparu lors de leur premier entretien comme un homme tout à fait normal, un père très anxieux de la disparition de son fils. Mais il s'était tout de même mis à bafouiller quand il avait été question de son assistante.

« Je ne peux pas m'imaginer Thomas Ortrup violant une femme », dit Charlotte.

Käfer haussa les épaules. « Moi, je peux tout m'imaginer. D'ailleurs cela cadrerait très bien avec le nom *Alecto.* J'ai fait des recherches sur Internet et j'ai trouvé une info intéressante. Alecto était une des trois Érinyes. Alecto, Mégère et Tisiphone. Les trois divinités vengeresses de la mythologie grecque. »

Charlotte le regarda, interloquée. « Alecto ?

– Elle était chargée de punir les offenses contre la morale. Dont font partie les crimes sexuels, naturellement.

– Ou les simples infidélités, compléta Charlotte. Et qu'as-tu trouvé d'autre ?

– Pas grand-chose. Il existe plusieurs entreprises qui portent ce nom. Nous allons toutes les passer en revue. Il y a aussi des individus qui s'appellent Alecto. Des immigrés. On va tous les localiser petit à petit. Peut-être qu'un détail révélateur nous sautera aux yeux.

– Bien. Par sécurité, on devrait aussi parler avec toutes les femmes de l'entourage de Thomas Ortrup, pour le cas où il y aurait eu des agressions. C'est-à-dire sa femme, son assistante, Mme Leifart...

– Je m'en charge, dit Käfer.

– Je pense à un truc, dit Charlotte. Tu as bien dit que Mme Leifart avait elle aussi un petit garçon... également très blond.

– Exact. D'environ six ans.

– Et à l'époque où la ravisseuse a fait la connaissance de Mme Leifart, cet enfant avait à peu près l'âge de Leo.

– Où veux-tu en venir ?

– Et si Tanja Weiler avait agi pour le compte de quelqu'un d'autre ? De quelqu'un qui voulait précisément un petit garçon blond comme Leo ?

– Trafic d'enfants ? »

Elle opina et Käfer fit une grimace de dégoût. Elle avait raison. Il était certes rare de trouver des femmes dans ce genre d'activités, mais cela arrivait. La plupart du temps, il s'agissait de femmes qui avaient elles-mêmes été déplacées et abusées dans l'enfance. En échange de beaucoup d'argent, elles se chargeaient plus tard d'alimenter en enfants le marché de la prostitution. Elles rencontraient moins de difficultés que les hommes pour parvenir à leurs fins. On ne soupçonne pas une femme de tels actes. Quand il avait débuté dans la police criminelle, Käfer avait vu passer un cas de ce genre. Une jeune femme qui avait été déplacée de Roumanie en Allemagne à l'âge de dix ans et mise sur le trottoir. À vingt et un ans, elle avait commencé elle-même à faire passer clandestinement des enfants de son pays natal à Berlin. Et elle n'éprouvait manifestement aucun sentiment de culpabilité puisque, devant le tribunal, elle ne comprenait pas ce qu'on lui reprochait. Elle soutenait qu'elle s'était toujours bien comportée avec les enfants. Elle-même avait été battue sans arrêt autrefois, et elle leur avait épargné ce sort. Cette femme se considérait comme une sorte de mère de substitution, la seule à se soucier du bien-être de ses protégés. Qui d'ailleurs corroboraient ses dires. La dame avait toujours été gentille avec eux, elle leur procurait des friandises et des jouets. Et des clients.

« Les groupes d'entraide peuvent jouer un rôle tout à fait utile pour ce genre de pratique, intervint Charlotte. Il arrive fréquemment que des délinquants de ce type s'inscrivent dans tel ou tel groupe avec un but bien précis…

– … afin d'y dénicher plus facilement une victime », dit Käfer, finissant la phrase à sa place.

Charlotte hocha la tête. « Exactement. Quand des parents sont malades et pas toujours en mesure de s'occuper de leurs enfants, il est très facile pour la personne qui s'est infiltrée dans le groupe de gagner leur confiance, et aussi celle de l'enfant, expliqua-t-elle. Et si c'est l'enfant qui est malade, le mécanisme est le même. Un enfant malade a peu de contacts avec ceux de son âge et il est content de l'attention inhabituelle que lui porte tout à coup un étranger. Ces enfants-là sont des proies sans défense. »

Käfer prit un air sceptique. « C'est bien possible. Mais dans le cas qui nous occupe, cela me paraît peu vraisemblable. Ce type de commerce est beaucoup mieux rodé dans d'autres pays, par exemple dans l'ancien bloc de l'Est. C'est terrible à dire, mais il est beaucoup plus aisé de faire une virée là-bas en voiture et de revenir avec un enfant, plutôt que de passer des semaines et des mois, ici, à se rapprocher d'une famille, à gagner peu à peu sa confiance, pour s'enfuir finalement avec le gamin. Non, je crois qu'on peut laisser de côté cette hypothèse.

– Tu veux exclure le trafic d'enfants ?

– Pas complètement. Mais ça ne me paraît pas être la solution la plus évidente. Prends donc contact avec Marc Lohmann de la brigade des mœurs. Moi, je vais commencer par faire la tournée des femmes. Je suis convaincu que nous avons affaire à une motivation d'ordre fortement personnel. » Il se leva. « À plus tard. »

Charlotte ouvrit la bouche, comme si elle voulait parler.

« Tu as quelque chose à ajouter ?

– Je ne sais pas. J'ai tout le temps l'impression désagréable que je suis passée à côté de quelque chose.

– Si ça te revient, appelle-moi », dit Käfer et il sortit du bureau. Il n'avait pas atteint l'ascenseur que son portable sonnait.

« Ça y est, je sais à côté de quoi j'étais passée ! » dit Charlotte à l'autre bout de la ligne et Käfer fut très surpris d'entendre ce qu'elle lui raconta en quelques mots.

Marc Lohmann avait le teint blême. Comme toujours, songea Charlotte. Pas étonnant, dans son boulot il fallait souvent travailler de nuit, d'où un manque chronique de sommeil réparateur.

Il avait un mug de café à la main et les yeux fixés sur son écran. Ces heures de recherche sur Internet, auxquelles ses collègues des mœurs étaient contraints et forcés, c'était ce que Charlotte jugeait le plus éprouvant. Internet était infesté de photos et de films plus répugnants les uns que les autres, et qu'il fallait contrôler un par un et scruter pour essayer de repérer les victimes mineures de sévices sexuels. Elle savait combien ces images étaient pénibles à regarder.

« Salut. Assieds-toi », lui dit Lohmann sans détourner les yeux de son écran. « Tu veux un café ? »

Il désigna une thermos beige sur l'étagère derrière lui. Les traces de café séché qui la constellaient suggéraient qu'elle n'avait pas été lavée depuis un certain temps.

« Non, merci. J'ai déjà eu ma dose.

– J'ai presque fini. »

Lohmann cliqua deux ou trois fois avec sa souris et tapa quelque chose. Puis il leva les yeux vers elle, l'air satisfait.

« Voilà, cette saloperie de site est fermé. Ces ordures ne pourront plus s'en mettre plein les poches, dit-il.

– C'était quoi ?

– Ce n'est pas pour ça que tu es venue. » Il prit un document sur son bureau. « La comparaison ADN de ta brosse à dents. Aucun résultat, malheureusement. Il ne figure pas dans notre banque de données.

– Merci. Il fallait tout de même vérifier. » Charlotte mit le document dans son sac. « Je peux te poser une question ? »

Lohmann hocha la tête.

« Jusqu'à quel point, à ton avis, peut-on envisager un délit sexuel en liaison avec un trafic d'enfants ?

– D'après ce que je sais de cette affaire, ça me paraît assez peu vraisemblable. Au Cambodge ou en Thaïlande, ce serait différent. » Il soupira. « La semaine dernière, nous avons fermé un site sur lequel on pouvait préciser ses vœux en quelques clics : couleur des cheveux, couleur des yeux, âge, stature. Les intéressés pouvaient commander une victime comme sur catalogue. Il y a même des sites qui sont construits sur le modèle d'eBay. À côté de la photo d'un enfant, les gens peuvent faire leur offre.

– Mon Dieu ! » Charlotte était atterrée. « Ces enfants sont enlevés et vendus aux enchères ? »

Lohmann acquiesça. « Oui, ça existe. Mais nous n'avons encore jamais vu ça avec des enfants allemands, précisa-t-il. Le trafic se fait en sens inverse. Des enfants de pays du tiers monde sont amenés chez nous, mais les enfants d'ici ne font pas l'objet d'un commerce. Ce serait beaucoup trop risqué. »

Charlotte réfléchissait. « Alors si je souhaitais me procurer un petit garçon blond de trois ans, comment devrais-je faire ? » demanda-t-elle.

Lohmann lui expliqua l'importance des réseaux dans l'univers de la pédophilie. « Dans ce cas, le violeur commencerait sans doute par se renseigner sur les forums, pour savoir si quelqu'un peut lui procurer le type d'enfant qu'il recherche. Il y a malheureusement suffisamment de pères et de beaux-pères prêts à monnayer leur fils ou leur fille. » Il fit une courte pause. « Les mères aussi, d'ailleurs. Mais je n'ai encore jamais vu de cas où un enfant étranger de cet âge aurait été enlevé avant d'être vendu. Et à plus forte raison un enfant allemand, comme je te l'ai dit.

– Et si quelqu'un enlevait un enfant pour le garder prisonnier pendant plusieurs années ? Ça te paraît envisageable ?

– Pas avec un si petit enfant. Le ravisseur ne pourrait pas le faire tenir tranquille, à la longue. Non, si ce petit garçon est tombé entre les mains d'un violeur, je crains qu'il ne soit plus en vie. »

Charlotte respira à fond, puis elle se leva. « Merci pour ces infos. Pour être franche, je suis très contente que tu n'aies pas pu m'aider davantage. »

Lohmann hocha la tête. « Et quand est-ce que vous médiatisez l'affaire ?

– Bientôt. Très bientôt. »

Katrin et Thomas étaient assis face à face, en silence. Chacun avait une tasse de café à la main et la tenait comme s'il voulait se réchauffer avec. Thomas fixait le plancher, Katrin regardait vers la fenêtre.

La chaude lumière du soleil baignait la pièce, pourtant elle grelottait. Elle avait prévu de s'expliquer une bonne fois avec Thomas. Et elle était résolue à lui pardonner. Mais cela lui paraissait beaucoup plus difficile qu'elle n'avait imaginé.

« Peut-être devrions-nous oublier simplement toute cette histoire », finit-elle par dire.

Thomas leva les yeux et la regarda, soulagé.

« Mais c'est juste parce que Leo… » Sa voix s'étrangla. « S'il n'avait pas disparu, je ne parlerais pas ainsi.

– Je sais, murmura Thomas.

– Dans cette situation, il faut qu'on soit solidaires. » Ses yeux se remplirent de larmes. « Espérons qu'il va bien… »

Thomas posa sa tasse sur la table, se leva et vint s'asseoir à côté d'elle sur le canapé. Après une courte hésitation, il la prit dans ses bras et la serra contre lui.

« Il me manque tellement », dit-il d'une voix tremblante.

« S'il… s'il était… » Katrin s'interrompit. « On aurait depuis longtemps… On aurait retrouvé… »

Thomas ne répondit pas. Il berçait doucement Katrin dans ses bras.

« Je suis certaine qu'il est vivant », dit-elle brusquement en se dégageant de son étreinte. Ses yeux inondés de larmes se fixèrent sur lui. « Je le sentirais, si on lui avait fait du mal. Pourquoi est-ce qu'ils ne le retrouvent pas ?

– Je crois qu'elle a emmené Leo loin d'ici, dit Thomas. Elle n'est plus à Münster. Peut-être même qu'elle a gagné l'étranger. La police devrait étendre son champ d'investigation. »

Katrin secoua la tête. « L'inspecteur m'a dit que les recherches se prolongeaient automatiquement en Hollande et en Belgique. » Elle triturait nerveusement les petites peaux autour de ses ongles, un doigt se mit à saigner, elle le fourra dans sa bouche. « Je n'aurais jamais dû le lui confier.

– Personne ne pouvait imaginer ce qu'elle allait faire, répliqua Thomas.

– Tout de même. J'aurais dû rester auprès de lui...

– Mais, chérie, il fallait bien que tu ailles à l'enterrement ! Tu ne pouvais pas rester auprès de lui.

– Nous n'aurions jamais dû...

– Cesse de te torturer ainsi, l'interrompit-il.

– Je ne peux pas m'en empêcher. » Elle essuya ses larmes. « C'est mon devoir, de veiller sur lui. Je suis sa mère, je dois le protéger. Et maintenant il n'est plus là... » Elle se remit à sangloter. « Tu ne te fais pas de reproches, toi ? »

Son mari secoua la tête. « Non. Je suis malade d'inquiétude. Mais des reproches ? Non. Avec la meilleure volonté du monde, je n'y peux rien s'il a disparu. »

Katrin le regarda d'un air grave. « Avec la meilleure volonté du monde ? Ça veut dire quoi ? Que tu es moins coupable que moi ? »

Elle n'avait pas fini de prononcer cette phrase qu'elle se rendit compte à quel point elle disait vrai. Depuis leur déménagement à Münster, Thomas ne faisait rien d'autre que travailler. Il n'avait absolument pas de temps à consacrer au quotidien. Ce n'était pas lui qui était devenu ami avec Tanja, ce n'était pas lui qui lui avait confié Leo. Non, il ne portait aucune responsabilité. C'était elle qui s'était liée d'amitié avec une criminelle. Elle s'était montrée naïve, et crédule. Exactement ce que sa mère lui avait reproché…

« Maintenant, écoute-moi », dit Thomas en lui prenant le visage entre ses mains. « Aucun de nous deux n'est responsable de ce qui s'est passé. La seule coupable est cette folle, cette criminelle. Ni toi, ni moi, ni Leo ne porte la moindre parcelle de responsabilité. D'accord ? »

Elle acquiesça en silence et Thomas la reprit dans ses bras. Ils restèrent un moment ainsi.

Katrin se forçait à prendre de profondes inspirations pour retrouver son calme. Mais ça ne marchait pas. Les pensées se bousculaient dans sa tête. Soudain, elle se leva. « Il faut que je te dise quelque chose. »

Thomas la regarda, attendant la suite.

« Je suis enceinte. »

Les yeux de Thomas se remplirent de larmes, mais il souriait. « C'est pour ça que tu avais des nausées. »

Elle hocha la tête.

Il la pressa contre lui et posa une main précautionneuse sur son ventre.

« Bonjour, petit, murmura-t-il.

– Je n'ai pas pu le dire à mon père », dit Katrin. Sa voix s'étrangla. « Je n'ai pu le dire à personne. »

À cette seconde même, un frisson glacé lui parcourut le dos. « Oh mon Dieu », dit-elle d'une voix éteinte. « Si, je l'ai dit à quelqu'un. À elle. »

Thomas n'eut pas besoin de lui faire préciser de qui il s'agissait.

La poule avait cuit pendant plus d'une heure. Il y avait des ronds de graisse à la surface du bouillon et elle essaya de les enlever avec une écumoire. Klaus n'aimait pas quand la soupe était trop grasse et elle ne voulait surtout pas qu'il s'énerve.

Elle sortit précautionneusement la poule du faitout. Elle allait la désosser. Elle remettrait une partie de la viande dans la soupe et avec le reste elle ferait demain une bonne fricassée.

À l'aide d'un couteau de cuisine bien aiguisé, elle défit la chair. Les os blancs et nus saillaient sur la carcasse de la poule.

Elle frissonna. Les os. Ils ressemblaient à ceux qu'elle avait vus dans la forêt. Aux os de son amie, pendue à cet arbre. Un spectacle atroce, et grotesque en même temps.

À l'époque, elle avait tenu à jeter un dernier coup d'œil dans le cercueil avant la crémation. Bien qu'on lui eût dit qu'elle n'y trouverait plus rien qui puisse lui rappeler son amie, elle avait voulu lui dire adieu. Mais peut-on dire adieu à quelques os nus, juste recouverts d'un linceul ?

Ç'avait été le pire jour de sa vie. Non, l'un des deux pires jours de sa vie. Le plus terrible, c'était celui où tout avait basculé.

À l'époque, personne de la famille de son amie n'était venu à l'enterrement, pas même ses parents. Les chrétiens très stricts qu'ils étaient ne pouvaient pardonner à leur fille de s'être suicidée. Aujourd'hui encore, ils continuaient à lui en vouloir.

Elle leva son couteau, retint son souffle un instant – et frappa. La lame s'enfonça dans la poitrine de la poule. Une fois, deux fois, puis encore et encore.

Charlotte Schneidmann jeta à son collègue un regard perplexe. La femme qui venait d'entrer dans le bureau et s'était présentée en bas, à l'accueil, sous le nom de Carmen Gerber portait malgré la chaleur un pull à col roulé et un jeans. Elle était à peine maquillée et avait négligemment ramassé ses cheveux en une vague queue-de-cheval. Ses yeux étaient rougis, comme si elle avait pleuré.

« Je voudrais porter plainte, dit Carmen Gerber. Contre mon patron. Thomas Ortrup. »

Käfer lui désigna un siège. « Asseyez-vous, je vous en prie. »

Elle opina, prit place de l'autre côté du bureau, et serra son sac à main noir sur ses genoux.

Charlotte s'adossa contre l'une des armoires métalliques. « Et pourquoi souhaitez-vous porter plainte ? Que s'est-il passé ? »

Carmen Gerber baissa les yeux et s'éclaircit la voix. « Il s'est montré violent », dit-elle doucement.

« Quand, et dans quelles circonstances ? »

Elle avala sa salive. « Aujourd'hui. Au bureau.

– Qu'a donc fait Thomas Ortrup ? » demanda Charlotte.

Mme Gerber défit sa queue-de-cheval et rabattit ses cheveux sur le côté.

« Ça », fit-elle, désignant sa nuque.

Charlotte s'approcha et vit une grosse bosse rouge.

« Comment est-ce arrivé ?

– Il… » Carmen Gerber fixait à nouveau le plancher, comme si elle avait honte.

« Vous préférez vous entretenir seule avec ma collègue ? » proposa Käfer.

Elle secoua la tête. Et releva les yeux. « Non, non, ça va. Ce n'est pas facile pour moi… mais ça va aller. » Elle prit son élan et commença : « C'était aujourd'hui à midi. Il est entré dans le bureau, il voulait absolument un certain dossier et comme je ne le trouvais pas tout de suite, il s'est énervé, il m'a poussée contre le mur et… » Elle se tut.

Charlotte et Käfer attendirent patiemment. Il était important de ne pas interrompre cette femme à ce stade de sa déclaration.

Carmen Gerber fit un gros effort pour reprendre la parole. « Alors… J'étais tombée et j'essayais de me relever quand j'ai vu qu'il fermait la porte à clé. Et tout à coup, il a ouvert sa braguette et il a sorti son… pénis. Il m'a attrapée par les cheveux et il m'a forcée à… je veux dire, il a fallu que je le prenne dans ma bouche… » Elle chercha un mouchoir dans son sac et le pressa contre ses yeux. « C'était tellement dégoûtant… » Elle sanglotait, à présent. « J'ai demandé ma mutation. Je ne peux pas continuer à travailler avec lui…

– Que pensiez-vous de M. Ortrup ? Vos rapports étaient-ils de nature strictement professionnelle, ou y avait-il un peu plus entre vous ? » demanda Käfer.

Mme Gerber hésita. « Je l'aimais beaucoup.

– Que voulez-vous dire par là ? » Charlotte fronça les sourcils.

« J'avoue que… Oui, je suis tombée amoureuse de lui dès le premier jour. Il était si attentif, si prévenant, il me consacrait beaucoup de temps… C'était une expérience très nouvelle pour moi. Mais ça n'a pas duré longtemps. Très vite, il a fallu que je m'habille de façon provocante, parce qu'il l'exigeait. Évidemment, mes collègues jasaient derrière mon dos et ça m'a fait de la peine. Dès que nous nous retrouvions seuls ensemble dans une pièce, il me faisait des avances, il essayait de me caresser. Mais j'ai toujours réussi à repousser ses tentatives d'approche, ne serait-ce que parce que je redoutais que si j'avais une histoire avec lui, cela puisse me coûter ma place. Et puis il y a eu l'Amérique du Sud et c'est là-bas que c'est arrivé. En fait, je n'aurais jamais dû faire ce voyage avec lui, mais il a tellement insisté.

– Et que s'est-il passé en Amérique du Sud ? demanda Käfer.

– Sur le plan professionnel, ç'a été un gros succès, alors nous avons un peu fait la fête. Rétrospectivement, je crois que Thomas a fait exprès de me soûler. Au bar, il a commencé à me tripoter, et puis après nous sommes allés dans sa chambre...

– Et vous avez eu un rapport sexuel ? » compléta Charlotte.

Carmen Gerber acquiesça.

« Thomas Ortrup vous y a-t-il forcée ? »

Mme Gerber hésita. « Non... Je le voulais aussi, mais... Il faut que vous vous rendiez compte, il venait juste d'apprendre la mort de son beau-père ! Et au lieu de sauter dans un avion pour rejoindre sa femme, il se paie du bon temps... » Elle s'essuya le nez. « Je suis tellement déçue. C'est affreux...

– Pourquoi être venue nous trouver ? Je veux dire, une agression sexuelle sur le lieu de travail, c'est très grave, sans aucun doute, mais cela ne relève pas de notre compétence. »

Carmen Gerber opina. « Je sais. Thomas m'a dit que s'il n'y avait pas sa famille, il aurait pu envisager de recommencer sa vie avec moi. Je crois que son couple est au bout du rouleau. Et maintenant, voilà que son enfant a disparu... » Sa voix se brisa. « J'ai simplement pensé qu'il fallait que vous sachiez tout ça, murmura-t-elle. Désolée de vous avoir fait perdre votre temps. »

Elle se leva.

Charlotte la rassura avec un grand sourire. « Vous ne nous avez pas fait perdre notre temps. Et vous avez raison. Tout élément nouveau peut avoir son importance. Merci d'être venue. »

Käfer attendit que Carmen Gerber ait quitté le bureau, puis il se laissa aller contre le dossier de son fauteuil et demanda : « Qu'est-ce que tu dis de ça ?

– Si ce que raconte cette femme est vrai, alors Thomas Ortrup est peut-être un autre homme que celui qu'il paraît. Et s'il est violent ou en tout cas s'il est capable de recourir à la violence, il pourrait être davantage impliqué dans l'affaire que nous ne le pensions jusque-là, dit Charlotte.

– Cette femme te semble crédible ? demanda Käfer. Je ne sais pas… subir du harcèlement sexuel au bureau, et continuer tranquillement à travailler… » Il secoua la tête, sceptique. « D'un autre côté, il est vrai que Thomas Ortrup a réagi bizarrement quand le nom de son assistante est venu sur le tapis.

– Il faut que nous prenions cette déclaration au sérieux. Et puis il y a cette bosse sur sa nuque, qu'on ne peut pas ignorer non plus. Nous devrions aller mettre un peu notre nez dans la vie privée de Thomas Ortrup. Je veux savoir quel homme il est réellement. Peut-être fait-il partie de ces types qui sautent sur tout ce qui bouge ? »

Käfer prit un air alléché. « Ah ah, ma chère collègue ! »

Charlotte fit mine de crier grâce et il éclata de rire.

« S'il s'avère que leur mariage n'est plus qu'une façade, il se peut que l'enfant ait constitué un obstacle pour le père qui voulait refaire sa vie avec sa secrétaire », dit Käfer.

Charlotte réfléchissait.

« Eh oh ! À quoi tu penses ? » demanda-t-il au bout d'un moment.

« Je repense à ce que je t'ai raconté au téléphone. J'ai déjà rencontré Katrin Ortrup une fois, avant la disparition de son fils. Depuis le début de cette enquête je me disais que son visage ne m'était pas inconnu, mais où l'avais-je vue ? Je n'arrivais pas à me souvenir. »

Charlotte revint avec son collègue sur la scène à laquelle elle avait assisté sur le parking de l'hôpital.

« Ça colle tout à fait avec ce que la voisine, cette Mme Werres, nous a raconté, commenta Käfer. Des parents débordés qui laissent souvent leur enfant sans surveillance, et puis il arrive quelque chose au gosse, et ils cherchent à maquiller l'accident en simulant un acte de vengeance. »

Elle secoua la tête, peu convaincue. « Non, pas la mère. Ça ne cadre pas du tout avec son profil. Et puis elle ne va pas s'envoyer à elle-même un faux SMS, fabriquer une page Facebook truquée, non, je n'y crois pas.

– Qui affirmait, pas plus tard que ce matin : "Je ne peux pas m'imaginer Thomas Ortrup violant une femme" ? » dit Käfer avec un sourire amusé. « Il faut que nous confrontions Thomas Ortrup aux accusations que Carmen Gerber vient de porter contre lui. Et ce serait pas mal que sa femme soit là aussi.

– Il n'entre pas dans le cadre de notre boulot d'informer les épouses des infidélités de leurs maris, objecta Charlotte. À supposer qu'il y ait eu vraiment infidélité.

– Certes. Mais s'il se trouve que l'un des deux est impliqué dans l'enlèvement de Leo ? Ne crois-tu pas que leur réaction aux accusations de Mme Gerber peut être intéressante à observer ?

– Tu as raison, reconnut Charlotte. Mais d'abord je voudrais communiquer une photo de Leo à la presse. »

Peter acquiesça. « Quelles informations vas-tu leur donner ?

– Je dirai que nous avons déjà une piste sérieuse. La lecture de l'avis de recherche inquiétera forcément la ou les responsables de l'enlèvement de Leo. »

Après une brève conversation téléphonique avec le rédacteur en chef de la *Münsterschen Zeitung*, Charlotte envoya la photo de l'enfant à la rédaction. Elle serait publiée dans l'édition du lendemain. Accompagnée du communiqué suivant :

On est sans nouvelles depuis trois jours du petit Leo O, de Münster, âgé de trois ans. Bien que les auteurs de l'enlèvement aient été identifiés, on n'a pas encore à ce jour retrouvé la trace de l'enfant. Afin qu'il puisse être rendu à sa famille dans les plus brefs délais, la police fait appel au concours de la population. Toute personne qui aurait aperçu au cours des trois derniers jours cet enfant aux cheveux blond très clair, taille environ un mètre, ou qui serait susceptible de donner des indications sur l'endroit où il séjourne, est priée de se mettre en contact avec la police criminelle de Münster ou un autre commissariat de police. Vous pouvez aussi envoyer un mail à l'adresse suivante : Ou-est-Leo@polcrim-munster.de. Les informations reçues resteront strictement confidentielles.

Quand Katrin vit les deux inspecteurs descendre de la voiture, elle se sentit prise de nausées. Ils avaient certainement des nouvelles de Leo. De bonnes nouvelles, ou bien… Elle préférait ne pas laisser sa pensée s'aventurer plus loin.

Les mains tremblantes, elle leur ouvrit la porte. « Vous l'avez retrouvé ? » demanda-t-elle d'une voix oppressée.

« Malheureusement, non, dit Käfer. Mais nous aimerions nous entretenir à nouveau avec vous et votre mari. »

Katrin les fit entrer et les conduisit dans la salle de séjour. Thomas était avachi sur le canapé, toujours aussi pâle et défait. Il se leva dès qu'il les vit.

« Il y a du nouveau ? » demanda-t-il, et Katrin se contenta de secouer la tête.

« Les inspecteurs voudraient nous poser encore quelques questions, dit-elle.

– À quel sujet ? » Thomas se rassit. « Prenez place, je vous en prie », ajouta-t-il, résigné.

« Comme vous vous en doutez, nous sommes tenus d'enquêter dans toutes les directions possibles », commença prudemment Charlotte Schneidmann, une fois assise. « Nous avons souvent constaté que la disparition d'un enfant peut avoir des causes tout à fait différentes de ce que l'on a cru de prime abord. Des causes qui ne tombent pas sous le sens et n'ont rien d'évident. »

Katrin regardait la policière d'un air déconcerté. « Que voulez-vous dire par là ?

– Il peut arriver que des parents, des mères en particulier, laissent leur enfant tout seul pendant quelques instants…

– Je ne laisserais jamais mon enfant tout seul ! » coupa Katrin, cinglante. « De quel droit vous permettez-vous… » Elle se leva, indignée.

« Madame Ortrup, je vous en prie, calmez-vous, dit Charlotte. Je comprends très bien, vous savez, il y a parfois des circonstances exceptionnelles qui font qu'on ne voit pas comment s'en sortir autrement. Peut-être était-ce le cas le jour où votre père est mort. Vous n'avez certainement pas oublié. Rappelez-vous, sur le parking…

– Je ne comprends pas…

– Sur le parking de l'hôpital. Vous aviez laissé votre enfant dans la voiture et vous étiez partie… »

Katrin fondit en larmes.

Thomas la regardait sans comprendre. « Comment ça ?

– Je ne suis pas *partie* ! protesta Katrin. Mon père était mort… Il fallait que… Je devais… »

Elle prit son visage dans ses mains et s'affaissa dans son siège. Combien de fois, ces derniers jours, s'était-elle fait elle-même ce reproche ! Elle savait très bien que tout était de sa faute. C'était *elle* qui avait confié Leo à la garde de Tanja. *Elle* qui n'avait pas pris suffisamment soin de lui. Et puis maintenant cette histoire de parking… et la fois où elle avait cru Leo disparu, alors qu'il était tout simplement devant la voiture du marchand de glaces. Dieu sait ce qui aurait pu se passer ce jour-là. Non, les autres avaient raison. Elle portait seule la responsabilité de l'enlèvement de son fils.

« Si les circonstances étaient comparables le jour de la disparition de Leo, il se peut qu'il se soit sauvé et se soit retrouvé plus tard sur le chemin de son ravisseur. Ce serait très important à savoir pour la suite de notre enquête.

– Je ne sais pas ce que vous avez pu voir dans d'autres familles, mais chez nous ce n'est pas comme ça, intervint Thomas Ortrup. Nous n'avons jamais laissé notre fils tout seul. » Tout en parlant, il passait une main apaisante sur le dos de sa femme. « Nous vous avons déjà expliqué en long et en large ce qui s'est produit.

– Comprenez-nous bien, dit Charlotte Schneidmann. Notre intention n'est pas de vous taxer de négligence ou quoi que ce soit. Mais si jamais il y a un problème quelconque dans votre couple, nous devons... »

Cette fois encore, elle ne put terminer sa phrase.

« Qu'est-ce qui vous permet d'envisager qu'il y aurait un problème dans notre couple ? » coupa Thomas Ortrup.

L'inspecteur Käfer résuma en quelques phrases la déposition de Carmen Gerber.

« Elle fabule complètement ! » Ortrup se leva d'un bond et courut à la fenêtre, qu'il ouvrit comme s'il avait besoin de respirer un peu d'air frais pour se calmer. « Je vous jure que ce ne sont que des mensonges et des calomnies ! »

Katrin le regardait avec de grands yeux. Elle se sentait glacée de la tête aux pieds. Thomas aurait contraint son assistante à une fellation ? Au bureau ? C'était complètement absurde ! Thomas était incapable de violence. Jamais il n'avait levé la main sur elle, ni sur Leo, même quand il arrivait à l'enfant de piquer des colères et de vouloir à toute force leur tenir tête. Comment cette femme osait-elle porter de telles accusations ?

« Elle a une sacrée bosse à l'arrière de la tête », précisa Käfer.

Thomas Ortrup referma rageusement la fenêtre et se retourna, hors de lui.

« Bordel de merde, elle m'a allumé, vous comprenez ? hurla-t-il. Alors je l'ai repoussée et, oui, sa tête a heurté le mur. C'est *elle* qui m'a allumé, pas l'inverse ! Je n'ai jamais touché cette femme !

– Jamais ? fit Käfer, avec un calme souverain.

– Qu'est-ce qu'elle est allée vous raconter ? gémit Thomas Ortrup. Je lui avais pourtant bien dit qu'il ne fallait pas souffler mot de ce qui s'était passé à Lima…

– Et qu'est-ce qui s'est passé à Lima ? demanda Katrin qui ne comprenait plus rien.

– Rien, ma chérie, ça n'a aucune importance, dit Thomas très vite.

– Je t'en prie, Thomas, dit-elle d'un ton sévère. Ne recommence pas à mentir.

– Écoute-moi, mon cœur, ce n'était rien, vraiment rien du tout. J'avais trop bu et nous avons un peu flirté, tout à fait innocemment, ça ne mérite même pas qu'on s'y arrête… d'accord ? » Il alla vers elle mais elle se détourna.

Le dégoût l'envahit. D'un seul coup, elle eut le sentiment qu'elle ne connaissait pas son mari. Ces derniers jours, elle avait appris sur lui des choses qui lui révélaient un aspect nouveau de sa personnalité. Elle lui avait toujours fait une confiance aveugle, elle avait toujours été persuadée qu'il lui vouait un amour inconditionnel et qu'elle était la seule femme dans sa vie. Or voilà que surgissaient deux autres femmes avec lesquelles il avait…

Elle s'éclaircit la gorge et se tourna vers Charlotte Schneidmann. « Est-ce que ça pose un problème si je vais m'installer quelque temps chez ma mère ? Je veux dire, à cause de Leo… Si je ne suis pas à la maison… »

L'enquêtrice la rassura. « Non, non, ça ne pose aucun problème. Votre mari va rester ici, lui, n'est-ce pas ? »

Thomas hocha piteusement la tête, sans rien dire.

« Vous avez déjà l'adresse de ma mère, murmura Katrin. Vous pouvez me joindre à tout moment si besoin est.

– Ma chérie, tu ne peux pas faire ça », implora Thomas Ortrup, retrouvant l'usage de la parole. « Je t'en prie, reste ici, nous parlerons de tout cela ensemble. Je te jure qu'il s'agit d'un énorme malentendu. Tu vas comprendre… »

Katrin se leva et se dirigea vers la porte. Au moment de franchir le seuil, elle se retourna et le regarda longuement.

« Je ne peux plus continuer, dit-elle enfin. Et d'ailleurs, je ne veux plus. Quoi que tu aies fait, je préfère ne plus m'en préoccuper. J'ai besoin de toutes mes forces pour mes enfants. Et pour moi-même. »

Elle quitta la pièce et monta l'escalier d'un pas lourd. Il fallait qu'elle rassemble quelques affaires. Mais à quoi bon ? Désemparée, elle resta plantée dans leur chambre. Puis elle en ressortit et entra dans celle de Leo. Son regard tomba sur l'ours en peluche, qui avait toujours la cravate autour du cou. Elle lui caressa la tête et le serra contre elle.

Au bout d'un moment elle redescendit. Tandis qu'elle cherchait ses clés et son sac à main dans l'entrée, elle entendit la voix de l'inspecteur Käfer.

« Mme Gerber a porté plainte auprès de nos collègues pour relations sexuelles sous contrainte aggravées de blessures corporelles…

– Ça va pas la tête, elle est complètement marteau ! hurla Thomas.

– Monsieur Ortrup, votre fils a disparu et au même moment on vous accuse d'agression sexuelle et d'actes de violence. Vous vous rendez compte de ce que cela signifie ? »

Katrin s'immobilisa.

« Vous voulez dire que je pourrais avoir fait du mal à mon fils ? » entendit-elle Thomas gémir.

Elle se précipita dehors sans attendre la réponse de l'inspecteur.

Un peu plus tard, Katrin sonnait à la porte de la maison de ses parents. Des souvenirs douloureux l'assaillirent. La dernière fois qu'elle s'était trouvée ici, c'était avec Leo et son père vivait encore. Ce jour-là s'était produit le premier accroc dans la quiétude de son petit univers sans histoires. D'abord, la mort du chat…

Sa mère lui ouvrit. Elle la prit par le bras sans un mot. Elle ne lui posa pas la moindre question mais alla refaire le lit dans la petite chambre d'enfant et sortir des serviettes de toilette propres.

« Il y a encore quelques affaires d'autrefois dans la penderie, dit-elle. Tu trouveras sûrement un pyjama. Je vais préparer un petit quelque chose à manger pour accompagner le thé. »

Katrin hocha la tête et monta l'escalier. Quand elle pénétra dans son ancienne chambre, elle eut le sentiment de tomber dans une faille temporelle. Elle savait très bien à quoi ressemblait cette pièce, naturellement, mais pour la première fois elle réalisa quel soin ses parents avaient mis à conserver le passé de leur unique enfant, il était là, intact, embaumé pour ainsi dire. La chambre était exactement telle qu'elle se présentait vingt ans auparavant. Avec ses posters au mur, et la mappemonde sur le bureau en pin. Collée sur la penderie, une coupure de *Top 50* pâlie par le temps à la gloire du groupe pop Frankie goes to Hollywood. Quels posters trouverait-on plus tard sur les murs de la chambre de Leo ? Des portraits de footballeurs, probablement, songea Katrin. Il était déjà un vrai fan de foot… Leo, mon Leo chéri, sanglota-t-elle, où es-tu à présent ? Est-ce que tu vas bien ? Est-ce que Tanja prend soin de toi ? As-tu assez à manger ? Ne sois pas triste, mon petit chat, nous serons bientôt réunis, bientôt… Et si ce n'était pas le cas ? Si Leo ne réapparaissait pas ? S'il était déjà… Mon Dieu, non, je vous en supplie. Cette idée était tellement atroce, insupportable.

Katrin s'allongea sur le lit et ferma les yeux. Elle était reconnaissante à sa mère de ne pas l'avoir assaillie de questions. Elle était certes curieuse de nature, mais ne s'était jamais immiscée dans la vie privée de sa fille. Pour le meilleur et pour le pire. En un sens, cela avait épargné à Katrin les conversations fastidieuses, les mises en garde à propos des garçons, de la première fois et de la nécessité de se protéger, mais d'un autre côté elle aurait bien eu besoin, en certaines occasions, d'une mère qui lui prodigue des conseils et la console.

Jamais elle n'oublierait son premier chagrin d'amour. Elle avait seize ans, et son univers s'était écroulé quand son petit ami avait rompu. Pendant des semaines elle était restée prostrée sur son lit, à sangloter, elle avait brûlé toutes ses lettres et jeté dans les toilettes la bague qu'il lui avait donnée. Elle était restée des jours et des jours sans rien avaler, mais jamais sa mère ne lui avait posé la moindre question. Quand elle avait fini par lui en parler d'elle-même, par lui raconter que son grand amour l'avait quittée, sa mère s'était contentée de lui pincer la joue en disant : « Ne t'en fais pas, va. Dans dix ans tu en riras. »

Qu'une telle phrase ne soit qu'une vaine figure de rhétorique, elle l'avait bien compris. Le sentiment douloureux de la perte amoureuse ne s'était jamais totalement dissipé. Et ce qu'elle avait appris depuis cette lointaine époque, c'est que la souffrance devient même parfois de plus en plus aiguë avec le temps.

Elle prit l'ours en peluche de Leo et le pressa contre son cœur.

« Où es-tu, mon chéri, où peux-tu bien être ? »

Sa vie avait explosé en vol. Comment était-ce possible ? Comment le destin pouvait-il frapper de façon aussi brutale et sauvage ? Jusque-là, elle avait mené une existence heureuse. Peut-être un peu stressante, mais heureuse, oui. Tout à coup, elle regretta ce stress du quotidien. Comme elle aurait aimé pouvoir retrouver d'un coup de baguette magique sa vie normale et ses menus soucis. Quel bonheur c'était d'aller chercher Leo au jardin d'enfants, de se presser pour arriver à l'heure. De faire un saut au supermarché, éventuellement une petite pause chez ses parents pour bavarder un moment avec son père. Oui, comme ce serait merveilleux de devoir courir à nouveau d'un rendez-vous à l'autre, et de s'écrouler le soir dans son lit, épuisée mais satisfaite de sa journée.. Tandis qu'elle était là, chez sa mère, dans son lit de jeune fille. Seule. Sans Leo, sans Thomas, et son père n'était plus là non plus.

Katrin ne voulut pas se remettre à pleurer, alors elle se força à se ressaisir.

« Le thé et les sandwiches sont prêts ! » cria sa mère depuis la cuisine.

Katrin soupira. Elle ne voyait pas comment elle allait réussir à avaler la moindre bouchée.

Elle sortit sur le palier et se dirigea vers l'escalier. En passant devant le bureau de son père, elle s'arrêta.

« J'arrive ! » cria-t-elle à l'intention de sa mère, mais elle ouvrit la porte et entra. C'était un sentiment étrange que de se retrouver dans cette pièce obscure qui avait toujours été pour elle, dans son enfance, un endroit sacré. C'était comme si elle faisait quelque chose d'interdit. Ce bureau était pour son père un refuge, dans lequel personne ne venait sans son autorisation et où il était défendu de jouer. Après le dîner, il se retirait souvent ici quand il n'avait pas besoin de retourner au cabinet, pour régler toutes sortes de formalités administratives.

« Eh oui, travaux ménagers pour les uns et brassage de paperasses pour les autres ! » plaisantait-il quand Katrin et sa mère faisaient la vaisselle et que lui-même s'apprêtait à filer dans son bureau.

Tandis qu'elle regardait autour d'elle, Katrin éprouva un vague sentiment de culpabilité. Une impression tenace de ne pas être à sa place. Son père lui avait déclaré un jour, avec un clin d'œil, qu'il avait toujours passé sa vie entouré de femmes, à son cabinet, à la maison, partout. Aussi avait-il besoin le soir d'un peu de répit.

Katrin ouvrit les rideaux pour que la lumière pénètre dans la pièce. D'une main précautionneuse, elle effleura la tapisserie de soie. Elle était très raffinée, couleur crème avec de fines rayures lie de vin. Pour ne pas l'abîmer, les photos étaient fixées au mur par une sorte de film adhésif qui s'enlevait facilement.

C'était bien papa, songea Katrin avec un sourire involontaire. L'idée d'endommager quoi que ce soit lui a toujours été insupportable. Quand bien même il ne se serait agi que d'un tout petit trou de punaise dans une tapisserie…

« Cela tient à mon métier, disait-il. J'ai prêté serment de sauvegarder et non pas de détruire. »

Katrin passa en revue les nombreuses photos qui lui rappelaient tant de souvenirs. À côté d'une ancienne gravure représentant le grand marché tel qu'il était autrefois, avant la guerre et les bombardements, il y avait une photo de Katrin lors de sa première journée d'école. Quelle touche elle avait avec ses petites couettes et ses dents manquantes ! À côté, une photo de son père dans un quelconque congrès médical. Hilare, entouré de ses collègues. Katrin se souvint que pendant l'enterrement, quelqu'un avait dit qu'un congrès sans lui, c'était deux fois moins drôle. Elle caressa la photo du bout des doigts.

« Tu étais partout la vedette, mon vieux papa », murmura-t-elle.

Puis son regard parcourut les autres clichés. Une photo de famille officielle, prise par un photographe professionnel, avec pour fond un écran de couleur beige. Papa en costume sombre, maman en tailleur strict et elle-même en jupe bleu marine et corsage à fleurs. Comme au siècle dernier…

Juste à côté, une photo de Leo. Il tenait Lizzie dans ses bras et souriait à l'objectif. Katrin sentit les larmes lui monter aux yeux et se hâta de détourner la tête. Elle était debout derrière la grande chaise de bureau noire et caressait le cuir lisse. Elle se baissa doucement et huma le cuir. Était-ce une illusion ou bien le parfum épicé de l'after-shave que son père utilisait depuis toujours ?

« Papa, murmura-t-elle tristement. Où es-tu à présent ? Est-ce que Leo t'a déjà rejoint, papa ? »

Cette pensée la remplit d'angoisse. Vite, elle referma les rideaux et quitta la pièce en courant presque, comme une voleuse.

Le *Skywalker* était un bar très sombre dans le quartier de la gare. Un nuage de fumée de cigarettes assaillit Charlotte quand elle ouvrit la porte. Presque tous les clients, une dizaine, assis sur des tabourets de bar ou à des tables usées, ornées de petits vases de fleurs artificielles aux couleurs acides, fumaient en solitaires, plongés dans leurs pensées. Plusieurs haut-parleurs diffusaient une vieille rengaine qui avait dû être un tube à une époque antédiluvienne, et qui couvrait la voix du reporter sportif en train de commenter un quelconque match de foot sur un écran de télé accroché de travers au-dessus du passage menant vers l'arrière-salle. Derrière le comptoir officiait une grosse femme dans les quarante-cinq ans, trop maquillée et trop décolletée. C'est ainsi qu'un scénariste sans imagination se représenterait une tenancière de bordel, songea Charlotte, quand la femme poussa devant elle un verre de Coca light.

Qu'est-ce qu'elle faisait là, exactement ? Tout à coup, sa présence au milieu de tous ces hommes qui ne devaient pas avoir envie d'être chez eux – si tant est qu'ils aient un chez-eux – lui parut absurde. En fait, elle avait juste eu envie de sortir un peu, comme souvent, de faire un petit tour dans les rues, de penser à autre chose qu'à l'affaire. Et puis l'orage avait éclaté et elle s'était réfugiée ici.

Pourquoi n'avait-elle pas sauté dans un taxi pour aller chez Bernd ? Le message qu'il lui avait laissé sur son répondeur était parfait, ni trop pressant ni trop désinvolte. Pourquoi ne le rappelait-elle pas ? Parce qu'elle ne voulait pas s'avouer qu'elle le trouvait charmant ? Qu'avec lui, ce n'était pas comme avec tous les autres hommes qui l'avaient précédé, et dont elle se fichait éperdument ? Au lieu de voir la réalité en face, elle préférait se retrouver dans ce bar dégueulasse, à siroter son Coca light en réfléchissant. À l'affaire et à sa vie.

Elle considérait comme un signe positif que Katrin Ortrup ait décidé de déménager temporairement. Si les parents avaient eu quelque chose à voir avec la disparition de leur enfant, on pouvait être sûr qu'ils seraient restés ensemble. Des gens capables de faire une chose pareille ne se séparent pas pour une raison aussi futile qu'une infidélité.

Non, ces deux-là n'étaient pas les coupables. Sinon, leur réaction aurait été différente. On n'avait pas senti chez eux un seul instant de flottement, d'hésitation ou de calcul. Katrin et Thomas Ortrup avaient opposé aux reproches une indignation, une stupeur convaincantes. Charlotte savait de par sa propre expérience que c'est bien la seule réaction sincère dont on soit capable dans ce genre de situation. Pour elle, autrefois, ç'avait été la même chose.

Restait évidemment l'hypothèse que seul l'un des deux parents soit impliqué, à l'insu de l'autre, dans la disparition de l'enfant, et qu'il ait refoulé son acte. Cela ne pouvait concerner que Katrin Ortrup, la seule à avoir affirmé que Leo était parti avec cette Tanja. Dans des cas de ce genre, l'hypnose pouvait se révéler efficace pour faire remonter les souvenirs de celui qui avait préféré oublier sa participation au crime.

Mais si Katrin Ortrup était responsable, de qui émanait le SMS qu'elle avait reçu après la disparition de son fils ? Qui était au courant à ce moment-là ? Thomas Ortrup, bien sûr, et puis éventuellement quelques amis à qui sa femme ou lui auraient téléphoné. Il faudrait vérifier si quelqu'un parmi eux pouvait être à l'origine du SMS.

Peut-être Katrin Ortrup cherchait-elle à protéger quelqu'un ? Sa mère, par exemple ? Charlotte se promit de faire lister les communications téléphoniques de Luise Wiesner.

Elle soupira et se commanda une eau minérale. Plus elle réfléchissait à l'affaire, plus elle était persuadée que quelque chose ne tournait pas rond dans cette famille. Même si Katrin Ortrup n'était pas directement mêlée à la disparition de son fils, Charlotte avait l'intuition que la famille était la pierre angulaire, le pivot autour duquel tournait toute cette histoire. Et son intuition ne l'avait encore jamais trompée…

Quelle importance fallait-il donner à l'infidélité du mari ? Peter avait retrouvé quelques-uns des camarades d'école de Thomas Ortrup et, selon eux, Thomas était plutôt un chaud lapin à l'époque. Jusqu'au jour où il avait rencontré sa femme et où il était devenu un autre homme. Peut-être avait-il eu un jour une aventure avec cette Tanja, et maintenant sa femme se vengeait, par dépit amoureux…

« Le gosse est mort, c'est sûr », dit une voix à côté de Charlotte.

Elle tourna la tête et vit un homme d'apparence négligée, aux cheveux gras et aux lunettes démodées, assis au bar, à trois tabourets d'elle, son journal étalé devant lui. Il leva son bock de bière à moitié plein en secouant la tête, philosophe, et le vida d'un trait.

« Il est mort depuis longtemps, c'est moi qui vous le dis », marmonna-t-il avant de tourner la page.

Charlotte fixait le comptoir. Ce type avait sans doute raison. Y avait-il encore une chance raisonnable de retrouver Leo vivant ? La plupart des enfants sont retrouvés très peu de temps après leur disparition. Cela faisait maintenant plus de deux jours que Leo s'était comme volatilisé…

« Salut », dit une voix masculine au timbre profond, juste derrière elle. Elle se retourna et vit un homme d'une cinquantaine d'années, élégant, sourire dentifrice.

« Puis-je vous offrir un verre ? »

Charlotte était tellement prise de court qu'elle ne savait pas quoi dire. Cela la contraria car habituellement elle n'avait pas sa langue dans sa poche. Au lieu de répondre, elle se contenta de regarder l'homme. Grand, sportif, cheveux très courts et bien coupés, jean foncé hyper-sexy, chemise Ralph Lauren bleu clair… Exactement le genre de mec qui lui plaisait.

« C'est l'orage qui vous a amenée ici, vous aussi ? » demanda-t-il.

Charlotte réfléchit. C'était ce qu'elle aimait par-dessus tout : on rencontre un étranger par hasard, on bavarde un peu, on s'attarde, c'est délicieux, et ça se termine par une baise d'enfer. Alors pourquoi pas aujourd'hui ?

Elle hésitait. Quelque chose n'était pas comme d'habitude. Elle ne savait pas quoi. Elle savait simplement que cette fois, ça ne marcherait pas.

Sans répondre, elle posa un billet de dix euros sur le comptoir, dit « Ça ira comme ça » et se hâta vers la porte. Elle la poussa d'un geste décidé et sortit sous la pluie battante.

Dix minutes plus tard, le taxi la déposait devant chez elle. Il avait cessé de pleuvoir. La lune était apparue dans une brèche à travers les nuages et sa clarté se reflétait dans les énormes flaques d'eau.

Elle monta les marches du perron, songeuse. Que lui arrivait-il ? Brusquement, elle avait le sentiment que quelque chose se terminait. Où était passée cette délicieuse excitation, ce picotement de tout le corps qui la prenait quand elle rencontrait un inconnu et que son imagination s'emballait, lui dépeignant déjà la scène torride qui s'annonçait ?

Elle fouilla dans son sac, en sortit sa clé et ouvrit la porte. Au même instant, une main se posait sur son épaule. Instinctivement, elle la repoussa, se retourna d'un bond, attrapa le bras de l'agresseur et le tordit de toutes ses forces. La passe de judo mit l'homme à terre.

« Bon Dieu ! Mais qu'est-ce qui te prend ?

– Bernd ? »

Charlotte lâcha prise et alluma la lumière dans l'entrée. « Qu'est-ce que tu fais là ?

– Quelle ardeur, dis donc ! Tu es toujours comme ça ?

– Pourquoi me surprends-tu par-derrière ? » demanda-t-elle en l'aidant à se relever.

Il se frotta l'épaule en grognant et la regarda, gêné.

« C'est pas malin, je sais, mais je passais par hasard dans ton coin. Alors je me suis dit, pourquoi ne pas aller lui faire un petit coucou. » Il essuya son pantalon trempé. « Tu rentres du boulot ou bien tu reviens d'une folle soirée ? » ajouta-t-il en regardant dans la direction où le taxi avait disparu.

« D'abord ça ne te regarde pas », répondit froidement Charlotte. « Et deuxièmement, non. » Elle consulta sa montre. Presque vingt-trois heures. « Tu veux monter prendre un café ?

– Du café, non. Sinon je ne pourrai pas dormir cette nuit. Mais un verre de vin, pourquoi pas. »

En haut, dans l'appartement, Bernd passa d'abord à la salle de bains se laver les mains. Pendant ce temps, Charlotte alla chercher à la cuisine la bouteille de vin rouge entamée qu'elle avait ouverte au moins une semaine plus tôt pour faire mariner un civet. Comme elle ne buvait quasiment pas d'alcool, elle en avait rarement à la maison. Elle servit un verre à Bernd et sortit pour elle-même une bouteille d'eau minérale.

« Je ne sais pas du tout s'il est encore bon », dit-elle en s'asseyant sagement sur le canapé, les jambes repliées sous elle.

Bernd but une gorgée et fit la grimace. « Ça pourra aller », dit-il avec un sourire torve.

Un ange passa. Il regardait le tapis pendant qu'elle buvait de l'eau directement à la bouteille.

« Pourquoi ne m'as-tu plus fait signe ? demanda-t-il enfin. Tu me trouves repoussant à ce point ? Je sais qu'on se connaît à peine, mais on a passé un super bon moment ensemble, non ? Me faire lanterner comme ça… Franchement je ne trouve pas ça très gentil. »

Charlotte le regarda d'un air penaud. « Je suis désolée, j'étais engloutie sous le boulot, éluda-t-elle. Nous avons une affaire difficile en ce moment, qui me préoccupe pas mal. Et je me suis dit que de toute façon on se verrait jeudi au *Papageno*, alors pas besoin de passer des heures au téléphone d'ici là. Mon intention n'était pas de te blesser. Vraiment pas.

– C'est bon. » Soudain, Bernd fit le geste de tenir une cigarette entre ses doigts. « Tu fumes ?

– Non… Mais tu peux y aller. Mes affaires puent déjà terriblement, répondit-elle. Je vais prendre une douche et me changer. »

Elle disparut dans la salle de bains et se surprit à penser qu'elle était bien contente que Bernd se soit pointé comme ça chez elle, sans crier gare. En principe elle n'appréciait pas du tout ce genre de surprise, mais là… Serait-elle… ? Non. Elle fit couler l'eau froide et s'interdit d'aller jusqu'au bout de sa réflexion. Elle préférait ne pas savoir ce que ça voulait dire.

« Et maintenant ? » demanda-t-il un moment plus tard, quand elle revint s'asseoir près de lui, en peignoir.

Charlotte haussa les épaules. « On va voir.

– C'est trop vague pour moi.

– Faut-il absolument tout déterminer à l'avance ? objecta-t-elle. Ne pourrait-on pas se contenter de laisser venir, tout simplement ?

– Si, bien sûr, on peut », dit Bernd en riant et il lui prit la main. « Alors qu'est-ce que tu aimerais laisser venir, là, tout de suite ? On bavarde un peu, ou bien on s'embrasse ? À moins que tu n'aies encore une autre idée ? » ajouta-t-il avec un petit air inquiet qui la fit rire.

« C'est tout vu, on s'embrasse », dit-elle.

Et elle ne se défendit pas quand Bernd défit la ceinture de son peignoir. Il prit très doucement ses seins entre ses mains et les caressa avec ses lèvres. Charlotte se rappela un bref instant sa résolution de ne jamais coucher avec un étranger dans sa propre maison, mais déjà la main de Bernd descendait vers sa cuisse.

Un piaillement aigu la réveilla. Son portable. Elle alla le récupérer, tout ensommeillée. C'était Peter.

« Quelqu'un a reconnu Leo sur la photo. Nous savons où il se trouve. Je passe te chercher dans un quart d'heure. »

7

DÈS SON RÉVEIL, Katrin sentit la migraine lui vriller les tempes. Il ne manquait plus que ça ! Quand elle était enceinte de Leo, elle avait souffert de terribles maux de tête. Ça n'allait tout de même pas recommencer ! C'est à cause des transformations hormonales, lui avait expliqué à l'époque la gynécologue de Cologne. Et son état lui interdisait de prendre des médicaments, à la rigueur du paracétamol. En avait-elle dans son sac ? Pas sûr. Elle se leva, un peu chancelante, et alla vérifier. Le pire, dans la migraine, c'est cette espèce d'aura qui vous brouille la vue. Tout son champ visuel semblait vaciller, des éclairs aveuglants traversaient la pièce, et ça ne s'arrêtait même pas quand elle fermait les yeux.

Le découragement gagna Katrin quand elle réalisa qu'elle n'avait pas de gynécologue à Münster. Elle n'avait pas encore pris le temps de s'en chercher un. Il allait pourtant falloir effectuer les premières analyses obligatoires en début de grossesse. Où en était-elle exactement ? Huitième semaine ? Neuvième ? Pour Leo, elle avait déjà à ce stade un carnet de grossesse et les résultats de la première échographie.

Katrin enfila son vieux peignoir et ouvrit la porte de la chambre. Elle s'immobilisa aussitôt, car le soleil du matin entrait à flots par la fenêtre du palier. Elle mit sa main devant ses yeux et se sentit un instant comme un vampire qui voit pour la première fois le lever du jour. C'est incroyable ce que la lumière du soleil peut faire mal quand on a la migraine.

D'un pas précautionneux, Katrin se dirigea vers l'escalier. D'en bas lui parvenait un bruit de voix. Sa mère avait-elle de la visite, si tôt le matin ? Dans ce cas, elle préférait rester à l'étage. Elle aurait eu bien besoin d'un café, mais devoir faire face à quelqu'un, être obligée de parler, ça non, c'était vraiment au-dessus de ses forces.

Katrin s'apprêtait à retourner dans sa chambre, quand elle reconnut l'autre voix. C'était Thomas. Que venait-il faire ici ? Avait-il des nouvelles pour Leo ? Lentement, elle descendit l'escalier. Quand Thomas l'aperçut, il vint à sa rencontre.

« Qu'est-ce qui se passe ? Y a-t-il enfin du nouveau ? » demanda-t-elle aussitôt.

Thomas secoua la tête. « Bonjour, Katrin », dit-il avec douceur en approchant sa main. Katrin l'évita d'un geste brusque.

« Je suis venu parce que je voulais te présenter mes excuses.

– Oublie ça, siffla-t-elle.

– Pas seulement pour l'histoire que tu sais », poursuivit-il sans se décourager. « Je voudrais aussi m'excuser de t'avoir laissée si souvent toute seule ces derniers temps. De t'avoir obligée à tout gérer à la fois. La maison, ton nouveau boulot, Leo à conduire au jardin d'enfants... C'est peut-être à cause de ça que tout est arrivé. Si j'avais été plus souvent là, cette Tanja ne serait pas parvenue à gagner ta confiance et à t'embobiner. »

Katrin fixait le parquet. La culpabilité la submergeait de nouveau. Comment avait-elle pu se faire avoir comme ça par cette femme ?

Il y eut un long silence. Au bout d'un moment, sa mère toussota. « Bon, je vous laisse seuls.

– Pas la peine, maman. » Katrin releva la tête. « Tout a été dit.

– Ma chérie, vous devriez parler ensemble, vous expliquer, répliqua sa mère. Franchement, le moment est mal choisi pour une crise conjugale. Il faut que vous vous serriez les coudes et qu'ensemble vous pensiez à Leo.

– Je ne pense à rien d'autre qu'à lui », répliqua Katrin d'un ton sec. Elle mit une main sur son front et se cramponna à la rampe de l'escalier.

« Qu'est-ce qui t'arrive ? demanda Thomas. Tu as de nouveau la migraine ? Pour Leo, je me souviens que tu avais sans arrêt des crises épouvantables. »

La mère de Katrin faillit s'étrangler. « Ne me dis pas que tu es enceinte ! »

Katrin hocha lentement la tête, ce qui accrut les élancements dans son crâne.

Sa mère s'approcha d'elle et lui caressa précautionneusement le bras. « Mon Dieu, ma pauvre enfant ! Et tu refuses d'accepter les excuses de Thomas ? Est-ce que tu as perdu tout ton bon sens ? Leo qui se fait enlever, et toi qui te retrouves enceinte, par-dessus le marché… C'est vraiment trop pour une seule personne. Il faut que vous vous souteniez mutuellement ! »

Katrin poussa un soupir à fendre l'âme. « Tu peux aller voir si tu as du paracétamol, maman, s'il te plaît ? »

Sa mère obtempéra et disparut dans la cuisine.

Katrin alla dans le séjour et s'assit sur le canapé, sans rien dire.

Thomas lui emboîta le pas, s'assit à côté d'elle et lui prit la main.

« Je t'aime, Katrin. Autant qu'au premier jour. Rien n'a changé pour moi. Je sais que j'ai commis des erreurs et tu as raison de m'en vouloir. Mais je suis ici pour te demander pardon, de tout mon cœur. »

Katrin sentit qu'il était sincère. Pourtant elle se tut.

« Je voudrais te faire une proposition, reprit Thomas. Reviens à la maison, affrontons cette épreuve ensemble.

Quand Leo sera de retour, nous prendrons un nouveau départ. Si tu veux, nous pourrons entamer une thérapie conjugale ou bien nous séparer quelque temps pour voir ce que ça donne, comme tu voudras, mais... en attendant, reviens à la maison. »

Katrin le regardait parler et elle essayait de se mettre à l'écoute de ses propres émotions. Qu'éprouvait-elle exactement ? Y avait-il autre chose dans son cœur que son angoisse pour Leo ? Elle n'arrivait pas à réfléchir, son mal de tête lancinant l'empêchait de mettre bout à bout deux idées sensées. Elle n'avait qu'une envie : retourner dans l'obscurité de sa chambre d'enfant, s'allonger et dormir.

À cet instant, sa mère réapparut. « Je n'ai que de l'Ibuprofène.

– Ça me va, dit Katrin.

– Je crois que tu ne devrais pas.

– Tu crois ou tu sais ? » demanda Katrin, presque agressive.

« C'était ton père, le médecin », répondit sa mère sans s'émouvoir. « Mais je suis à peu près sûre tout de même que tu ne dois rien prendre en dehors du paracétamol.

– Ces maux de tête sont insupportables, je n'en peux plus ! » Katrin était au bord des larmes. Elle se précipita sur son portable, posé sur la table basse et alla sur Internet.

« Ibuprofène et grossesse », murmura-t-elle en pianotant sur le clavier. Elle poussa un soupir. « Je n'ai pas le droit d'en prendre. »

Elle allait mettre le portable en veille quand elle vit qu'elle avait reçu un e-mail. Pleine d'appréhension, elle ouvrit sa messagerie.

« Tu ne voudrais pas plutôt aller t'allonger ? » demanda Thomas.

Katrin secoua lentement la tête.

« Qu'est-ce qui se passe ? » Thomas se pencha pour voir l'écran.

Katrin ne répondait pas.

Sa mère aussi devient nerveuse. Elle s'assit sur une chaise, tremblante. « Allons, dis-nous, mon petit. Que se passe-t-il ? »

Katrin eut du mal à détacher son regard de l'écran pour leur répondre. Elle bougea les lèvres mais aucun son ne sortit. « J'ai reçu un message, articula-t-elle. D'Alecto. »

Charlotte, sur le siège du passager, essayait de concentrer son attention sur les explications de Peter. Mais son regard fuyait sans cesse vers le paysage. Des champs de blé d'un jaune doré, qui n'avaient pas encore été moissonnés, des prairies et des pâturages d'un beau vert profond défilaient derrière la vitre, au premier plan l'interminable filet d'une maigre rivière et de vieux arbres noueux en rang d'oignons.

« Un certain Ludger Franke, représentant en matériel agricole, a appelé. Il a quitté Münster ce matin par la route. Il dit avoir aperçu par hasard dans une cour de ferme près d'Altenberge un petit garçon qui ressemble beaucoup à Leo, disait Käfer. Il nous attend sur une aire de stationnement juste à la sortie du village. »

Charlotte acquiesça et se força à regarder devant elle. Elle avait du mal car dans sa tête régnait un sacré chaos. Il y avait une demi-heure à peine, elle s'était levée a contrecœur et avait quitté sa propre maison comme une voleuse. Elle n'avait pas réveillé Bernd, non pas parce qu'elle ne voulait plus avoir de contact avec lui, mais parce qu'il dormait paisiblement, dans son lit à elle. Et elle ne pouvait s'empêcher d'espérer qu'elle le retrouverait couché là ce soir, au même endroit.

« ... tu m'écoutes ? » disait la voix de Käfer.

Charlotte sursauta. « Oui, oui, bien sûr. Excuse-moi…

– Tu as eu une nuit agitée, ou je me trompe ? » Il fit une grimace éloquente.

« Arrête, imbécile ! » Charlotte ne put s'empêcher de rire. « Allez, vas-y, raconte.

– Pour ce qui concerne ce nom, Alecto, nous avons pas mal avancé dans notre recherche. En tout cas, ce pourrait être une piste à creuser. Dans les années quatre-vingt-dix, il y avait ici à Münster une boîte de nuit qui s'appelait *Casa Alecto* et que Thomas Ortrup fréquentait volontiers du temps où il était étudiant. L'établissement a malheureusement fermé depuis mais les collègues sont en train d'essayer de retrouver le propriétaire de l'époque.

– Effectivement, ça pourrait être intéressant », commenta Charlotte. Elle regarda sa montre. « Il y en a encore pour combien de temps ?

– Pas beaucoup. Dix minutes au maximum. »

Les pensées de Charlotte retournèrent à Bernd. Étrange tout de même : pour la première fois elle regrettait que la nuit ait eu une fin. Jadis, le lendemain d'une nuit torride, elle s'était toujours sentie légère, comme soulagée à l'idée que ce soit une bonne chose de faite. Mais cette fois… Bernd avait été l'amant parfait. Il avait un corps fantastique, musclé, sportif, et avec ça une peau comme elle n'en avait jamais vu chez un homme : sans le moindre défaut… Charlotte prit peur en constatant qu'elle était en train de se mentir. Non, ce n'était pas à cause des qualités d'amant exceptionnelles de Bernd. Il s'agissait d'autre chose. Il s'agissait de ce sentiment inhabituel et merveilleux qu'il y avait tout à coup quelqu'un capable de vous donner des ailes.

« … ce pourrait être une piste importante », disait la voix de Peter. « Si Thomas Ortrup recourt à la violence contre les femmes et s'il les agresse sexuellement, c'est un motif possible pour la ravisseuse. Elle était peut-être sa victime…

– Tu as peut-être raison », dit Charlotte. Il fallait absolument qu'elle arrête de repenser à cette nuit. Ce n'est vraiment pas professionnel, se reprocha-t-elle. Un enfant a été enlevé. Elle se devait de rester concentrée.

Soudain, son portable sonna. Elle le sortit de sa poche et regarda. Bernd. Merde. Non, pas maintenant. Elle se hâta de refuser la communication et de ranger le téléphone.

« C'est quoi ? demanda Peter.

– Rien, rien », répondit précipitamment Charlotte.

Son collègue souleva un sourcil sceptique. « Bon, passons. Si on ne peut pas aller plus loin aujourd'hui, tu devrais peut-être retourner voir Mme Gerber. Je voudrais être sûr qu'elle dit la vérité.

– D'accord. »

Peu après, ils arrivaient à Altenberge. Ils quittèrent la route nationale et traversèrent le village. Il ne leur fallut pas longtemps car il n'était pas très étendu. À peu près cent mètres après le panneau de sortie, surgit un grand bâtiment de ferme sur la droite et, juste en face, une aire de stationnement. Un seul véhicule y était garé, un Combi Volkswagen Passat bleu foncé.

« Ça doit être lui », dit Käfer.

Ils s'arrêtèrent derrière le Combi. Un homme d'âge moyen était adossé au capot. Il portait un costume en velours côtelé marron plutôt démodé. Ses lunettes à large monture n'étaient pas du dernier cri non plus. L'homme pianotait sur son téléphone et ne leva les yeux que lorsque les policiers furent devant lui.

« Ludger Franke ? » demanda Käfer.

L'homme acquiesça avec enthousiasme. « Oui, c'est moi.

– Inspecteur divisionnaire Käfer, et voici ma collègue Charlotte Schneidmann. C'est moi qui vous ai téléphoné. Décrivez-nous précisément ce que vous avez vu ce matin, s'il vous plaît.

– Oui, bien sûr », répondit l'homme avec empressement en rangeant son portable dans la poche de son veston. « Ce matin, donc, je quitte Münster comme tous les jours. Je dois d'abord aller à Steinfurt, où j'ai un client important, et ce gars-là n'aime pas attendre. Alors je pars un peu plus tôt, on ne sait jamais comment ça va rouler, il suffit qu'on tombe tout à coup sur des travaux, qu'on soit dévié, et voilà, on arrive en retard, et le client, je vous dis pas la gueule… »

Charlotte réprima un sourire. « À quelle heure êtes-vous parti, monsieur Franke ?

– À sept heures pile, répondit Franke, péremptoire.

– Et à quelle heure êtes-vous arrivé ici ?

– Huit heures moins le quart. Ça a été beaucoup plus vite que ce que j'avais prévu. Mais comme je vous expliquais, quand on a un client qui… »

Charlotte l'arrêta dans son élan. « Bien sûr, monsieur Franke.

– Et ensuite ? » demanda Peter, qui ne faisait aucun effort pour cacher son impatience.

« Du coup, j'avais encore un peu de temps, reprit Franke. Je ne voulais pas non plus arriver trop tôt chez le client… Alors, bon, je me suis garé sur l'aire de stationnement. En fait, je voulais boire une petite gorgée de café – vous savez, je m'emporte toujours une thermos, le café qu'on se prépare à la maison est tellement meilleur… » Il remarqua le visage fermé de Käfer et revint à son récit. « Je me suis donc posté avec mon café à côté de la voiture et c'est alors que j'aperçois là-bas, de l'autre côté de la route, dans le jardin devant la ferme… » De son bras tendu, il désignait le bâtiment en face, dont on ne distinguait guère qu'un bout de toit à cause des grands arbres devant. « … Ce gamin blond. À la maison j'avais lu l'avis de recherche dans le journal et je me souvenais très bien de la photo du petit garçon. »

Charlotte lui adressa un regard encourageant. « Et ensuite ?

– J'ai encore regardé la photo, et je suis à peu près certain qu'il s'agit bien de l'enfant qui a disparu. » Le visage de Franke était devenu tout rouge d'excitation.

« Où exactement avez-vous vu cet enfant ? demanda Käfer.

– Dans le jardin. Juste derrière le mur, à droite de l'entrée. »

Käfer et Charlotte considérèrent les lieux. Le muret de brique qui séparait le jardin de la route paraissait vieux et délabré. Du côté gauche, là où il filait vers l'arrière de la ferme, formant un angle droit avec la chaussée, on distinguait même plusieurs brèches.

« Apparemment il jouait. Je ne pouvais pas voir avec quoi. Et puis tout à coup il est venu droit vers le mur et il m'a regardé. Il m'a presque fait peur, je vous assure.

– Et qu'avez-vous fait ? demanda Charlotte.

– Rien ! Que vouliez-vous que je fasse ? » Franke lui lança un regard de reproche, comme si elle le critiquait et qu'il doive se défendre. « J'ai appelé la police. J'espère que j'ai bien fait. »

Le voilà vexé, à présent, se dit Charlotte. Elle arbora son plus beau sourire. « Vous avez très bien fait. Réaction exemplaire. »

Franke parut rasséréné.

« Pouvez-vous nous dire autre chose à propos de cet enfant ?

– Il avait l'air très sale, un vrai sauvageon. Comme si on ne l'avait pas lavé depuis longtemps. Ça se voyait même d'ici. Comme s'il n'y avait personne pour s'occuper de lui.

– Et ensuite, que s'est-il passé ? Combien de temps est-il resté là, derrière le mur ? Il vous a appelé ? Il vous a fait signe ? » demanda Charlotte.

Franke la regarda sans comprendre. « Appelé ? Fait signe ? Non, pourquoi ? » Soudain, il parut saisir ce qu'elle sous-entendait et mit sa main devant sa bouche, plein d'effroi. « Vous voulez dire, parce qu'il avait besoin d'aide ? Oh mon Dieu...

– Calmez-vous, monsieur Franke. On ne vous accuse pas, vous n'avez aucune responsabilité là-dedans. »

Il hocha la tête, à moitié convaincu.

« Quelque chose d'autre ? demanda Käfer.

– Ensuite, une femme l'a appelé. »

Käfer et Charlotte dressèrent l'oreille.

« Une femme ? répéta Charlotte. C'est très important, ce que vous dites là, monsieur Franke. Essayez de bien vous rappeler les détails. Comment ça s'est passé exactement ? »

Franke se concentra, on le sentait tendu. « Comme je vous l'ai dit, reprit-il, légèrement hésitant, une femme l'a appelé. Pas par son nom, juste comme ça. "Viens ici !" elle a dit. La voix venait de quelque part, derrière. J'imagine qu'elle était à l'intérieur, ou alors sur le seuil. En tout cas je ne l'ai pas vue.

– Et ensuite ? le pressa Charlotte.

– Le petit garçon a aussitôt fait demi-tour et il a disparu. Je pense qu'il est rentré en courant à la maison.

– Et c'était une voix de femme ? insista Käfer. Vous en êtes absolument sûr ? »

Franke confirma d'un vigoureux hochement de tête. « Oui. C'était une voix un peu rauque, avec quelque chose en plus...

– Que voulez-vous dire par là ? » interrogea Charlotte.

Franke chercha ses mots. « Comment je pourrais décrire ça... disons, un peu hésitante... comme pâteuse... Je ne sais pas, moi. » Il haussa les épaules d'un air impuissant.

Charlotte s'empressa de le rassurer. « Merci beaucoup, monsieur Franke, vous nous avez beaucoup aidés. »

Franke respira, soulagé. « Je peux continuer ma route, maintenant ? Il est tard et, comme je vous l'ai dit, je déteste ne pas être à l'heure à mes rendez-vous...

– C'est bon, dit Käfer. Vous allez pouvoir y aller. Ma collègue note juste quelques renseignements sur vous. Merci beaucoup, en tout cas. »

Il s'éloigna de quelques pas, regarda la maison, en face, et fit signe à Charlotte de s'approcher. « C'est étrange, dit-il. En fait, la ferme est inhabitée. La maison est vide depuis des années, elle est en vente. J'ai vérifié tout ça avant de venir. Si l'enfant qui jouait dans le jardin était bien Leo, la femme qui l'appelait était probablement cette fameuse Tanja. Ça voudrait dire qu'elle se cache ici avec le gosse. Dans cette maison qui n'intéresse personne, à qui personne ne prête attention...

– La planque idéale », commenta Charlotte.

Ensemble, ils regardèrent Ludger Franke monter dans son Combi et quitter l'aire de stationnement. Comme s'ils s'étaient donné le mot, ils se retournèrent tous les deux en même temps pour observer un long moment la ferme, en face.

« Il faut qu'on vérifie tout ça de plus près », dit enfin Peter et il se dirigea vers la chaussée. Charlotte lui emboîta le pas.

Pendant qu'ils traversaient la route, elle jeta un rapide coup d'œil sur son portable. Deux appels en absence. Bon sang ! Katrin Ortrup avait cherché à la joindre. Charlotte décida qu'elle la rappellerait dès la fin de l'opération en cours. Avec un peu de chance, ce serait pour lui annoncer une bonne nouvelle.

La maison de brique rouge tapie derrière l'épais feuillage des arbres était passablement délabrée. Les murs s'effritaient en plusieurs endroits, deux fenêtres du rez-de-chaussée étaient occultées par des planches clouées et celle du pignon avait les vitres brisées. Le grand jardin qui s'étendait entre le bâtiment et le mur d'enceinte paraissait à l'abandon. Le chemin qui menait à l'entrée était envahi d'orties et de hautes fougères.

Käfer s'efforça d'observer un peu plus attentivement le jardin. « Si je ne me trompe pas, c'est un jouet d'enfant qu'on aperçoit là-bas, dans l'herbe, devant la maison ? »

Il poussa le portail. Il était de guingois et racla le sol en s'ouvrant.

Lentement, ils s'approchèrent du bâtiment. Ils s'arrêtèrent devant la double porte. Le bois était décoloré par les intempéries et des éclats s'étaient détachés par endroits. Il n'y avait pas de sonnette.

Käfer regarda Charlotte d'un air grave, puis il appuya sur la poignée de la porte. Fermée. « Je m'en doutais », bougonna-t-il, et il tapa avec le poing contre le battant. « Police criminelle ! Ouvrez ! »

Pas de réaction. Tout était silencieux à l'intérieur.

Il frappa une deuxième fois. « Nous savons qu'il y a quelqu'un. Ouvrez ou nous allons défoncer la porte ! »

Rien ne bougea.

Il leva à nouveau le poing, mais Charlotte lui saisit le bras. « Attends. Tu as entendu ? »

Ils se regardèrent. Effectivement. Une voix d'enfant. Ténue, mais perceptible. Pleurait-il ? Ou bien est-ce qu'il appelait quelqu'un ?

« Allons-y, on entre », dit Charlotte en faisant un pas en arrière pour que Käfer puisse prendre son élan et enfoncer la porte.

Comme le préconisait le règlement, ils dégainèrent leur arme de service, et Käfer se rua sur la porte. Le battant droit céda et heurta le mur avec un grand craquement. Une odeur de renfermé les assaillit.

« Police criminelle ! » cria-t-il dans un silence total. On n'entendait même plus la voix de l'enfant.

Charlotte retint son souffle. Mais si. Un bruit très faible, on aurait dit des pleurs.

« Ça vient d'en haut », dit Käfer en se précipitant dans un grand vestibule d'où un escalier en bois, contre le mur de gauche, montait vers un étroit palier sur lequel donnaient trois portes.

Charlotte pénétra dans la maison derrière lui en prenant le temps de regarder autour d'elle. Malgré le peu de lumière qui entrait par les fenêtres occultées, elle se rendait compte de l'état déplorable des lieux. En bas, contre le mur de droite, se dressait une armoire sans porte pleine à craquer de vêtements de toutes sortes, à côté d'un empilement de sacs-poubelle, le sol était couvert de saletés et le crépi des murs s'effritait. Avec ça, une odeur écœurante et douceâtre de renfermé et de moisissure.

« Charlotte ? Viens voir en haut ! »

Elle monta l'escalier. Elle se tenait prudemment à la rampe mais la lâcha quand elle la sentit branler dangereusement sous sa main.

Käfer avait ouvert la porte du milieu. Il avait déjà le téléphone contre l'oreille et parlait avec un médecin des urgences. Quand Charlotte le rejoignit sur le palier, il lui désigna du menton la porte ouverte. Les pleurs avaient cessé.

« Un petit garçon, murmura-t-il. Il a l'air bien mal en point. Mais à l'évidence ce n'est pas Leo Ortrup. Celui-ci est plus âgé. Vois par toi-même. » Il fit un pas de côté pour la laisser passer, le palier étant très étroit.

Charlotte s'approcha, se demandant ce qu'elle allait découvrir. Avant même d'entrer, elle distingua un carrelage marron. Non, pas la baignoire ! Cette pensée venait de fuser dans son esprit. Elle eut la sensation d'un nœud coulant qui lui serrait la gorge.

Elle se tenait sur le seuil, son cœur battant si fort qu'elle avait l'impression qu'il allait éclater d'un instant à l'autre. Ce qui la frappa d'emblée, c'était que le carrelage était très sale, plein de taches, et les joints moisis et encrassés. Ensuite, elle remarqua le robinet rouillé qui gouttait dans la baignoire, et c'est à ce moment seulement qu'elle vit le petit garçon blond qui jouait dans la baignoire avec un bateau en plastique, apparemment perdu dans ses pensées, indifférent à leur présence, jusqu'au moment où il leva la tête et les regarda, les yeux remplis de larmes.

Charlotte sentit ses jambes qui tremblaient, elle crut que ses genoux allaient se dérober sous elle. Les cris lui vrillaient à nouveau les oreilles. Les hurlements stridents, insupportables qui, plus de trente ans plus tôt, avaient changé à jamais le cours de sa vie, et qu'elle s'efforçait chaque jour d'oublier, en vain. Elle se retint au chambranle de la porte et se força à respirer – inspirer, expirer, se calmer...

« Ça va ? » demanda Käfer.

Charlotte secoua la tête. « Non », articula-t-elle d'une voix tremblante.

« Il faut que tu ailles chercher ce petit garçon », dit-il doucement. « Tu vas pouvoir ? »

Elle secoua à nouveau la tête. « Non. Il faut d'abord qu'il sorte de la baignoire. » Sa voix se brisa. « S'il te plaît, sors-le de là ! »

Charlotte retourna sur le palier et, titubante, s'appuya contre le mur. Elle savait qu'elle venait de se comporter de façon très bizarre et que ça n'allait pas manquer de lui attirer des questions. Mais elle ne pouvait pas faire autrement. Elle revoyait les images d'autrefois, entendait à nouveau les cris, sentait revenir la panique de ce jour-là. Et le sentiment de culpabilité. Cette culpabilité qui la submergeait, étouffant tout le reste.

Peter la regardait, déconcerté. Puis il s'approcha de l'enfant.

Charlotte l'entendit qui lui disait : « Eh ben dis donc, tu vas avoir la peau toute ridée à force de rester comme ça dans l'eau. Tu ferais mieux de sortir. »

Peu après, il apparut sur le palier, tenant contre lui l'enfant enveloppé dans un drap de bain bariolé. Il s'approcha de Charlotte et le lui mit dans les bras. « Je descends », dit-il, non sans lui avoir adressé un long regard, puis il se détourna.

Elle avala sa salive. « Bonjour, mon nom c'est Charlotte », dit-elle d'une voix douce en se forçant à sourire. « Et toi, comment tu t'appelles ? »

Le garçonnet regardait fixement ses propres pieds qui dépassaient du drap de bain. « Paul », finit-il par dire.

Charlotte sentit qu'il tremblait. « Où est ta maman, Paul ?

– Elle dort.

– À cette heure-ci ? Il fait pourtant grand jour, tu vois, il y a de la lumière, dehors. »

L'enfant avait toujours les yeux braqués sur ses pieds. « Maman, elle est souvent fatiguée.

– Et pourquoi tu étais dans la baignoire ? L'eau était toute froide.

– Maman, elle a dit que j'étais sale. » Il regarda Charlotte avec de grands yeux ronds. « J'ai pas pris mon bain hier, maman elle était trop fatiguée. Alors je suis allé dans la baignoire aujourd'hui. Au début, l'eau elle était bien chaude, et puis après elle est devenue froide... Mais elle dort, maman ! Alors je peux pas la réveiller... »

Charlotte faillit s'étrangler. Qu'est-ce qu'il ne fallait pas entendre ! Pourquoi cet enfant subissait-il un pareil traitement ? Comme il était courageux ! Et elle ? Aujourd'hui encore elle se laissait impressionner par les vieilles histoires de son enfance.

« Le médecin urgentiste arrive ! » lui cria Käfer du rez-de-chaussée.

Charlotte poussa un soupir de soulagement. « Tu vas monter dans la voiture de la police, tu sais, avec la sirène. Pin-pon, pin-pon ! »

L'enfant la regarda d'un air surpris. « Mais je peux pas laisser ma maman toute seule », dit-il, essayant à présent de se dégager des bras de Charlotte. Il se mit à hurler. « Maman ! Maman ! »

Tout à coup, elle entendit un bruit sourd. Dans l'une des deux autres pièces de l'étage. On aurait dit quelqu'un qui venait de sauter de son lit.

Chez la mère de l'enfant, l'urgentiste releva une alcoolémie de plus de 0,8 gramme par litre. « Je connais cette femme », dit-il en soupirant. « Je suis déjà venu ici. »

Charlotte fit enfiler rapidement quelques vêtements au petit garçon, puis elle le confia à l'un des secouristes qui l'emmena dans l'ambulance. Ils allaient le transporter à l'hôpital de Münster. Le véhicule démarra sans tarder, quitta la ferme et s'engagea sur la route.

Käfer regagna sa propre voiture et s'y installa. Quand Charlotte le rejoignit, il rangeait son téléphone.

« J'ai appelé l'office de protection de la jeunesse », dit-il tandis qu'elle s'asseyait à côté de lui. « La femme n'habite que temporairement dans cette ferme. En fait c'est la maison de ses parents. Ils sont morts depuis longtemps, le père de l'enfant a disparu dans la nature. La semaine prochaine, elle devait emménager avec son fils dans un petit appartement que les services sociaux ont mis à sa disposition. » Il fit une mimique de réprobation. « Je ne comprends vraiment pas pourquoi la protection de la jeunesse laisse ce gamin avec sa mère. C'est une honte. » Il mit le contact et démarra. « Mais peut-être avons-nous épargné le pire à ce pauvre petit. Notre intervention n'aura pas été vaine.

– Peut-être », dit Charlotte. Elle se doutait de ce qui allait suivre.

« Qu'est-ce qui t'est arrivé exactement ? demanda Peter. Tu avais l'air complètement tétanisée.

– Je suis désolée, d'accord ?

– Non, pas d'accord. Je suis ton collègue et je veux savoir ce qui s'est passé. Je n'ai pas envie que ce genre de truc se reproduise.

– Ça ne se reproduira pas », dit Charlotte en regardant fixement ses mains.

« Je veux l'espérer.

– Encore une fois, je suis désolée.

– Tu ne crois pas qu'on doit en parler ?

– Non. En tout cas pas maintenant. Plus tard peut-être. » Leurs regards se croisèrent. « Je te le promets. OK ?

– OK. »

Le reste du trajet s'effectua en silence. Charlotte était plongée dans ses pensées. Elle s'était promis, il y avait bien longtemps, de ne jamais souffler mot à quiconque des événements d'autrefois. Autrefois, ce 21 juin 1979, un jour qui avait changé sa vie à jamais. Elle avait voulu enfouir cette terrible histoire au fond d'elle-même, et jusqu'à présent elle croyait y être à peu près parvenue. Quelle naïveté ! Oui, il allait bien falloir qu'elle en parle avec Peter. Elle le lui devait. Et à l'avenir il faudrait qu'elle se maîtrise un peu mieux.

Tout à coup, une idée lui traversa l'esprit. « Merde ! J'avais complètement oublié !

– Quoi donc ? »

Charlotte fouilla dans sa poche et en tira son portable. « Katrin Ortrup a essayé de me joindre. J'espère que ce n'était pas trop urgent. »

Peu après, elle avait Katrin Ortrup en ligne. « Y a-t-il du nouveau ? lui demanda-t-elle.

– J'ai reçu un nouvel e-mail d'Alecto », dit Mme Ortrup d'une voix blanche.

« Et que disait-il ?

– Je ne comprends pas. Il y a une photo en pièce jointe, qui me fait terriblement peur...

– Nous sommes chez vous dans une demi-heure au plus tard », dit Charlotte avant d'éteindre son portable.

Elle n'aimait pas du tout ça, mais comment faire autrement ? Il fallait bien qu'elle sorte de la maison de temps en temps. Et elle ne pouvait pas le laisser aller et venir à sa guise. Il était bien trop petit. Mais bientôt, tout allait changer. Il ne pleurerait plus aussi souvent. Et un beau jour, de cela elle était tout à fait sûre, il finirait par l'aimer, comme si elle était sa mère. Les enfants ont si vite fait d'oublier...

Elle regarda l'heure. Il allait falloir qu'elle y aille. Mais avant, elle allait se préparer un petit thé en vitesse, s'asseoir sur la chaise longue de la véranda face à la forêt, et contempler le paysage. La vue des taillis et des arbres au feuillage si dense la fascinait, elle ne s'en lassait pas. C'était comme un écran qui l'isolait de la vie du dehors, qui se déployait autour d'elle pour la protéger. Elle se sentait comme au paradis.

Il y avait du soleil, elle clignait des yeux, elle se sentait bien, apaisée.

Tout à coup elle sursauta. Pleurait-il ? Non. Il devait déjà dormir.

Son regard tomba sur quelques petits cailloux ronds et polis qui se trouvaient dans la platebande à côté de la véranda. Certains ressemblaient à de minuscules œufs d'oiseau.

Comme c'est joli, songea-t-elle. Peut-être qu'avec une chignole on pourrait arriver à les percer, en les enfilant on pourrait faire un collier. Plus tard dans l'après-midi elle ferait une tentative.

Pleine d'ardeur, elle se leva, ramassa les cailloux et rentra dans la maison.

Katrin et Thomas Ortrup levèrent vers eux un regard rempli d'une attente anxieuse quand Luise Wiesner les eut fait entrer.

« C'est horrible », dit Katrin Ortrup, qui paraissait encore plus pâle et défaite que la veille. Les mains tremblantes, elle ouvrit son ordinateur et leur montra la pièce jointe au message.

Sur la photo on voyait un cercueil ouvert dans lequel il y avait un corps, une personne morte depuis déjà pas mal de temps si l'on en jugeait par l'état des mains, reposant sur le linceul blanc, et qui étaient celles d'un squelette. Impossible de déterminer s'il s'agissait d'un homme ou d'une femme. Un voile recouvrait le visage.

Sous la photo, un texte bref :

Vous allez payer. Après le père, au tour du fils.

« Qu'est-ce que ça peut bien vouloir dire ? » demanda Katrin Ortrup d'une voix tremblante. « C'est quoi, cette photo ? »

Charlotte réfléchit. « À l'évidence, ces mots ne visent pas une seule personne », dit-elle enfin. « La ravisseuse ne s'adresse pas seulement à vous, en tant que mère, mais à toute votre famille, semble-t-il. Et en plus elle nous donne le motif de son acte. La vengeance.

– *Après le père, au tour du fils.* Mais quel rapport j'ai avec tout ça, moi ? » demanda Thomas Ortrup, accablé.

« Aucun, dit Charlotte. Le mail est adressé à vous, madame Ortrup. Nous devons en déduire qu'Alecto parle de votre père, pas de votre mari. De votre père aujourd'hui décédé et de votre fils Leo. »

Un silence de mort s'abattit d'un coup sur la pièce. Personne ne disait rien mais tout le monde pensait la même chose.

« Ils sont morts tous les deux », murmura dans un souffle Luise Wiesner en prenant son visage dans ses mains.

« Non, non ! » s'écria Katrin Ortrup, se levant d'un bond. « Ce n'est pas possible ! Leo ne peut pas être mort ! Vous aussi, vous croyez que mon fils est vivant, n'est-ce pas ? » Sa voix leur vrillait les oreilles. Elle éclata en sanglots.

« Je vous en prie, madame Ortrup, calmez-vous, dit Charlotte. Nous continuons à partir du principe que Leo est encore en vie. »

Elle savait bien que le temps jouait contre eux. La plupart des enfants disparus étaient retrouvés dans les vingt-quatre heures. Quand ce n'était pas le cas… « Si Leo était mort, Alecto n'aurait probablement pas pris contact avec vous, poursuivit-elle.

– Et cette photo atroce ? demanda Thomas Ortrup. Qui cela peut-il bien être ? Et en quoi cela nous concerne ?

– Peut-être la ravisseuse croit-elle que votre famille a quelque chose à voir avec la mort de cette personne, lança Käfer.

– C'est complètement absurde ! s'indigna Thomas Ortrup. Dites tout de suite que nous sommes des meurtriers !

– Monsieur Ortrup, s'il vous plaît ! intervint Charlotte. Nous cherchons simplement à imaginer ce qui se passe dans la tête de cette femme. Il suffit sans doute qu'elle soit persuadée que quelqu'un de votre famille a un rapport quelconque avec la personne qui est sur la photo.

– Mais nous ne savons même pas de qui il pourrait s'agir !

– Peut-être nos légistes vont-ils trouver des indices qui nous permettront de déduire l'identité de ce mort – ou de cette morte », dit Käfer. Il regarda tour à tour Katrin et Thomas Ortrup. « Y a-t-il dans votre entourage quelqu'un, même que vous n'auriez pas vu depuis longtemps, avec qui vous entreteniez un lien spécial ? »

Mme Ortrup haussa les épaules. « À part cette Tanja, non », dit-elle d'une voix amère.

M. Ortrup secoua la tête. « Non, vraiment, je ne vois pas.

– Et vous ? » demanda Charlotte en se tournant vers Luise Wiesner.

La mère de Katrin Ortrup était restée debout sur le seuil de la pièce depuis le début de la scène. Elle s'avança vers le canapé et s'assit. « Il y avait bien une femme », dit-elle enfin. « Je ne sais pas qui elle est et je ne peux pas m'imaginer que cela ait un rapport quelconque avec la disparition de Leo, mais maintenant que vous posez la question…

– Tout peut avoir son importance, madame Wiesner.

– Les dernières semaines avant sa mort, mon mari avait changé. Il était plus fermé que d'habitude. Il avait même l'air très anxieux par moments.

– Anxieux ? Que voulez-vous dire par là ? interrogea Charlotte.

– Je ne sais pas. Peut-être que cela avait un rapport avec les nombreux appels téléphoniques qu'il recevait. *Une bonne femme qui veut me vendre je ne sais quoi,* disait-il chaque fois. J'ai senti dès le début que ce n'était pas la vérité mais je n'ai pas voulu me montrer trop inquisitrice. Après ces appels, il paraissait toujours assez perturbé.

– Quelle était la fréquence de ces appels téléphoniques ?

– Je ne sais plus exactement. Mais en y réfléchissant, je me rends compte que, une fois qu'il a été mort, cette femme a cessé d'appeler. Étrange, non ? Si elle tenait tellement à lui vendre quelque chose, elle aurait dû continuer, vous ne croyez pas ? Elle ne pouvait pas savoir ce qui s'était passé.

– Votre mari répondait-il toujours lui-même au téléphone, madame Wiesner, ou bien vous est-il arrivé de décrocher et de l'avoir au bout du fil ? » demanda Käfer.

La mère de Katrin Ortrup réfléchit. « Non, je n'ai jamais parlé avec elle. Mais je me rappelle avoir entendu plusieurs fois quelqu'un raccrocher quand c'était moi qui répondais.

– Vous croyez que c'était Tanja ? demanda Katrin Ortrup.

– C'est possible, dit Charlotte. Et si c'est elle, il n'est pas à exclure qu'elle ait un rapport avec la mort de votre père.

– Mais il a eu un arrêt cardiaque ! C'est ce qu'on nous a dit à l'hôpital. Ils s'en seraient forcément rendu compte, s'il s'était agi d'un… » Elle ne réussit pas à terminer sa phrase.

« Quand votre père est mort, il n'y avait aucune raison de penser à un crime, expliqua Charlotte. Mais voilà que le jour même de son enterrement, son petit-fils est enlevé. Est-ce un hasard ? Et dans son e-mail, la ravisseuse établit sciemment un rapport entre votre père et votre fils.

– Je vais ordonner une exhumation, décida Käfer.

– Pourquoi donc ? » demanda Luise Wiesner abasourdie. « Le faut-il vraiment ? Je préférerais que…

– Je vous comprends tout à fait, madame Wiesner, l'interrompit Charlotte. Mais mon collègue a raison. Nous devons en avoir le cœur net et analyser la cause du décès. Il faut vérifier s'il y a eu ou non une intervention extérieure et des traces montrant qu'il s'est défendu.

– Mais pourquoi cette femme aurait-elle fait une chose pareille ? » Luise Wiesner se tamponnait les yeux avec un mouchoir en tissu. « Mon mari était un membre éminent de notre communauté, il était aimé de tous…

– C'est vrai, confirma sa fille. Je ne connais personne qui ne l'ait pas tenu en grande estime.

– Oh mon Dieu, Franz… »

Käfer se tourna vers Katrin Ortrup. « Vous avez répondu à ce mail ? »

Elle fit un signe de dénégation.

« Très bien. Il ne faut pas que vous le fassiez. J'ai besoin de votre mot de passe Facebook pour que nos informaticiens puissent travailler sur ce message. Peut-être parviendront-ils à nous dire d'où il a été envoyé.

– Vous croyez vraiment que cette femme a envoyé cet e-mail de chez elle, depuis son propre ordinateur ? demanda Thomas Ortrup.

– Tout est envisageable. En tout cas, il faut que nous puissions exclure l'acte d'un éventuel opportuniste, dit Käfer. Ce ne serait pas la première fois que quelqu'un s'immisce dans une affaire criminelle pour se rendre intéressant. »

Quand ils furent de retour dans leur véhicule, Käfer demanda : « Comment est-ce qu'on se partage la tâche ? Qui va chez Bauer et qui va trouver les petits gars de l'informatique ?

– Tu te charges de l'informatique ? Et puis fais vérifier aussi la ligne téléphonique des Wiesner. Peut-être découvriront-ils quelque chose à propos des appels anonymes. Je vais voir Bauer. À cette heure, je devrais encore arriver à le choper. Mais d'abord dépose-moi à la maison, pour que je prenne ma voiture. »

Il n'était pas encore trois heures quand elle arriva à l'institut médico-légal. Frank Bauer avait coutume de quitter son bureau en début d'après-midi pour poursuivre sa journée de travail au service de pathologie. Il était le seul anthropologue légiste qui travaillait en liaison avec la police criminelle de Münster. Charlotte aimait bien cet homme tranquille, posé, qui passait pour un original dans le cercle de ses collègues. Elle en savait plus depuis qu'elle était tombée sur lui par hasard, à la cantine du commissariat, un jour où ils avaient un peu de temps l'un et l'autre et avaient donc pu bavarder un moment. Bauer était un homme qui s'intéressait à beaucoup de choses, il allait régulièrement au théâtre, pratiquait la randonnée alpine et organisait toutes sortes d'activités avec ses amis. « Les autres peuvent bien penser de moi ce qu'ils veulent », avait-il dit à Charlotte avec un petit sourire. « Pour beaucoup de gens, le monde est simple : un type qui s'occupe toute la journée de vieux squelettes ne peut être qu'un introverti, sinon un dingue. Les préjugés ont la vie dure. »

Charlotte appréciait son jugement aiguisé et la précision de ses analyses. Bauer était un expert internationalement reconnu à qui on avait fait appel au moment de la découverte des charniers du Kosovo et il avait été appelé comme témoin devant la Cour européenne des droits de l'homme de La Haye.

Les rideaux étaient fermés, comme d'habitude, quand Charlotte entra dans son bureau. Bauer était assis dans la pénombre, une loupe à la main, et examinait sous une lampe puissante des photos d'un cadavre. Pour son cinquantième anniversaire, ses collègues de la Crim' lui avaient offert un gâteau en forme de vertèbre, ce que tout le monde avait trouvé désopilant, sauf Bauer, qui avait souri d'un air las. Cela remontait à combien ? Un an ? Deux ans ?

Il ôta ses lunettes et se frotta les yeux.

« Bonjour, madame Schneidmann », dit-il de façon un peu formelle mais non sans gentillesse. « Que puis-je faire pour vous ? »

Charlotte lui montra le tirage papier de la photo du corps dans le cercueil. « La mère de l'enfant qui a été enlevé a reçu aujourd'hui un e-mail avec cette photo, expliqua-t-elle. Nous n'avons pas le moindre indice sur l'identité de ce cadavre. Est-ce un homme ou une femme ? De quel âge ? Toute information un peu plus précise nous serait très utile. »

Bauer remit ses lunettes et regarda la photo. Puis il prit sa loupe et l'examina encore plus soigneusement.

Les minutes passaient. Charlotte savait que toute parole supplémentaire serait superflue. Frank Bauer n'aimait pas qu'on parle trop. Il avait besoin de silence pour se concentrer.

« Je ne peux pas établir grand-chose de précis parce que le visage est caché derrière le voile, dit-il enfin, mais les os des mains laissent penser qu'il s'agit d'une femme. Ils sont trop fins pour que ce soit un homme. »

Il pencha la tête sur la photo, la releva et tapa quelque chose sur son ordinateur.

« Le linceul…, murmura-t-il, songeur.

– Qu'est-ce qu'il a, le linceul ? voulut savoir Charlotte.

– Je crois que c'est du BS-53… »

Il pianota sur son clavier.

« Ce qui veut dire ?

– Tenez, regardez ! » Bauer désignait l'écran d'un air triomphant. Charlotte vint se poster derrière lui pour mieux voir. « Je le savais. L'usage du BS-53 a été interdit quand la VDI a modifié ses directives.

– Je ne comprends pas un traître mot.

– La protection de l'environnement ne s'arrête pas avec la mort, expliqua Bauer. Dans les années soixante-dix et quatre-vingt, on enterrait les morts dans du polyester qui met plus de cent ans à se décomposer. Le drap sur la photo est fait dans un tissu mixte. » Il pointa le doigt vers le linceul. « Vous voyez, ici, la bordure brillante. Il s'agit sans aucun doute d'un matériau non décomposable. Selon les nouvelles directives de la VDI, l'Association des ingénieurs allemands, les entreprises funéraires n'ont plus le droit d'utiliser ce genre de tissu.

– Et depuis quand sont-elles en vigueur, ces nouvelles directives ?

– Depuis 1998. La photo est donc antérieure à cette date. À mon avis, la femme est plutôt jeune. À l'époque, ces linceuls chatoyants étaient utilisés surtout pour les adolescents et les jeunes adultes.

– Il s'agirait donc d'une jeune femme morte avant 1998, résuma Charlotte. Y a-t-il quelque chose qui nous renseigne sur l'entreprise funéraire ? »

Bauer la regarda d'un air sévère. « Si c'était le cas, je vous l'aurais dit.

– Bien sûr. »

Charlotte reprit sa photo et se dirigea vers la porte.

« Il y a peut-être une chose sur laquelle vous devriez vous pencher, dit Bauer.

– Laquelle ?

– Il est courant que l'on photographie un cercueil avant qu'il ne soit fermé. Mais aucun entrepreneur de pompes funèbres n'exposerait un corps déjà réduit à l'état de squelette comme celui-ci. Ce qui signifie, ajouta-t-il, que la personne qui a pris la photo a dû demander aux croque-morts d'ouvrir le cercueil exprès pour elle. Quand on voit l'état du corps, c'est une requête tout à fait inhabituelle. Celui qui y a répondu s'en souvient peut-être. »

Charlotte remercia vivement Frank Bauer avant de regagner le commissariat.

Quand elle ouvrit la porte de son bureau, elle vit Peter Käfer, assis à sa table, en train de mordre dans une part de gâteau à la crème en se léchant les babines avec délectation.

« Décidément, tu as tout le temps faim », fit remarquer Charlotte, légèrement réprobatrice, en s'installant à son bureau.

Käfer haussa les épaules avec résignation. « La vérification de la ligne téléphonique n'a rien donné pour le moment, dit-il. La liste des appels présente plusieurs entrées en numéro masqué. Dans ces conditions, il n'est pas si facile d'identifier l'appelant. Mais les collègues sont sur le coup.

– Et les e-mails ?

– Ça aussi, ils s'en occupent. D'ailleurs le ministère public nous a donné le feu vert pour explorer le contenu de l'ordinateur de Carmen Gerber. On ne sait jamais, ça ne peut pas faire de mal. Et de ton côté ? »

Charlotte lui exposa brièvement les conclusions de Frank Bauer. « Je vais donc appeler les pompes funèbres. On aura peut-être de la chance de ce côté-là. »

Rien qu'à Münster, il y avait plus d'une douzaine d'entreprises funéraires. Sans parler de celles installées dans la périphérie. Charlotte soupira. Une montagne de boulot l'attendait.

Il était près de minuit quand elle quitta le commissariat. Elle était frustrée car les coups de fil n'avaient rien donné. Parmi les croque-morts de l'époque, beaucoup étaient depuis longtemps à la retraite, certains avaient changé d'activité ou bien ils étaient partis s'installer ailleurs. En tout cas, personne ne se souvenait d'avoir eu à ouvrir un cercueil à la demande de quelqu'un qui voulait photographier un squelette.

C'est seulement maintenant qu'elle se rendait compte à quel point elle était fatiguée. Elle avait une longue journée derrière elle, remplie d'événements bouleversants. Elle revit l'enfant assis dans la baignoire… Non, il ne fallait surtout pas y repenser ! Juste rentrer à la maison, traînailler un peu et puis, hop, au lit, pour être fraîche et dispose demain matin. Elle monta dans sa voiture.

Quelques minutes plus tard, elle pénétrait dans son appartement. Ça sentait terriblement le renfermé. Elle se hâta d'ouvrir la fenêtre pour faire entrer l'air et la fraîcheur nocturnes.

Elle se mit sous la douche, mais cela ne suffit pas non plus à la détendre. Elle ne cessait de penser à Leo Ortrup. Où pouvait-il bien être ? Quels sévices subissait-il en ce moment même ?…

Épuisée, elle s'affala sur son canapé et alluma la télévision. Quelques excités débattaient avec fougue sur un sujet dépourvu d'intérêt. Non, merci. Elle zappa. Un film policier ? Ah non, pas question. Elle avait sa dose de suspense dans la vie réelle. Sans enthousiasme, elle passa d'une chaîne à l'autre, mais aucun programme ne retint son attention. Découragée, elle finit par éteindre.

Son regard tomba sur le livre posé sur la table basse à côté du canapé. Celui qu'elle était en train de lire. La biographie de Marie-Antoinette par Stefan Zweig. Elle adorait Zweig, elle avait presque tout lu. Il ne manquait plus que cette biographie. Elle ouvrit le livre, chercha la page où elle en était restée la veille – et le referma.

Résignée, elle alla dans la salle de bains se laver les dents. Elle se regarda dans le miroir et s'immobilisa. Tout à coup, mille pensées se mirent à gambader dans sa tête. Impossible d'en saisir une seule, un certain visage venait s'interposer, et ce n'était pas désagréable du tout…

Après tout, pourquoi pas ? se dit-elle.

Vingt minutes plus tard, elle se garait devant un grand immeuble. Il y avait de la lumière dans l'appartement de Bernd, il n'était pas couché. Elle en était encore à s'étonner de ce qu'elle était en train de faire quand elle appuya sur la sonnette. La porte s'ouvrit. Cette fois encore, elle agissait contre ses principes. Un amant était un amant – rien de plus. Mais cette nuit, c'était différent.

Au bout d'un moment, la voix lasse de Bernd demanda qui était là. Quand il sut qui frappait à sa porte, il parut retrouver d'un coup son énergie.

« Quelle bonne idée », dit-il tandis qu'elle entrait, et il referma ses bras sur elle.

Peu après, ils étaient allongés côte à côte dans son lit. Il avait la main posée sur son ventre.

Charlotte ferma les yeux. Elle sentit qu'elle venait enfin de trouver ce qu'elle avait désespérément cherché pendant si longtemps : le calme intérieur et une agréable impression de légèreté. Mais avant même de s'endormir, elle comprit que ça n'allait pas durer. Déjà elle éprouvait cette espèce de nœud du côté de l'estomac qui annonçait toujours une nuit troublée de cauchemars.

Malgré ses appréhensions, il ne lui fallut que quelques secondes pour dormir à poings fermés. Mais quelque part dans la nuit, il revint. Ce rêve atroce. Elle courait vers la salle de bains, folle d'appréhension, et découvrait avec horreur le sang qui ruisselait par-dessus le bord de la baignoire.

8

LEO ÉTAIT ASSIS DANS LE BAC À SABLE et jouait tout seul gentiment. Avec ses petits moules en plastique, il essayait de fabriquer un gâteau en sable et de le décorer. Il s'appliquait tant qu'il pouvait. Il portait de nouveau le fameux T-shirt avec les personnages de *Sesame Street.* Comme il était sale ! Il fallait qu'elle se dépêche de le laver.

« Leo ! Viens, on rentre à la maison ! » s'écria-t-elle, mais il ne réagit pas.

« Leo ! »

Il découpait soigneusement un morceau de son gâteau et le posait sur une mini-assiette rouge. Soudain, une femme s'approcha et s'accroupit à côté de lui. Leo lui tendit l'assiette et la femme fit semblant de goûter le gâteau et de le trouver délicieux. Leo était aux anges.

« Leo ! Leo ! » Elle voulut le rejoindre, le prendre dans ses bras, elle courait aussi vite qu'elle pouvait mais n'avançait pas d'un centimètre.

La femme souleva Leo et le serra contre elle. Puis elle se retourna lentement. Elle souriait.

C'était Tanja…

Katrin se réveilla en sursaut et se redressa dans son lit. Regarda autour d'elle, hagarde. Où était-elle ? Ah oui. Dans la chambre de son enfance, chez ses parents… enfin, chez sa mère. Elle transpirait, sa chemise de nuit était trempée de sueur. Elle prit une longue inspiration. D'accord. Ce n'était qu'un cauchemar, une saloperie de cauchemar.

Elle se rallongea, et comme elle avait subitement très froid, elle remonta la couverture sous son menton. Les yeux grands ouverts dans le noir, elle essaya de se rendormir. Mais les pensées qui tournaient dans sa tête ne lui permettaient pas de trouver le repos.

Après le départ des policiers, elle avait renvoyé Thomas à la maison. Même si elle était décidée à lui pardonner, ça ne signifiait tout de même pas qu'elle se sentait prête à habiter à nouveau avec lui et à plus forte raison à partager son lit. En plus, elle ne voulait pas laisser sa mère toute seule. Avec cette histoire d'e-mail et la perspective de l'exhumation, la pauvre était complètement bouleversée. Heureusement qu'elle avait pris un somnifère, sinon elle serait comme sa fille, à se tourner et se retourner dans son lit.

Tanja… Qui était cette femme ? Que faisait-elle avec Leo ? Était-elle en train de lui faire du mal ? De passer sa colère sur lui ? L'avait-elle même déjà… Non, pas question d'aller jusqu'au bout de cette idée-là. Tanja n'était pas une meurtrière. Pas la femme avec laquelle elle avait passé tout ce temps à bavarder devant le terrain de jeux. Pas la femme avec laquelle elle avait bu du café et qui l'avait prise dans ses bras pour la réconforter dans son deuil. Katrin ne pouvait ni ne voulait imaginer une chose pareille. Et si au contraire Tanja submergeait Leo de tendresse et d'amour ? Si elle avait depuis longtemps gagné toute sa confiance ? S'il la considérait désormais comme sa mère ? S'il l'avait oubliée, elle, si elle ne lui manquait plus du tout ? Eh bien, cela voudrait dire qu'elle avait perdu son fils à jamais…

Katrin se tourna sur le côté, oppressée, et regarda l'heure. Quatre heures moins le quart. L'heure où l'on est sans défense contre les idées noires… Le mieux était d'essayer de se rendormir un peu Mais comment faire pour y arriver ? C'est à cet instant qu'elle entendit un bruit en bas dans l'entrée, un claquement léger mais perceptible. Comme si quelqu'un s'affairait autour de la boîte aux lettres. Peut-être que sa mère s'était levée et allait prendre le journal dans la boîte ? Mais non, il était beaucoup trop tôt pour que le livreur soit passé. Et puis, avec le somnifère, elle devait dormir sur ses deux oreilles.

Elle s'assit dans son lit et tendit l'oreille dans le noir. Le bruit recommença, toujours ce petit claquement.

Katrin réfléchit. Elle se leva très doucement. Et sursauta aussitôt parce que le plancher grinça sous ses pieds.

Elle ouvrit la porte et se glissa jusqu'à l'entrée que le clair de lune éclairait généreusement.

« Maman ? » chuchota-t-elle, mais il n'y eut pas de réponse.

Elle alla jusqu'à la fenêtre sur la pointe des pieds et regarda dehors. De là, on voyait très bien la rue devant la maison. Soudain, elle vit une forme s'éloigner furtivement dans l'allée. L'effroi lui coupa le souffle. Qui cela pouvait-il bien être ? Une silhouette enveloppée d'un long manteau, avec une capuche sur la tête. Pas de doute, il y avait bien quelqu'un tout à l'heure devant la porte de la maison. Que fallait-il faire ? Appeler la police ? Ou bien essayer de joindre directement Charlotte Schneidmann sur son portable ? Mais le temps que la police arrive, le mystérieux visiteur aurait disparu depuis longtemps.

Un espoir fou lui traversa l'esprit comme un éclair. Et si c'était Tanja ? Si elle avait pris conscience de la gravité de son geste ? Si elle avait ramené Leo à la maison ? S'il était là, en bas, sur le perron…

À cet instant, elle entendit le bruit d'une voiture qui démarre et s'éloigne.

« Leo ! »

Comme une folle, elle dévala l'escalier et se rua vers la porte d'entrée qu'elle déverrouilla et ouvrit avec une hâte fébrile, pleine d'un espoir démesuré. Un vent chaud lui souffla au visage. Pourtant elle tremblait de tout son corps.

« Leo ? »

Katrin écarquillait les yeux, scrutant la nuit que la clarté de la lune parsemait d'ombres. Elle sortit, regarda autour d'elle. « Leo », murmura-t-elle d'une voix étouffée par l'angoisse. « Où es-tu ? »

Elle s'apprêtait à rentrer quand son regard tomba sur la boîte aux lettres.

Une enveloppe matelassée dépassait de la fente. Katrin la prit et l'examina. Sur le dessus était collée une petite étiquette avec quelques mots tapés à la machine : *De la part de Leo.* Les mains tremblantes, elle décacheta l'enveloppe et regarda à l'intérieur.

« Qu'est-ce que c'est… ? » Précautionneusement, elle sortit le contenu. C'était mou, bleu ciel… Un T-shirt orné de personnages de *Sesame Street…* Leo avait un T-shirt comme celui-ci… C'était son T-shirt préféré… Il était taché de sang…

Lasse et frigorifiée, Charlotte Schneidmann était debout près de la fosse et regardait l'excavatrice soulever des pelletées de terre et les déverser à côté en un tas de plus en plus haut.

« On ne peut malheureusement pas faire ça plus tard. Les premiers visiteurs arrivent dès sept heures », expliquait avec une amabilité toute professionnelle le jeune fossoyeur qui l'avait amenée jusqu'à cet emplacement. « Vous vous imaginez, si on est en train d'exhumer un cercueil au moment où une veuve vient arroser les fleurs sur la tombe de son mari… »

Charlotte se força à sourire. Ses pensées se focalisaient sur l'appel de Katrin Ortrup qui lui avait raconté au téléphone, entre deux hoquets, que quelqu'un était venu déposer dans la boîte aux lettres de sa mère le T-shirt *Sesame Street* de Leo. « Et il est plein de taches de sang… » Ensuite, elle n'avait plus entendu que des sanglots.

Elle n'avait pas voulu déranger Bernd mais il s'était réveillé tout seul et l'avait observée, soucieux, tandis qu'elle se passait de l'eau sur le visage et enfilait ses vêtements sans perdre un instant. Dieu merci, il n'avait pas posé de questions. Elle était montée dans sa voiture et avait filé chez Mme Wiesner récupérer le T-shirt afin que la police scientifique l'examine.

Un bruit sourd la tira de ses réflexions. La pelle de l'excavatrice avait atteint le cercueil. L'employé la fit reculer, sauta lui-même dans la fosse et continua à creuser à la main.

Charlotte le regardait faire d'un air absent. Pourquoi la ravisseuse avait-elle mis ce T-shirt dans la boîte aux lettres ? Quel était son but en agissant ainsi ? Il n'y avait toujours pas eu la moindre demande de rançon, le T-shirt n'était donc pas un moyen de pression pour accélérer le versement de l'argent. On avait plutôt l'impression que c'était une façon de faire comprendre aux parents qu'ils étaient réduits à une totale impuissance.

Cette Tanja semblait avoir pour seul et unique objectif de torturer Katrin et Thomas Ortrup, et Charlotte continuait à se demander pourquoi. Elle devait bien avoir une raison, car elle avait pris le risque de sortir de sa cachette pour venir déposer cette enveloppe dans la boîte. Le danger était relatif, à quatre heures du matin on avait moins de chance de se faire repérer qu'en plein jour, mais tout de même, ce n'était pas gagné d'avance, la maison aurait pu être placée sous surveillance. Tanja savait-elle que ce n'était pas le cas, qu'aucun policier n'était en faction ? Et pourquoi avait-elle choisi la boîte aux lettres de Mme Wiesner et non pas celle de la famille Ortrup ? Avait-elle réussi à épier en cachette les allées et venues de Katrin et Thomas Ortrup ? Éprouvait-elle de la satisfaction à observer leur désarroi ? Ou bien quelqu'un lui avait-il dit que Katrin Ortrup avait quitté son domicile pour s'installer chez sa mère ? Mais alors qui ? Le mari de Katrin ? Aurait-il quelque chose à voir avec la disparition de son fils ?

Charlotte se frotta les yeux. Ils savaient au moins une chose, désormais, c'est que Tanja était encore dans les parages. Elle n'avait visiblement pas filé à l'étranger. Et ce sang sur le T-shirt ? S'il appartenait bien à Leo, on était obligé d'en déduire que le petit garçon était blessé – peut-être déjà mort.

Non. Charlotte ne voulait pas y croire. Cela ne correspondait pas à la personnalité de Tanja. Elle avait passé des semaines à gagner pas à pas la confiance de Katrin Ortrup avant d'enlever son fils. S'il ne s'était agi pour elle que de tuer Leo, elle s'y serait prise autrement.

Quelle poisse ! C'était comme si cette Tanja ne laissait aucune trace nulle part. Après la publication de la photo dans le journal, personne ne s'était manifesté, à part le représentant. Ils avaient pourtant fondé de grands espoirs sur cette photo. Si seulement quelqu'un avait vu par hasard ce petit garçon tout blond, en compagnie d'une femme aux boucles d'oreilles en forme de fraises, en train par exemple de descendre d'une voiture ou bien d'entrer dans une maison…

Charlotte savait qu'il n'y avait rien de plus terrible pour les parents que de n'avoir aucune certitude sur le sort de leur enfant. Si on le retrouvait mort, ils avaient au moins la possibilité de lui dire adieu, d'entamer un processus de deuil, et ainsi ils avaient une petite chance de pouvoir continuer à vivre, avec leur douleur. Mais quand un enfant disparaissait et que les parents ignoraient à jamais ce qui lui était arrivé… Ce devait être une torture sans fin. Deux fois dans sa carrière, Charlotte avait été confrontée à cette situation. Et dans les deux cas, elle avait eu beaucoup de mal à accepter de ne rien pouvoir faire pour aider les malheureux parents

« Voilà, nous y sommes », déclara le fossoyeur.

Charlotte lui fit signe de poursuivre et regarda l'homme passer une épaisse corde dans les poignées du cercueil. Il s'assura que la corde était solidement fixée et grimpa hors de la fosse. Puis il se réinstalla aux commandes de son excavatrice, la rapprocha du bord du trou, sauta à nouveau au sol sans éteindre le moteur, assujettit l'autre extrémité de la corde à une boucle métallique sur la pelle de l'engin. Il se rassit sur son siège et manœuvra pour extraire le cercueil de la fosse et le poser sur un support accroché à un petit tracteur. Alors il quitta l'excavatrice pour le tracteur et démarra lentement.

Charlotte suivait derrière et ils traversèrent ainsi le cimetière. C'était un spectacle étrange qu'offrait ce cercueil boueux tracté le long des allées, dans la lumière pâle du petit jour. Habituellement, on ne voyait ici que des cercueils rutilants et couverts de fleurs, suivis par un cortège plus ou moins nombreux. Charlotte avait la désagréable impression de faire en catimini une chose interdite.

Devant l'entrée du funérarium, le fossoyeur prit congé d'elle. Un véhicule de la médecine légale attendait déjà, prêt à embarquer les restes de Franz Wiesner pour les emmener au laboratoire. Charlotte présenta au chauffeur les papiers requis et monta dans sa voiture pour suivre la camionnette transportant le cercueil.

Jamais elle ne s'habituerait à l'odeur qui régnait dans les locaux du médecin légiste. Ce n'était pas tant le mélange aigrelet et un peu écœurant de produits désinfectants et de formaldéhyde qui vous agressait les narines – ce qu'elle avait le plus de mal à supporter, c'étaient ces relents de mort, fétides et douceâtres, tout à fait caractéristiques. Voilà tout ce qu'il restait d'un humain : une puanteur insupportable.

Charlotte transmit divers documents au pathologiste et attendit jusqu'à l'ouverture du cercueil, après quoi elle se dépêcha de prendre congé.

« Je vous appelle plus tard, d'accord ? dit le médecin.

– Merci. » Charlotte fut soulagée de pouvoir enfin quitter ces locaux déprimants. Une conversation avec les gars de l'informatique l'attendait, et elle dut s'avouer que l'univers de la technologie, si abstrait soit-il, lui était infiniment plus sympathique que le monde des morts.

Au commissariat, elle tomba sur Käfer.

« J'allais justement t'appeler, dit-il. C'est à propos du sang sur le T-shirt.

– Alors ? Ne me fais pas languir comme ça ! »

Il prit tout son temps. « C'est du sang de chat.

– Pardon ?

– Tu as bien entendu. Probablement le sang du chat écorché qui a été retrouvé dans le jardin des Wiesner. »

Charlotte réfléchit. « Dans ce cas, nous devrions peut-être consulter les plaintes déposées pour maltraitance animale. Il y a des tas de criminels qui commencent par exercer leur cruauté et réaliser leurs fantasmes sur des bêtes avant d'oser s'attaquer à des humains. »

Ils s'acheminèrent ensemble vers leur bureau.

« Je n'ai jamais compris pourquoi ils font ça », dit Peter en s'affalant sur une chaise. Devant lui, un sac de boulangerie déchiré.

« C'est une question de pouvoir, expliqua Charlotte. Le délinquant a l'impression de prendre lui-même le contrôle de la situation, il cesse d'être la victime.

– Autrement dit, le fait que Tanja a torturé un animal pourrait signifier qu'elle a elle-même été un jour victime de violences ? »

Charlotte acquiesça. « C'est presque toujours le cas. La question est de savoir de quelle forme de violence elle a souffert. A-t-elle été battue ? Peut-être même violée ? Par Franz Wiesner ? Par Thomas Ortrup ? Ou alors par une femme, si ça se trouve ? »

« Pour commencer : l'ordinateur de cette Carmen Gerber est absolument clean. Pas de recherches suspectes, pas de photos, rien », expliqua le collègue du département informatique. « Et l'e-mail a été envoyé depuis un téléphone portable qui a probablement été détruit depuis.

– Comment savez-vous qu'il a été détruit ? demanda Käfer.

– J'ai dit *probablement,* rectifia l'informaticien. Un téléphone qu'on peut brancher sur Internet a en général une fonction GPS. Il y a de fortes chances qu'il ait été détruit, brûlé ou jeté à l'eau afin qu'on ne puisse plus le localiser. C'est une pratique courante dans le crime organisé. Tu t'achètes un téléphone portable au marché aux puces, idéalement avec carte prépayée, tu fais tes petites affaires et ensuite tu le détruis. C'est quasiment devenu un standard pour les délinquants.

– Ç'aurait été trop beau si on avait trouvé une adresse IP correcte, soupira Charlotte.

– Et puis pourquoi pas le vrai nom, le domicile et la couleur des yeux pendant que tu y es... »

Le collègue prit un air navré. « Vous vous faites vraiment des idées sur le pouvoir des informaticiens... »

Le portable de Charlotte se mit à sonner. « Excusez-moi », dit-elle en sortant dans le couloir. Peter lui emboîta le pas.

« Et comment pourrait-on expliquer ces traces de ponctions ? » demanda-t-elle. Tout en écoutant la réponse de son interlocuteur, elle se dirigea vers son bureau. De temps en temps elle hochait la tête. « Je comprends. Tenez-moi au courant dès que vous avez du nouveau. Merci. »

Charlotte coupa la communication. « C'était le légiste, dit-elle. Il y a des indices qui prouvent une intervention extérieure.

– C'est ce que je redoutais », dit Peter en ouvrant la porte. Il alla s'asseoir à sa table. « Et qu'est-ce qui s'est passé ?

– Exactement ? Ils ne sont pas encore en mesure de le dire. Ce qui est établi, c'est qu'ils ont découvert des traces d'aiguille entre les omoplates de Franz Wiesner. Quelqu'un lui a injecté quelque chose, voilà une certitude.

– Et quoi ? demanda-t-il.

– C'est là que ça se complique, malheureusement. Les premiers tests rapides n'ont rien donné, ce n'est en tout cas pas un poison courant. Il faudra attendre pour avoir les résultats des analyses toxicologiques. Mais notre cher docteur ne serait pas le patron du service de médecine légale s'il n'était pas capable de réfléchir. Il se trouve que les traces d'aiguille sont pratiquement invisibles à l'œil nu et pas faciles à déceler avec une loupe.

– Ce qui veut dire ?

– Ce qui veut dire qu'une aiguille particulièrement fine a été utilisée, de celles qui servent en principe pour les injections sous-cutanées.

– Est-ce que tu pourrais traduire ça en termes compréhensibles pour un pékin moyen comme moi ? » demanda Peter avec un brin d'impatience.

« Sous-cutané, ça veut dire qu'on t'injecte un produit sous la peau et non pas dans une veine. Et maintenant, devine quels sont les gens qui sont obligés d'avoir recours à des injections de ce genre, sous la peau, avec une aiguille très fine, et de manière régulière ? »

Peter haussa les épaules, puis soudain se tapa le front du plat de la main. « Bon, sang, mais c'est bien sûr ! Les diabétiques !

– Tout juste. Les convulsions et le coma dans lequel est tombé Franz Wiesner ne seraient pas en contradiction avec ça. Mais il est très difficile de prouver qu'on lui a injecté de l'insuline parce que le processus de décomposition qui s'amorce tout de suite après la mort modifie le taux de sucre dans le sang. Heureusement, le cadavre est assez bien conservé pour qu'ils aient retrouvé de l'humeur aqueuse – dans les yeux, tu vois ce que c'est ? Ils ont pu faire un prélèvement. »

Käfer fit une mimique de dégoût. « OK, OK. Pas de détails sur l'autopsie, si ce n'est pas indispensable. Ce qu'il me faudrait plutôt en ce moment, ce serait une petite pâtisserie bien… »

Charlotte lui coupa la parole. « Malgré tout, nous n'allons pas être en mesure d'affirmer que Franz Wiesner a été assassiné à l'insuline. Selon toute vraisemblance, les recherches toxicologiques n'en apporteront pas la preuve formelle, je veux dire une preuve qu'on puisse faire valoir devant un tribunal.

– C'est-à-dire ?

– C'est-à-dire qu'ils vont conclure qu'il s'agit probablement d'insuline, mais qu'on ne peut pas le garantir à cent pour cent. »

Peter se gratta la tête, songeur. « Pourtant, tout cela paraît assez cohérent, murmura-t-il. Combien de temps un homme en bonne santé met-il à mourir après une telle injection ?

– Le coma hypoglycémique survient assez vite. Surtout si la personne a beaucoup mangé avant. D'après le légiste, c'est l'affaire de dix minutes à peine.

– De l'insuline… » Peter réfléchissait à voix haute. « Si la dénommée Tanja est elle-même diabétique, elle n'a aucun mal à s'en procurer.

– Eh oui.

– Est-ce que nous avons déjà eu un feedback du côté des groupes d'entraide ?

– Pas encore tous. Mais les collègues ne chôment pas, crois-moi. Parmi ceux qui ont répondu, personne n'a reconnu la femme du portrait-robot. Certaines réponses ne sont pas encore arrivées, mais pour l'instant il ne semblerait pas qu'elle ait participé à cette rencontre en tant que malade.

– Si elle était médecin ou infirmière, elle pouvait également avoir accès à l'insuline, remarqua Peter. Mais où et quand a-t-elle fait la piqûre mortelle à Franz Wiesner ? Et surtout, pourquoi ? »

Charlotte alla noter sur le paperboard : *Franz Wiesner.* « Il est resté seul un certain temps. Sa femme était sortie. Peu après son retour, Katrin Ortrup est arrivée avec Leo.

– C'est ce qu'elle nous a raconté, oui.

– Et elle nous a aussi raconté qu'elle avait trouvé son père très pâle, qu'il avait l'air malade. Et c'était avant qu'ils ne découvrent le cadavre du chat.

– Tu sous-entends que…

– Il savait qu'il s'était passé quelque chose de terrible. »

Charlotte entoura le nom et tapota dessus avec son marqueur. « Je crois que Franz Wiesner est le pivot de toute cette histoire. La pierre angulaire. C'est lui que Tanja visait, en première ligne. » À côté de Franz Wiesner, elle écrivit en capitales : *VENGEANCE.*

« Maintenant, reste à découvrir de quoi Tanja voulait se venger, dit Käfer.

– Peut-être avait-elle été victime de Franz Wiesner. Abus sexuel, viol…

– Cela expliquerait ses attaques contre lui, contre le chat. Mais pourquoi enlever Leo ? Et pourquoi se donner tout ce mal pour faire capoter le couple Ortrup ?

– Peut-être cela a-t-il un rapport avec la photo du cadavre dans son cercueil. Peut-être y a-t-il là-derrière un obscur secret de famille », dit Charlotte, songeuse. « Nous devrions retourner voir Luise Wiesner et Katrin Ortrup. Il faudrait que nous ayons un entretien serré avec elles.

– Mais pas avant que j'aie mangé un petit quelque chose », dit Käfer.

Charlotte leva les yeux au ciel.

À cet instant, le portable de Käfer se mit à sonner.

« Qu'est-ce qui se passe encore ? » demanda-t-il d'un ton rogue.

Il écouta et hocha la tête. « Bon. Et l'adresse ? » Il nota quelque chose sur un bout de papier qu'il tendit à Charlotte. Et il mit fin à sa conversation téléphonique.

« Ils ont retrouvé l'ancien propriétaire de la *Casa Alecto*. Voici son adresse. »

Quelques minutes plus tard, ils se garaient devant chez Henry Lanz. C'était une maison dans un lotissement, passablement mal en point et qui aurait eu besoin au minimum d'un bon ravalement.

« Il ne semble pas avoir fait fortune avec son commerce », marmonna Käfer tandis qu'ils se dirigeaient vers la porte.

Au deuxième coup de sonnette, un homme trapu d'apparence négligée, dans la cinquantaine, vint leur ouvrir. Ses cheveux gras lui collaient au crâne, il portait un peignoir de couleur claire, pas très net.

« Henry Lanz ? demanda Käfer.

– Herbert Lanz. Il y a bien des années que je ne m'appelle plus Henry.

– Inspecteur divisionnaire Käfer, de la police criminelle, et voici ma collègue, Charlotte Schneidmann.

– Qu'est-ce que vous me voulez ? » demanda-t-il d'un ton peu aimable.

« Nous souhaiterions vous poser quelques questions.

– À quel propos ?

– Il s'agit de l'époque où vous étiez encore propriétaire de la *Casa Alecto*.

– Ça fait un bail », dit l'homme. Sa voix était empreinte d'une certaine amertume. Il fit demi-tour et s'éloigna en traînant les pieds dans l'étroit corridor. Charlotte et Käfer échangèrent un bref coup d'œil et lui emboîtèrent le pas après avoir refermé la porte derrière eux. Une écœurante odeur de tabac froid et de graillon les assaillit.

« Comme je vous l'ai déjà expliqué au téléphone, nous enquêtons sur la disparition d'un enfant », commença Käfer tandis qu'ils entraient dans la salle de séjour. Lanz ne les invita pas à s'asseoir. D'ailleurs, où auraient-ils bien pu le faire ? songea Charlotte. Les sièges et le canapé étaient occupés par des piles de journaux et des vêtements en vrac. Sur la table, une série de bouteilles de bière vides. « Le père de l'enfant a beaucoup fréquenté votre établissement autrefois.

– Il est fermé depuis quinze ans.

– Peut-être pourrez-vous tout de même retrouver quelques souvenirs », dit Charlotte en lui montrant le portrait robot de Tanja. « Connaissez-vous cette femme ? Est-ce qu'elle vous rappelle quelque chose ? N'était-elle pas par hasard une de vos clientes ? »

Herbert Lanz considéra la photo en fourrageant dans son nez, perplexe.

« C'te femme, je la connais pas », dit-il enfin, en rendant la photo à Charlotte. « Mais les boucles d'oreilles. Ça, oui, je les reconnais. Annabell avait les mêmes.

– Annabell ? » Charlotte le regarda, très intéressée. « Qui était-ce ?

– Une de mes serveuses.

– Vous êtes sûr ?

– À cent pour cent. Elle les mettait tous les jours. Ou toutes les nuits, plus exactement. C'est pour cette raison que les clients l'appelaient toujours "Tite Fraise". C'étaient des boucles d'un rouge très brillant. Et elles ressemblaient à des fraises.

– Vous avez gardé le contact avec cette Annabell ? demanda Käfer. Vous savez où nous pourrions la joindre ? Son nom complet, c'était quoi ?

– Rustemovic, elle s'appelait. Annabell Rustemovic. Vous la trouverez au cimetière, au Mauritz-Friedhof. Elle s'est pendue au début des années quatre-vingt-dix, la pauvre gosse. Quelque part dans la forêt. Elle est restée là presque deux mois à se balancer au bout de sa corde avant qu'on la retrouve. Et en été, en plus. Vous imaginez ce qui restait d'elle quand on l'a décrochée.

– La morte sur la photo, murmura Charlotte.

– Oui, ça pourrait coller », fit Käfer. Puis il se tourna vers Lanz. « Vous savez pour quelle raison cette jeune femme s'est pendue ?

– Non. On n'avait rien remarqué de spécial. Elle était assez renfermée, de toute façon, elle ne parlait pas beaucoup. Peut-être un chagrin d'amour...

– Vous savez si elle a encore de la famille ? » demanda Charlotte.

Lanz secoua la tête. « Ses parents étaient très croyants. Ils ont été incapables d'avaler le suicide de leur fille. Alors ils sont retournés en Russie. En fait, c'étaient des Allemands de Russie, notez bien. Aucune idée de ce qu'ils ont pu devenir.

– Vous auriez une photo d'elle ?

– Possible. Attendez une minute. »

Herbert Lanz ouvrit la porte d'un placard et fouilla parmi la paperasse. Soudain, il exhiba une photo jaunie. On l'y voyait, parmi ses employés, devant le comptoir de la *Casa Alecto*. Au centre, la jeune femme aux boucles d'oreilles. Ses cheveux sombres étaient rassemblés en un chignon strict qui faisait paraître son visage encore plus étroit. Elle avait un rouge à lèvres foncé, assorti à la couleur des boucles. Au milieu de ses collègues masculins, elle paraissait petite et menue. Elle souriait gentiment au photographe.

« Est-ce que le nom Thomas Ortrup vous dit quelque chose ? demanda Käfer.

– Jamais entendu », répondit Lanz, et quand Charlotte lui montra une photo, il ne le reconnut pas. « La boîte était bondée tous les soirs, vous savez, rien que des étudiants. Alors, avec la meilleure volonté du monde, je peux pas me rappeler chaque tête. »

Charlotte acquiesça. Elle se fit donner l'ancienne

adresse d'Annabell Rustemovic, et ils prirent congé de Herbert Lanz.

Ils restèrent un moment devant la maison, à réfléchir. Charlotte se remplit les poumons d'un air qui lui parut merveilleusement pur. Comment peut-on passer sa vie dans une atmosphère aussi viciée ? se demanda-t-elle.

« Cette histoire de boucles d'oreilles, ce n'est pas un hasard, dit Käfer. Annabell et Tanja... Il doit y avoir un lien entre ces deux-là.

– OK. Je vais aller voir à l'adresse où cette jeune femme habitait autrefois. Peut-être que je vais dégotter quelque chose. Tu me déposes au commissariat, s'te plaît ?

– D'ac. Et, moi je vais voir Luise Wiesner. Comme ça je pourrai lui demander tout de suite si elle connaît cette mystérieuse Annabell. »

Ils montèrent dans la voiture.

« Mais il faut d'abord que je bouffe un petit truc... »

Luise Wiesner blêmit en entendant Käfer lui exposer les soupçons du médecin légiste. Sa fille était assise à côté d'elle et lui tenait la main.

« Les convulsions et le coma sont un effet immédiat de l'administration d'une forte dose d'insuline, conclut-il. Pour nous, il est déterminant que vous puissiez reconstituer les dix dernières minutes qui ont précédé le malaise mortel de votre mari. C'est dans ce laps de temps que quelqu'un l'a agressé. Je vous en prie, essayez de nous décrire précisément ce qui s'est passé ce jour-là. Où étiez-vous, vous-même ? »

Luise Wiesner avait la gorge tellement nouée qu'elle eut le plus grand mal à s'exprimer distinctement. « Je... j'étais juste allée faire une course très brève à la boulangerie, expliqua-t-elle. Et quand je suis revenue, Franz était allongé par terre, il était secoué de convulsions et ne pouvait plus parler. »

Käfer hocha la tête. « Bien. Cela a donc dû se produire pendant que vous étiez sortie. Votre mari attendait peut-être une visite. Vous savez s'il avait rendez-vous avec quelqu'un ? »

Elle fit un signe de dénégation. « Seulement avec votre collègue. Mais j'ignore si elle est venue ou pas. En tout cas pas tant que j'étais à la maison. »

Käfer dressa l'oreille. « Notre collègue ? Je ne comprends pas.

– Je ne me rappelle plus comment elle s'appelait. Elle a téléphoné en demandant si elle pouvait passer. Elle a dit qu'elle était en charge des problèmes de maltraitance animale et qu'elle voulait voir Franz pour reparler plus en détail de ce qui était arrivé à Lizzie. Une responsable du département de la protection des animaux, ou quelque chose comme ça. »

Käfer la regarda, interloqué. « Il n'y a pas de département de ce genre dans la police. »

Il y eut un long silence.

« Alors ce devait être Tanja », lâcha tout à coup Katrin Ortrup. Elle porta sa main à sa bouche. « Mon père a-t-il été tué par cette femme ? Par la femme qui a aussi enlevé Leo ? »

Luise Wiesner fondit en larmes. « Mon Dieu, et moi qui lui ai dit au téléphone à quelle heure il terminait en général sa sieste, et que je ne serais pas à la maison mais qu'elle pourrait parler avec lui… » Elle sanglotait. « C'est moi qui ai indiqué à cette meurtrière le bon moment pour… oh, mon Dieu… »

Käfer attendit qu'elle se soit un peu calmée avant de poser une nouvelle question. « Où avez-vous trouvé votre mari ?

– Dans le séjour. Il était allongé sur le sol…

– Il l'a donc fait entrer dans la maison parce qu'il l'a prise pour une employée de la police », dit-il, réfléchissant tout haut. « S'il s'était douté qu'elle représentait un danger, il ne l'aurait pas fait, naturellement. Elle a sans doute commencé par parler avec lui, et puis à un moment donné elle a révélé sa véritable identité. Et là, il a probablement senti que ça devenait dangereux pour lui. Les traces de piqûre dans son dos montrent qu'il s'est détourné. Sans doute a-t-il voulu s'enfuir, ou du moins quitter la pièce.

– Vous croyez que mon père savait ce qui le menaçait ? » demanda Katrin Ortrup, bouleversée.

Käfer haussa les épaules. « C'est difficile à dire. Mais tout semble indiquer qu'il a voulu s'en aller. De là à penser qu'il avait reconnu le danger que représentait cette femme, il n'y a qu'un pas.

– Est-ce qu'il a eu le temps de te dire quelque chose, maman, quand tu es revenue ? » voulut savoir Katrin Ortrup.

Sa mère secoua la tête. « Non. Il n'était déjà plus capable de parler.

– Mais il pouvait peut-être encore écrire ?

– Je vais convoquer l'anthropométrie judiciaire, dit Käfer. Malheureusement, beaucoup de temps s'est déjà écoulé depuis la mort de votre mari, madame Wiesner, la plupart des traces sont probablement effacées, mais on va essayer quand même. »

Son regard tomba sur une vitrine où était exposée toute une série de photos de famille, dans d'élégants cadres en argent. Sur l'une d'elles, on voyait Leo.

Franz Wiesner le tenait contre lui. L'enfant avait passé ses petits bras autour du cou de son grand-père et regardait l'objectif en riant aux éclats.

Käfer se leva et prit la photo. À ce moment-là seulement, il remarqua que le verre était fendu.

« Jolie photo, dit-il. Mais le verre est cassé.

– Elle était par terre à côté de mon mari, dit Luise Wiesner, troublée. Il a dû l'entraîner avec lui dans sa chute. »

Käfer sortit un sac en plastique de sa poche et y introduisit avec précaution la photo encadrée. « On va rechercher d'éventuelles empreintes de doigts. »

Katrin Ortrup, qui était restée silencieuse pendant cet échange, reprit la parole. « Mon père devait connaître Tanja d'une façon ou d'une autre, dit-elle. Ce n'est pas possible autrement.

– Où aurait-il pu rencontrer une femme pareille ? s'indigna Luise Wiesner. C'est absurde ! Il s'est retrouvé pris dans cette histoire par hasard, c'est sûr.

– Ce n'est pas si absurde que ça, maman », la coupa sa fille, agacée. « Réfléchis une seconde », ajouta-t-elle sur un ton plus conciliant. « D'abord, Tanja tue Lizzie, et ensuite elle se pointe ici. Ils se connaissaient, forcément ! La seule question est de savoir où ils se sont rencontrés. Ils avaient peut-être une liaison ? »

Katrin Ortrup regarda sa mère, appréhendant sa réaction. Luise Wiesner cessa de pleurer. Son visage devint cramoisi de colère et de honte.

Käfer, adossé à son siège, observait les deux femmes. Intéressant, songea-t-il. Mais une maîtresse se serait-elle présentée à Wiesner en se faisant passer pour une policière ? Peu vraisemblable. Ils devaient avoir un autre genre de lien. Pourtant, la première idée qui vient à sa fille est tout de même celle d'une infidélité. Est-ce simplement à cause de son propre mari ? Ou bien se doutait-elle depuis longtemps que son père n'était pas blanc-bleu ?

« Qu'est-ce qui te prend, de parler de ton père comme ça ? siffla Mme Wiesner. Ce qui est vrai de ton mari, prêt à sauter sur tout ce qui bouge, ne s'est jamais appliqué à ton père ! »

Katrin Ortrup regarda sa mère dans les yeux. « Papa partait souvent en congrès, et tu sais aussi bien que moi qu'il adorait faire la fête », dit-elle d'une voix ferme. « C'était plutôt un gai luron, tout le monde le dit.

– Mais ce n'est pas pour ça qu'il avait une maîtresse.

Surtout pas une créature de cet âge ! Elle était assez jeune pour être sa fille ! C'est complètement ridicule ! » Mme Wiesner était hors d'elle. « Nous étions un couple parfaitement heureux.

– J'ai cru la même chose jusqu'à une date récente, fit remarquer sa fille avec tristesse. J'étais persuadée que Thomas ne me tromperait jamais, j'en aurais mis ma main au feu. »

Elle se tourna vers Käfer. « Pour être franche, je n'imagine pas mon père fricotant avec Tanja. Elle n'était pas son genre. Beaucoup trop jeune. Il disait souvent combien il trouvait lamentable de voir un homme d'âge mûr se montrer en public avec une jeune personne. Ça lui répugnait carrément.

– Je crains que très peu d'hommes soient prêts à admettre leurs écarts », objecta Käfer.

Katrin Ortrup fit machine arrière, mais pas complètement. « Admettons. Je ne cherche pas du tout à exclure une infidélité, mais pas avec Tanja... Mon père retournait souvent à son cabinet après le dîner... »

Soudain, une idée lui traversa l'esprit. « Et si c'était la mère de Tanja ? » suggéra-t-elle à mi-voix, sans regarder personne.

Käfer mit les points sur les *i*. « Vous voulez dire que Tanja pourrait être votre demi-sœur ?

– Oui, c'est cela.

– Qu'est-ce que tu racontes ! » Luise Wiesner se leva d'un bond et ses doigts se mirent à lisser nerveusement sa jupe.

« Maman, il s'agit de sauver Leo ! s'écria Katrin Ortrup avec désespoir. Nous devons envisager toutes les hypothèses !

– Ton père se retournerait dans sa tombe s'il t'entendait, lâcha sa mère, glaciale. Comment oses-tu seulement penser une chose pareille !

– Qu'est-ce qu'il fabriquait, le soir, dans son cabinet ? Tu ne crois tout de même pas sérieusement qu'il faisait tous les soirs sa comptabilité...

– Vous avez encore des questions à me poser, commissaire ? » demanda Luise Wiesner, se drapant dans sa dignité. « Sinon, je souhaiterais me retirer. J'ai besoin de me reposer un peu.

– Bien sûr, je comprends, dit Käfer. Juste une dernière petite chose : connaissez-vous cette femme ? »

Il leur montra à toutes les deux la photo prise à la *Casa Alecto.*

« Celle du milieu, avec les boucles d'oreilles. Elle s'appelle Annabell Rustemovic. Ça vous dit quelque chose ? »

Luise Wiesner secoua la tête.

« De qui peut-il bien s'agir ? demanda Katrin Ortrup. Elle porte les mêmes boucles d'oreilles que Tanja.

– Nous ignorons encore quel rapport existe entre cette femme et la coupable. Nous savons juste qu'elle s'est suicidée », dit Käfer.

Luise Wiesner se dirigea vers la porte. « À présent je m'en vais. » Elle quitta la pièce, la tête baissée.

Käfer avait attendu qu'elle soit sortie pour se tourner vers sa fille. « Nous allons ordonner une comparaison d'ADN. Ainsi nous saurons assez vite si votre père était également celui de Tanja. »

Katrin Ortrup réfléchissait. « Et s'il s'avère que Tanja est ma demi-sœur... En quoi cela va-t-il vous aider à retrouver Leo ?

– Ce sera très utile. Nous aurons alors de grandes chances de pouvoir identifier une personne de référence. Sa mère biologique, par exemple, ou d'autres frères et sœurs. »

Katrin Ortrup acquiesça en silence.

Après le départ de l'inspecteur divisionnaire Käfer, elle se mit à la fenêtre. Tout en le regardant monter dans sa voiture et s'en aller, elle laissait libre cours à ses pensées.

Si Tanja était vraiment la deuxième fille de son père, s'il était au courant de son existence et si, peut-être même, il la connaissait, alors il n'était pas exclu que quelqu'un d'autre soit dans la confidence. Et si ce n'était pas un membre de la famille, ce devait être un proche de son père, un ami. Ou quelqu'un qui passait beaucoup de temps avec lui. Qui le connaissait mieux que sa femme ou que sa fille. Une seule personne répondait à ces critères.

Katrin décida de rendre visite à Margarethe Brenner, la secrétaire médicale qui avait travaillé plus de trente ans au cabinet de son père.

Charlotte s'était cassé le nez, comme elle le craignait. À l'adresse que leur avait donnée Herbert Lanz, elle n'avait trouvé personne. Elle était tombée sur une assez grande bâtisse avec des commerces et un bureau de poste.

À présent, elle était en route pour aller interroger Thomas Ortrup au sujet de la mystérieuse Annabell.

Elle engageait sa voiture dans la Ratstrasse quand elle aperçut de loin le petit Ben qui jouait avec un chien sur le trottoir. Elle ralentit et s'arrêta.

« Kinski ! Kinski ! » criait l'enfant tout joyeux en lançant sa balle à un chien bâtard à poil dur.

« Hello, Ben !

– Hello ! » répondit l'enfant en continuant à lancer la balle que le chien lui rapportait en jappant. « Vas-y, Kinski, attrape !

– Écoute-moi, Ben, il ne faut pas que tu fasses ça. La balle peut aller sur la chaussée. C'est beaucoup trop dangereux.

– Mais non, Kinski arrive toujours à la rattraper ! Elle va pas aller sur la chaussée, la balle ! Kinski fait bien attention ! »

Charlotte sourit. « Et elle est où, ta maman ?

– Dans le jardin.

– Viens, on va la retrouver. Tu pourras continuer à

jouer avec le chien dans le jardin, d'accord ? » Elle gara sa voiture et en descendit, puis se dirigea vers la maison en compagnie de Ben, le chien courant autour d'eux, tout excité.

Mme Weiler était assise à l'arrière de la maison, sur la terrasse, un ordinateur posé devant elle sur la table.

« Bonjour, madame Weiler, dit Charlotte. Ben était en train de jouer dans la rue avec le chien, alors j'ai pensé... »

La mère de l'enfant leva la tête, les sourcils froncés. « Ben, combien de fois t'ai-je répété qu'il ne fallait pas jouer dans la rue avec Kinski !

– Mais c'est Kinski...

– Il n'y a pas de mais. Vous restez dans le jardin ! »

Ben s'éloigna dans les buissons en chouinant, le chien sur ses talons.

« Merci, dit Mme Weiler. Il y a des moments où il n'en fait vraiment qu'à sa tête. » Elle désigna une chaise. « Vous ne voulez pas vous asseoir ? »

Charlotte accepta. « Vous restez à la maison, aujourd'hui ? »

Mme Weiler soupira. « Je devrais être à l'étude, en vérité, mais la nouvelle baby-sitter a un empêchement cet après-midi. Alors comment faire autrement ? »

Charlotte ne voulut pas s'engager sur ce terrain. Elle n'avait pas trop le temps de s'apitoyer sur le sort des mères qui travaillent et ne ratent pas une occasion de se plaindre des difficultés que la vie leur réserve.

« J'ai toujours cru que Ben appelait le chien *Klausi* ?

– Comment ça ? Ah, oui. Eh bien non, son nom est Kinski. Klaus Kinski, plus exactement, mais Ben dit toujours Kinski. C'est important ?

– Peut-être », dit Charlotte. « Ben ! appela-t-elle. Tu pourrais venir ici une seconde, s'il te plaît ? »

Le petit garçon accourut aussitôt.

« Dis-moi, Ben, le Klausi dont tu m'as parlé l'autre fois, ce n'est pas le chien, n'est-ce pas ?

– Non ! Le chien, c'est Kinski !

– Klausi, c'est un petit garçon du jardin d'enfants ? »

Ben secoua la tête. « Oh non ! Pas Klausi. Il est trop grand ! Les grands comme lui, ils vont plus au jardin d'enfants ! » dit-il d'un ton indigné.

Charlotte sourit. « Bien sûr, tu as raison. Suis-je bête ! Il va à l'école, Klausi ?

– Je sais pas.

– Tu lui as déjà rendu visite, à Klausi ? Tanja t'a emmené le voir ? »

Ben regarda sa mère. « J'ai pas le droit de le dire. C'est un secret.

– Je comprends. Il ne faut pas trahir les secrets. C'est très mal. Combien de fois êtes-vous allés voir Klausi ? »

Ben haussa les épaules.

« J'sais pas. Pas très souvent.

– Vous pouviez y aller à pied, chez Klausi ? » demanda encore Charlotte.

Ben secoua de nouveau la tête. « Nooоon ! »

Charlotte se tourna vers Mme Weiler. « Vous êtes au courant d'éventuelles promenades qu'ils auraient faites en voiture ou à vélo ? »

Mme Weiler avait pâli. « Non. Et je suis très surprise d'entendre ça aujourd'hui. Ces promenades n'étaient pas du tout prévues au programme.

– Tanja avait-elle sa propre voiture ? »

Mme Weiler acquiesça. « Une Polo. Ma voiture était naturellement à sa disposition pour emmener Ben au jardin d'enfants et aller le rechercher. Moi-même, je n'aime pas conduire. Je préfère prendre des taxis. Comme ça je peux travailler pendant le trajet.

– Et Ben ne vous a jamais parlé de ces promenades ?

– Non, jamais. Je travaille dans une grande étude, vous savez », dit-elle avec un soupir. « Les horaires ne sont pas toujours ceux qu'on aimerait avoir. En principe, je passe un ou deux après-midi par semaine avec Ben, mais parfois ce n'est pas possible. Il est déjà couché quand je rentre, et le lendemain matin la baby-sitter est là. Je lui demande toujours pendant le week-end ce qui s'est passé dans la semaine mais il ne me raconte pas forcément grand-chose. »

Charlotte avait du mal à ne pas montrer sa désapprobation. Comment la mère d'un enfant de trois ans pouvait-elle attendre le week-end pour lui demander, comme à un grand, comment s'était passée sa semaine ?... Était-ce une façon d'élever un enfant ? Charlotte détestait voir les parents arguer de leurs obligations professionnelles pour s'excuser de ne pas consacrer assez de temps à leurs enfants... Elle ne fit aucun commentaire et se tourna vers Ben.

« Je vais te montrer quelque chose ! » s'écria-t-il tout à coup et il fonça vers la maison. Kinski le suivit. Quelques instants plus tard, il ressortit avec une feuille de papier à la main.

Il la tendit à Charlotte. « C'est toi qui as peint ça ? » demanda-t-elle. La feuille était couverte de petits ronds verts.

Ben hocha fièrement la tête.

« C'est magnifique ! Et ça représente quoi ?

– C'est là où habite Klausi.

– C'est une forêt ?

– Oui, dit Ben. La forêt de Klausi !

– Il habite dans la forêt, Klausi ? »

Ben la regardait, rayonnant. « Oui !

– Décris-le moi, ce Klausi, tu veux. Il est beaucoup plus grand que toi ? »

Ben haussa les épaules.

« Il est grand comme ton papa ? »

Il fit la moue.

« Alors c'est encore un petit garçon ? »

Il secoua de nouveau la tête.

Charlotte l'encouragea du regard.

« C'est pas un petit garçon. C'est pas un papa. Il est pas pareil, expliqua Ben.

– Qu'est-ce que tu veux dire par là ?

– Il est tout le temps bizarre. »

Charlotte appuya sur la sonnette. Elle dut attendre un moment avant que Thomas Ortrup ne vienne lui ouvrir. Il avait les cheveux collés sur les tempes et venait manifestement de se passer de l'eau sur le visage. Mais cela ne pouvait pas suffire à faire oublier ses yeux injectés de sang et son haleine alcoolisée. Elle lui tendit d'emblée la photo de la *Casa Alecto* sans se perdre en circonlocutions inutiles.

« Vous connaissez la femme qui est là, au milieu ? demanda-t-elle. Celle avec les boucles d'oreilles voyantes ? Elle s'appelle Annabell Rustemovic. Elle était serveuse autrefois à la *Casa Alecto.*

– Alecto... Comme sur le... »

Charlotte fit signe que oui.

« Tite Fraise... Bien sûr, tout le monde connaissait Tite Fraise.

– Avez-vous un point commun quelconque avec cette femme ? Réfléchissez bien, je vous prie. Vous êtes-vous disputé un jour avec elle ? Ou bien est-ce que vous avez eu une histoire ensemble ? »

Thomas Ortrup se gratta la tête.

« Il faut dire qu'à l'époque... », commença-t-il, un peu gêné. « On était étudiants, on buvait sec, et puis on flirtait, naturellement. Pour être franc, je ne me souviens vraiment pas si entre Tite Fraise et moi... mais je ne crois pas. Je connaissais déjà Katrin à ce moment-là. Quant à une dispute, ça non, en aucun cas. Au contraire.

– Ça veut dire quoi, “au contraire” ?

– Ça veut dire qu'on s'entendait bien, tout simplement – sans qu'il y ait rien de spécial non plus entre nous. Tite Fraise était une nouvelle venue, à Münster. Alors on lui a donné toutes sortes de tuyaux. Les restaurants pas chers, les bons médecins, les meilleurs marchands de disques, ce genre de choses. Mais c'est tout. »

Charlotte le regarda bien en face. « Si un souvenir vous revient à propos de cette femme, vous m'appelez sans faute, d'accord ? »

Thomas Ortrup acquiesça sans enthousiasme et referma la porte.

Charlotte regagna sa voiture, perplexe. Thomas Ortrup avait bu, c'était manifeste. En pleine journée. Et s'il avait vraiment des problèmes d'alcoolisme ? Ce pourrait être une explication de ses accès de violence. Avec Carmen Gerber, il y avait eu voies de fait – et avec Annabell, peut-être aussi... Lui-même avait reconnu qu'à l'époque il faisait la fête avec elle. Un geste déplacé causé par un état d'ébriété avancé, peut-être un abus sexuel, dont il avait occulté le souvenir ?

Charlotte s'assit dans sa voiture et sortit lentement de l'allée qui menait à la maison des Ortrup. Elle le vit debout derrière la fenêtre de la cuisine. N'était-il pas en train de déboucher une bouteille ? Ça en avait tout l'air. Charlotte secoua la tête. Cet homme était dans une situation extrême. Beaucoup de gens essaient de noyer leurs soucis dans l'alcool. Elle était bien placée pour le savoir. Cela ne faisait pas de Thomas Ortrup un criminel.

Pourtant, c'était tout de même une coïncidence étrange qu'il ait justement fréquenté cette Annabell, se disait Charlotte en quittant l'allée pour s'engager sur la route qui la ramènerait au centre-ville.

« Comme c'est gentil, mon petit, de venir me voir », dit Margarethe Brenner en lui ouvrant la porte. « Entre donc. »

Katrin connaissait l'ancienne secrétaire médicale de son père depuis l'enfance. Margarethe avait toujours été plus qu'une simple salariée. Elle était l'âme même du cabinet, c'est elle qui tenait tous les fils entre ses mains. On la sentait toujours à l'écoute des autres en général et des patients en particulier. Toute personne qui cherchait une épaule sur laquelle pleurer trouvait auprès de Margarethe compréhension et soutien.

Katrin n'avait jamais compris pourquoi elle était restée célibataire et n'avait pas fondé une famille. À ses yeux, ç'aurait été la mère idéale.

Margarethe serra Katrin dans ses bras. « Les obsèques de ton père étaient vraiment bouleversantes », dit-elle avec des larmes dans les yeux. « J'ai entendu parler de ce qui s'est passé ensuite. C'est terrible. Y a-t-il du nouveau ? »

Katrin fit signe que non.

Margarethe posa une main compatissante sur son bras et la guida vers le séjour, qui était resté exactement tel que Katrin s'en souvenait : rangé avec un soin maniaque et rempli de bibelots étincelants et multicolores. Sur une étagère, des douzaines de cigognes, en porcelaine, en verre ou en plastique. Des cigognes, comme par hasard, songea Katrin. Rien d'étonnant pour une femme qui avait passé la moitié de sa vie dans le cabinet d'un gynécologue.

« J'ai fait du gâteau aux myrtilles, dit Margarethe. Ça te dit ?

– Volontiers.

– Le café est prêt aussi. » Elle disposa sur la table de jolies tasses anciennes et alla dans la cuisine chercher le café. Tandis que Katrin la suivait des yeux, une idée lui traversa l'esprit. Et si Margarethe avait eu une histoire avec son père ? C'était une femme d'un tout autre genre que sa mère, moins élégante, moins cultivée, mais chaleureuse et rigolote. Et attirante : petite et mince, avec des hanches étroites et une forte poitrine. Sa mère avait toujours caché son corps comme si c'était un péché de le montrer. Peut-être son père avait-il justement recherché ce contraste ?

Margarethe revint avec la cafetière. Elle remplit les tasses et coupa le gâteau.

« Un régal, dit Katrin quand elle y eut goûté.
– Merci !
– Comment tu as fait la pâte ? »
Margarethe la regarda d'un air interrogateur. « Tu n'es tout de même pas venue ici pour échanger avec moi des recettes de cuisine ? » dit-elle en souriant. « Dans ta situation, tu dois avoir d'autres soucis en tête. Que puis-je faire pour toi, mon enfant ? »
Katrin se réjouissait de ne pas être obligée de tourner autour du pot plus longtemps. En quelques mots, elle fit part à Margarethe de ses soupçons.
« Un enfant adultérin ? Ton père ? Mais avec qui, grands dieux, l'aurait-il fait ?
– Je ne sais pas, répondit Katrin. Avec toi, peut-être ? » s'entendit-elle dire. Et elle en fut aussitôt gênée. « Oh, excuse-moi. »
Margarethe la considéra un long moment, incrédule. Puis elle éclata de rire. « Quelle idée ! Non, Katrin, là tu es complètement à côté de la plaque.
– Et pourquoi donc ? Tu es une femme attirante, et tu as travaillé pendant des années et des années en collaboration étroite avec papa. Personne n'a sans doute passé plus de temps avec lui que toi. Et tu n'as jamais eu le moindre ami, autant que je sache. Alors je ne trouve pas mon idée si aberrante. »
Margarethe reprit son sérieux et considéra Katrin avec une grande gentillesse. « Crois-moi, il n'y a jamais eu quoi que ce soit entre ton père et moi.
– Désolée, dit Katrin. Je ne voulais pas m'immiscer dans ta vie privée. »
Margarethe but une gorgée de café. « Je ne me suis jamais trop intéressée aux hommes, si tu veux savoir », dit-elle après un assez long silence.
« Tu es… ? » Katrin était stupéfaite. Voilà une hypothèse qui ne lui était jamais venue à l'esprit. Dans son idée, une femme lesbienne ne pouvait être que jeune, masculine et un peu excentrique.

« Excuse-moi, dit-elle.

– Tu n'as pas à t'excuser. J'espère que je ne te choque pas.

– Non, non. Bien sûr que non », se hâta de dire Katrin.

Elles restèrent un moment silencieuses. Katrin ne savait plus trop quoi dire et pour Margarethe, c'était pareil, semblait-il. Leurs regards se croisèrent à deux ou trois reprises et chaque fois elles échangèrent un sourire.

« Puis-je te demander pourquoi tu vis seule ? » osa enfin Katrin. « Tu n'as toujours pas trouvé celle qu'il te faut ? »

Margarethe prit tout son temps pour répondre. « Oh, c'est une longue histoire », commença-t-elle, et elle s'éclaircit la voix. « Ça n'a pas toujours été facile. L'époque… Les préjugés… Enfin peu importe, tout cela est du passé. » Elle eut un sourire un peu contraint. « Je suis très bien comme ça. »

Katrin hocha la tête. Il y eut un nouveau silence. « Il n'en reste pas moins que personne ne le connaissait aussi bien que toi. Réfléchis. Il y a peut-être eu une patiente qui venait particulièrement souvent ou avec laquelle il prenait rendez-vous en dehors de ses heures de consultation ?

– Nous avions pas loin de six cents patientes. Naturellement, il y en avait parmi elles qui saisissaient le moindre prétexte pour venir consulter. Et quelques-unes qui lui vouaient une véritable adoration. Mais très franchement, Katrin, un cabinet de gynécologie n'est pas un lieu où l'on flirte. On ne voit ça que dans les mauvais films.

– Et les autres secrétaires médicales ? demanda Katrin. N'y en avait-il pas une, pendant un temps, qui élevait seule ses enfants ? Je crois me rappeler quelque chose dans ce genre…

– Oui, c'est exact. Il y a très longtemps de cela. Son mari était mort dans un accident de la circulation et elle s'est retrouvée seule avec deux jeunes enfants, se souvint Margarethe. Une histoire bien triste. Mais ton père n'a jamais eu la moindre aventure avec elle, j'en donnerais ma main à couper.

– Pourquoi en es-tu aussi sûre ?

– Parce que je m'en serais aperçue ! Quand on travaille ensemble dans le même cabinet cinq jours par semaine, on ne peut pas se cacher grand-chose. Non, si ton père a eu une liaison amoureuse, ce n'était pas avec une femme que je connaissais.

– Le soir, il retournait souvent au cabinet. Y avait-il quelqu'un d'autre avec lui ? »

Margarethe hésita une seconde. « En règle générale, il était seul », dit-elle lentement. « Il m'est arrivé de le voir brièvement mais il me disait toujours de rentrer chez moi. Il voulait être tranquille pour travailler.

– Ou pour recevoir des femmes.

– Peut-être. » Margarethe soupira. « Mais pas dans le sens où tu l'entends. »

Katrin voyait bien que Margarethe lui cachait quelque chose. Elle la regarda droit dans les yeux. « Il s'agit de mon fils. Ne l'oublie pas, je t'en prie. Qu'est-ce que c'était que ces femmes ?

– Cela remonte à une bonne vingtaine d'années en arrière, peut-être davantage, lâcha enfin Margarethe. Tes parents ne voulaient surtout pas que tu sois au courant. Ce que, entre nous soit dit, je n'ai jamais compris. C'était tout à l'honneur de ton père de faire ce qu'il faisait.

– Mais quoi donc ? Que faisait-il ? » Katrin s'impatientait.

« Après la fermeture du cabinet, le soir, il soignait des prostituées, gratuitement et en toute discrétion. La plupart se droguaient. Et elles souffraient de toutes les maladies sexuellement transmissibles imaginables. Un beau jour, le sida est venu s'y ajouter. Si ton père n'avait pas été là, la plupart d'entre elles n'auraient pas survécu.

– Je ne comprends pas », dit Katrin, avec de la déception dans la voix. « Pourquoi m'ont-ils caché ça ? »

Elle réfléchit. C'était probablement à cause de sa mère.

L'engagement clandestin de son mari ne devait pas trop lui plaire. Les prostituées droguées ne comptaient pas, selon Luise Wiesner, au nombre des personnes qui méritaient qu'on les aide. Katrin était sûre que sa mère considérait la prostitution comme un péché. Les prostituées, c'étaient des obsédées sexuelles trop paresseuses pour travailler. Son jugement était sans appel. D'ailleurs, on n'en parlait jamais à la maison.

« Mon père a-t-il fait cela jusqu'à la fin ?

– Non. Dans les années quatre-vingt-dix, la situation des prostituées s'est nettement améliorée. Il y a eu la méthadone et les premiers médicaments contre le sida. Et puis, en 2002, la nouvelle législation. Aujourd'hui, il n'y a pratiquement plus de prostituées qui ne bénéficient pas d'une assurance santé.

– Hum. Cette Tanja était peut-être aussi une prostituée..., suggéra Katrin.

– Dans ce cas, elle lui serait reconnaissante toute sa vie durant.

– Qui sait ? Peut-être le tient-elle pour responsable de quelque chose. Peut-être qu'il n'a pas détecté chez elle une maladie qui fait que maintenant elle ne peut pas avoir d'enfant. Et c'est pour ça qu'elle a enlevé Leo... » Les mots se coincèrent dans sa gorge et les larmes lui montèrent aux yeux.

Margarethe lui caressa le bras.

« Sais-tu s'il faisait des fiches ou des dossiers sur ces femmes ? demanda Katrin.

– Oui, il en faisait. Elles venaient le voir assez régulièrement, il fallait bien qu'il ait tous les éléments en main pour les suivre.

– Que sont devenus tous les dossiers médicaux quand le cabinet a été fermé ?

– Quand tu es médecin et que tu cesses ton activité, tu as le devoir de transmettre les dossiers de tes patients à ton remplaçant ou à un autre médecin, qui les conserve, ou alors tu dois les mettre toi-même en sûreté, expliqua Margarethe. Le secret médical fait que tu n'as pas le droit de les jeter à la poubelle. Tu dois les garder, quelque part à l'abri, pendant une durée de dix ans, et ensuite, bien sûr, ils peuvent être détruits.

– Et comment a fait papa ?

– Pendant les dernières semaines, j'ai envoyé moi-même un grand nombre de dossiers aux nouveaux médecins qu'avaient choisis les patientes. Quant aux dossiers de celles qui n'avaient pas mentionné de nom de médecin, nous les avons mis dans des cartons de déménagement. Ton père souhaitait les garder par-devers lui, à la maison.

– Il y en avait beaucoup ?

– Environ soixante-dix ou quatre-vingts. Mais ils sont classés par ordre chronologique, à l'année à laquelle la femme est venue consulter pour la première fois. Elle a à peu près ton âge ?

– Oui, si elle n'a pas menti.

– La plupart des jeunes filles commencent leurs visites chez le gynécologue entre quatorze et seize ans. Autrement dit, tu peux laisser de côté les dossiers antérieurs à 1988 », calcula Margarethe.

Katrin soupira. « Il en reste quand même un sacré nombre.

– Je dirais une cinquantaine. Tu devrais les passer tous en revue. Tu verras, sur le dessus, il y a toujours la date de naissance. Comme ça tu pourras éliminer tout de suite ceux qui n'ont rien à voir.

– Merci pour le tuyau », dit Katrin, reconnaissante. « Tu m'as vraiment apporté une aide précieuse. » Tout à coup, elle se sentait revigorée, pleine d'une énergie nouvelle. Peut-être tenait-elle une piste, cette fois.

Elle allait se dépêcher de rentrer chez sa mère et se mettre au travail. Enfin, elle avait quelque chose à faire, elle n'allait plus rester à attendre sur sa chaise, impuissante et désœuvrée, que la police vienne frapper à sa porte.

Charlotte ne pouvait s'ôter de la tête les mots que Ben avait prononcés : *C'est pas un petit garçon. C'est pas un papa. Il est pas pareil.* Et puis il avait ajouté : *Il est tout le temps bizarre.* Que voulait-il dire par là ? Ce Klausi était-il un grand garçon ? Un adolescent ? Et qu'avait-il de bizarre ? Comment se comportait-il pour que Ben le trouve bizarre ? Est-ce qu'il parlait d'une drôle de façon ? Avec un accent inconnu de l'enfant ? Est-ce qu'il faisait des choses étranges à ses yeux, qui ne lui paraissaient pas normales ? La réflexion de Charlotte n'allait pas plus loin. Peut-être fallait-il qu'elle en parle avec quelqu'un. Avec une personne qui saurait mieux qu'elle comment fonctionne l'imagination d'un enfant et qui saurait mieux interpréter son langage.

Elle téléphona au jardin d'enfants. Mme Hellmann, la directrice, lui répondit. Oui, elle était encore là pour un petit bout de temps, elle avait du travail administratif à finir, le matin elle n'avait jamais le loisir de s'y consacrer. Charlotte monta dans sa voiture, soulagée.

Quand elle se gara devant le jardin d'enfants, elle vit plusieurs gamins qui jouaient dans le grand jardin. Klausi était-il l'un d'eux ?

Elle sonna. La porte s'ouvrit sur Regina Hellmann.

« Vous avez fait vite, madame Schneidmann. Vous avez retrouvé Leo ?

– Malheureusement, non. C'est justement pour ça que je voudrais vous poser encore quelques questions.

– Mais je vous en prie. Entrez. »

Quelques minutes plus tard, les deux femmes étaient assises dans le bureau de la directrice, chacune devant un verre d'eau minérale.

« Non, nous n'avons aucun Klaus, ou Klausi, déclara Mme Hellmann. Je n'ai même pas besoin de vérifier. Un nom aussi inhabituel, je l'aurais tout de suite remarqué.

– Vous trouvez que Klaus est un nom inhabituel ? » demanda Charlotte, surprise.

La directrice sourit. « Vous n'avez pas d'enfants, n'est-ce pas ? »

Charlotte confirma d'un signe de tête.

« Si l'on se fiait uniquement aux noms qu'on entend ici, on pourrait se croire revenus cent ans en arrière, expliqua la directrice. Aujourd'hui, tous les enfants s'appellent à nouveau Konrad, Richard, Mathilda, Henriette ou Fritz. L'époque des Jürgen, Jochen ou Klaus est révolue, ou plutôt elle ne reviendra que dans dix ou vingt ans.

– Je n'avais pas du tout conscience de ce fait.

– Naturellement cela dépend aussi de l'environnement. Notre jardin d'enfants n'est pas dans un quartier où l'on donne dans les Kevin et les Mandy. »

Charlotte but une gorgée d'eau. Elle comprenait ce que Mme Hellmann voulait dire. Son établissement était situé dans une zone urbaine et plutôt bourgeoise, où les parents avaient un certain niveau de culture et d'éducation. Les enfants n'étaient pas habillés n'importe comment, ils portaient des T-shirts et des blousons de marque.

« Madame Hellmann, qu'est-ce qu'un enfant se représente, selon vous, quand il dit de quelqu'un qu'il est *pas pareil* ? » demanda Charlotte.

La directrice réfléchit quelques instants. « Ces termes peuvent s'appliquer par exemple à Superman ou Spiderman. Ce ne sont pas des humains ordinaires.

– Hum. Des héros de bandes dessinées…

– C'est ça, mais pas seulement eux, poursuivit Mme Hellmann. La perception qu'ont les enfants n'est pas celle des adultes. Pour les petits, un roi aussi apparaîtra comme *pas pareil*, ou une princesse. Et même un pompier, parce qu'il porte un uniforme qui lui donne son identité. En tout cas c'est ce que perçoit l'enfant. »

Charlotte réfléchit. « Autrement dit, tous ceux qui n'ont pas l'apparence extérieure de gens comme vous et moi, ceux qu'on ne voit jamais sans leur couronne ou leur uniforme, n'ont pas d'existence réelle en dehors de leurs attributs, selon un enfant, et donc ce ne sont pas des vrais humains, ils sont *pas pareils* ?

– Exactement. Récemment, un grand-père est venu chercher un enfant au jardin. Il avait une prothèse, une jambe artificielle. Eh bien, j'ai entendu un petit dire à un autre : "Regarde, son grand-papa, c'est un robot !" Pour lui, cet homme n'était pas un humain, vous comprenez ?

– J'aurais plutôt cru qu'il verrait en lui un pirate, dit Charlotte en riant.

– Autrefois, peut-être. Mais les prothèses sophistiquées d'aujourd'hui n'ont plus rien à voir avec les jambes de bois des pirates de notre enfance ! » rétorqua la directrice, riant elle aussi.

Charlotte quitta le jardin d'enfants, pensive. On pouvait exclure que le fameux Klausi soit un roi. Ou alors ce serait quelqu'un déguisé en roi. Un comédien peut-être, ou un artiste de rue ? À moins que ce ne soit un homme en uniforme. Disons un pompier, ou un soldat.

De retour à sa voiture, Charlotte songea tout à coup qu'il arrive parfois à certains diabétiques de perdre un pied ou même une jambe à cause de leur maladie. Et si, par hasard, ce n'était pas Tanja qui était diabétique, ainsi qu'elle l'avait toujours envisagé ? Si le malade se trouvait dans son entourage, parmi ses proches ? Quelqu'un qui aurait perdu une jambe et que Tanja serait allée visiter en emmenant Leo avec elle ?

Charlotte retourna au commissariat. Il fallait vérifier sans plus tarder s'il existait dans le coin un groupe d'entraide pour les familles de diabétiques. Et si c'était le cas, est-ce que quelqu'un dans ce groupe reconnaîtrait Tanja.

« Maman ? » s'écria Katrin en refermant la porte. « Tu es là ? »

Elle suspendit sa veste légère au portemanteau et se

regarda dans le miroir. Elle avait maigri. Elle avait pris des rides autour des yeux, lui semblait-il, et son nez était de plus en plus pointu. Elle soupira. Ce n'était vraiment pas le moment, elle aurait dû prendre du poids, au contraire. Elle examina sa silhouette de profil, son ventre était plat, on ne devinait rien encore du petit être qui se nichait là. Elle passa sa main au niveau de son nombril. Espérons que là, au moins, la vie suit son cours normal, se dit-elle.

Elle entra dans la cuisine. Sa mère, assise à la table, était en train d'éplucher des pommes de terre.

« C'est pour faire quoi ?

– De la tourte », dit sa mère sans lever le nez de sa tâche.

Katrin considéra le tas énorme d'épluchures et soupira intérieurement mais se garda de tout commentaire. Il y avait là de quoi faire une tourte pour dix personnes au moins. Une fois de plus, elle se demanda si cette conception de la nourriture comme remède à tous les maux était une invention de sa mère ou si toutes les mères de sa génération étaient ainsi. *Il faut que tu manges quelque chose.* Cette phrase, elle l'avait entendue quasiment tous les jours autrefois, quand elle était adolescente, et plus tard quand elle attendait Leo. Et même si son père, en tant que gynécologue, aurait dû savoir que ce n'était vraiment pas le problème, elle s'était vu enjoindre de manger – manger, encore et toujours, manger. Et après la naissance de Leo, c'était pire. Quand sa mère venait voir son petit-fils, elle avait à peine dit bonjour qu'elle sortait déjà un gâteau de sa poche, parce que c'était si adorable de voir ce pauvre petit s'empiffrer… Katrin avait beau la prier de ne pas donner de sucreries à son fils, il n'y avait rien à faire. Du chocolat, des nounours en sucre gélifié, des biscuits de toutes sortes… Leo en avait autant qu'il voulait. Il en avait l'estomac tout barbouillé, mais ça ne comptait pas.

Et pourtant, sa mère elle-même n'avait jamais été une grosse mangeuse. Elle avait toujours accordé une grande importance aux apparences et au qu'en-dira-t-on. Elle ne voulait surtout pas grossir, quelle horreur si les gens s'étaient moqués derrière son dos…

Katrin s'assit en face d'elle. « Où papa a-t-il rangé ses anciens dossiers médicaux, tu le sais ? demanda-t-elle. Il les a mis sous clé quelque part ?

– Non », répondit sa mère en poursuivant son travail d'épluchage. « Il a toujours parlé de se ménager une cachette sûre quelque part pour ses trésors, mais en réalité il ne l'a jamais fait. Les dossiers sont au grenier. » Elle leva la tête et posa sur sa fille un regard circonspect. « Pourquoi ? Qu'est-ce que tu leur veux ?

– Tanja était peut-être une patiente de papa. Peut-être une des prostituées dont il s'est occupé. »

Sa mère fronça les sourcils. « D'où sors-tu cette idée ? Qui t'a raconté ces vieilles histoires ?

– Margarethe.

– J'aurais dû m'en douter. Elle n'a jamais su tenir sa langue, celle-là. »

Katrin préféra ne pas relever le ton méprisant sur lequel sa mère parlait de Margarethe Brenner. « Pourquoi ne m'avez-vous jamais rien dit de tout ça ? »

Sa mère soupira. « Mon Dieu, ça remonte à tellement loin. Tu étais encore une petite fille, voyons. Comment aurais-je pu te faire comprendre qu'il y a des femmes qui vont avec des hommes pour de l'argent et qui en plus se droguent ?

– Je suis sûre qu'avec un peu de bonne volonté et en choisissant bien ses mots, on y arrive.

– Et à quoi bon ? » Sa mère reposa pomme de terre et épluche-légumes sur la table. « Ton père n'a fait ça que quelques années, reprit-elle. C'était une situation bizarre, ces femmes avaient leur terrain de chasse autour de la gare, donc à proximité du cabinet. Si bien que ton père a été amené à leur venir en aide. Je ne sais d'ailleurs pas au juste comment ça a commencé. Je dois avouer que ça ne me plaisait pas trop. Ces femmes, tu vois… Enfin bref, tout ça, c'est du passé. Tu devais avoir dix ou onze ans à l'époque, ce n'était vraiment pas un sujet de conversation pour une petite fille. » Elle se remit à la tâche.

Dix ou onze ans… Tanja avait à peu près le même âge qu'elle, songea Katrin, elle ne pouvait donc pas être une de ces fameuses prostituées. « Tanja est peut-être quand même venue consulter papa un jour. »

Sa mère haussa les épaules. « Qui sait. »

Katrin se leva. « Je ne peux pas rester là à attendre passivement. Il faut que je fasse quelque chose, sinon je vais devenir folle. Tu comprends ça ? »

Sa mère désigna le tas de pommes de terre avec la pointe de son couteau. « Moi, c'est pareil. »

Katrin opina. Elle lui posa la main sur l'épaule et sortit de la cuisine. Oui, faire quelque chose, n'importe quoi, valait mieux que de rester plantée là à se ronger les sangs.

« Dans une heure, le repas est prêt », dit sa mère dans son dos.

Katrin n'avait vraiment pas faim, mais bon, on verrait ça tout à l'heure… Elle monta à l'étage et se mit en quête du bâton dont on se servait pour ouvrir la trappe du grenier. Elle le trouva derrière un rideau, dans un renfoncement où sa mère avait empilé des boîtes à chaussures. Elle réussit à pousser le loquet et la trappe s'ouvrit. Un nuage de poussière s'abattit sur elle. Elle ferma les yeux et mit sa main devant son visage. Quand elle les rouvrit, elle aperçut une sorte d'échelle assujettie à l'intérieur de la trappe et tapissée d'un épais réseau de toiles d'araignées grisâtres.

Elle grimpa à l'échelle, alluma la lumière et regarda autour d'elle. Dans la clarté laiteuse de l'ampoule nue, elle découvrit une vieille armoire à deux portes, une table à langer et un grand miroir en pied qui depuis des années n'avait plus reflété aucune silhouette humaine. À l'autre extrémité du grenier, un coffre en bois passablement dévoré par les vers. Outre les meubles, Katrin dénombra au moins vingt cartons ou caisses de déménagement.

Elle essuya la toile d'araignée qui s'était collée sur son front et se demanda par où commencer sa recherche. Elle opta pour les cartons. Par chance, la plupart étaient étiquetés. *Vêtements de bébé,* lut-elle, *Équipements de ski,* ou encore *Comtesse de Ségur – tous les volumes.* Elle fit la moue. Mon Dieu, comme sa mère avait aimé ces livres ! Et comme elle était déçue que Katrin n'ait jamais partagé son enthousiasme. Elle poursuivit son exploration. Mais aucun carton, aucune caisse ne portait la mention : *Dossiers médicaux.*

Un court instant, elle eut la tentation d'ouvrir le carton des vêtements de bébé, mais n'en fit rien. C'étaient les affaires que Leo avait portées pendant les premiers mois de sa vie. Après son déménagement, Katrin les avait entreposées chez ses parents. L'idée de tenir dans ses mains les grenouillères pastel et les minuscules brassières lui fit monter les larmes aux yeux. Dans un geste inconscient, elle caressa son ventre. Mon Dieu, comme elle consacrait peu de temps à son futur bébé…

« Pourvu que tous ces soucis ne te fassent pas trop de mal, mon pauvre petit », murmura-t-elle.

Puis elle respira un grand coup et se força à chasser ces pensées tristes. Elle s'approcha du vieux coffre et essaya de l'ouvrir. Elle eut bien du mal à soulever l'épais couvercle en bois massif et faillit le laisser retomber aussi sec quand elle vit le contenu. Tassés les uns contre les autres, il y avait là tous les sacs en plastique contenant les vêtements qu'elle avait triés et donnés à sa mère pour la collecte de la paroisse.

Pourquoi diable les avait-elle fourrés là-dedans ? Et ça ne datait pas d'hier quand on voyait la quantité de sacs accumulés. Ainsi, depuis des années, sa mère n'avait plus transmis aucune de ses affaires, ou du moins elle avait remisé la plupart dans ce coffre. Peut-être sa rétention concernait-elle les vêtements qu'elle estimait ridicules ? Autrefois, elle trouvait toujours à redire sur la manière dont sa fille s'habillait. Elle jugeait ses jeans artistement troués tout juste dignes d'un clochard et son blouson à rivets masculin et vulgaire. Elle avait eu honte de les donner, voilà l'histoire. Les pauvres de la paroisse se contenteraient des pantalons à pinces et des chemisiers à fleurs. Quelle absurdité !

Katrin referma le coffre, agacée. À la prochaine occasion, elle en toucherait deux mots à sa mère.

Mais pour l'instant, il s'agissait de retrouver ces fichus dossiers. Peut-être dans l'armoire ? Quand elle ouvrit les portes, un grincement sinistre perça le silence.

« Ah, les voilà ! » Devant elles, les documents relatifs à l'activité du cabinet médical.

Malheureusement, son père avait sorti les dossiers des cartons soigneusement étiquetés par Margarethe Brenner. Ils étaient donc dans le plus grand désordre et il n'y avait plus qu'à les examiner un par un.

Katrin sortit la première pile de l'armoire. Comme elle ne pouvait pas exclure que Tanja ait aussi menti sur son âge, elle décida de passer en revue toutes les patientes nées entre 1972 et 1976. L'année de naissance de Tanja devait se trouver dans ce créneau-là.

En peu de temps, elle mit de côté une bonne pile de chemises cartonnées. Chargée de son butin, elle descendit précautionneusement l'échelle et se dirigea vers l'ancien bureau de son père. Là, elle aurait davantage de lumière et serait plus confortablement installée. Elle se doutait déjà qu'elle en aurait pour un bon moment.

Elle considéra l'énorme pile avec découragement. Par où commencer ? Et d'ailleurs, que fallait-il chercher exactement ?

Katrin prit une feuille de papier et un crayon. *Surpoids*, nota-t-elle. C'était un critère envisageable, même si Tanja pouvait très bien avoir été beaucoup plus mince autrefois. Katrin se rappela aussi que Tanja lui avait parlé de ses problèmes de règles. Elle nota : *syndrome prémenstruel.* Et puis naturellement, *diabète,* au cas où Tanja elle-même souffrait de cette maladie. Il fallait chercher dans ces trois directions.

« Allez, c'est parti », murmura-t-elle pour se donner du courage et elle ouvrit le premier dossier.

C'est cet instant-là que sa mère choisit pour crier : « À table ! C'est prêt ! »

Le silence s'était installé. Enfin. Elle adorait l'atmosphère si calme du soir, quand elle n'entendait plus que le vent dans les arbres, le doux bruissement des feuilles et des branches qui se balançaient doucement. Elle éteignit la lumière, s'installa dans le fauteuil moelleux près de la fenêtre, savoura une gorgée de sa tisane au gingembre bien sucrée et leva les yeux vers le ciel qui s'obscurcissait. Elle avait passé d'innombrables soirées comme celle-ci. Sans rien faire d'autre que contempler le ciel en dégustant à petites gorgées sa tisane au gingembre. Elle avait longuement réfléchi à sa vengeance, imaginé toutes sortes de scénarios possibles, qu'elle rejetait tous les uns après les autres. Et puis un soir, enfin, elle avait su ce qu'elle allait faire, ce qu'elle devait faire. Il y avait trois ans maintenant, elle avait lu dans un journal le faire-part annonçant la naissance de Leo Ortrup. Aussitôt, elle avait commencé à échafauder son plan.

Son regard tomba sur la petite boîte posée sur l'étagère à côté d'elle, qui contenait le dernier souvenir qu'elle gardait de son amie. Elle posa sa tasse sur l'appui de la fenêtre, prit la boîte et l'ouvrit. Avec une délicatesse extrême, elle sortit le petit objet blanc et caressa la surface lisse. Puis elle le pressa contre son cœur. Et quand elle ferma les yeux, elle sentit combien son amie morte était encore proche d'elle.

Oui, elle avait eu raison d'agir ainsi.

Elle rouvrit les yeux, le reposa précautionneusement dans sa boîte qu'elle remit à sa place sur l'étagère. Elle remonta le plaid sur ses genoux et reprit sa tasse, qui diffusa dans ses doigts une chaleur agréable. Les soirées étaient déjà plus fraîches. Il allait bientôt falloir qu'elle allume le chauffage. Un frisson lui parcourut le dos quand elle se rappela le contact de ses mains froides. Ça ne fera pas mal, lui avait-il dit avec un sourire. Et pourtant, ce qui s'était passé ensuite avait été plus terrible que le pire cauchemar. Pendant des heures, elle avait espéré que la mort viendrait la délivrer de ses souffrances, elle avait prié, supplié. En vain. Rien ne l'avait sauvée. La mort n'avait pas voulu d'elle.

Un sourire se dessina sur ses lèvres. Tout cela était bel et bien révolu. La situation avait changé. La mort était devenue son alliée. Elle lui obéissait. Il lui suffisait de l'appeler, et elle venait.

D'ailleurs elle n'allait pas tarder à l'appeler de nouveau.

Charlotte avait encore une petite heure avant son rendez-vous avec Bernd au *Papageno*. Elle se doucha, se lava les cheveux et resta un bon moment nue devant la penderie, à se demander ce qu'elle allait bien pouvoir mettre. Elle n'était certes pas le genre de femme à se stresser avant un dîner avec un homme parce qu'il fallait trouver la tenue idéale. Non, un jean et un petit haut tout simple, c'était comme ça qu'elle se sentait le mieux. Mais ce soir, pour une raison indéterminée, ça ne lui paraissait pas adapté à la situation. Le *Papageno* était un endroit plutôt select et tendance, et elle voulait vraiment être à son avantage. Pour Bernd ? lui souffla une petite voix sournoise. « Absurde ! » dit-elle à voix haute. Bien sûr que non ! Pas pour Bernd, ni pour aucun homme au monde ! Pour elle-même, tout simplement. Elle se regarda dans la glace et son air décidé la fit éclater de rire. Finalement, elle opta pour un élégant pantalon noir à la Marlène Dietrich et un pull noir à col roulé, à manches mi-longues et moulant à souhait.

« Ils sont réputés ici pour leur lotte, qui est fantastique, dit Bernd en lui tendant la carte. Et on se prendra un petit Riesling avec. »

Elle secoua la tête. « Non, merci. Pour moi ce sera de l'eau minérale, je ne bois pas d'alcool. »

Il la regarda, surpris. « Jamais ?

– J'aime bien garder les idées claires.

– En toutes circonstances ?

– Oui, toujours. »

Bernd sembla hésiter sur l'attitude à adopter. Il se focalisa sur le menu.

Elle soupira. « Excuse-moi. Je ne voulais pas être désagréable.

– C'est bon », dit-il sans lever les yeux.

Elle n'avait aucune envie de mettre la conversation sur le thème de l'alcool, mais elle ne voulait pas non plus blesser ce pauvre Bernd. « Ma mère était alcoolique », dit-elle enfin.

Il la regarda. « Dans ce cas, c'est moi qui m'excuse. Je ne savais pas. Désolé… »

Charlotte essaya de sourire. Puis ils se replongèrent tous deux dans l'examen de la carte.

Charlotte passa une excellente soirée. La lotte était extraordinaire, effectivement, Bernd n'avait pas exagéré, et elle se sentait légère et insouciante, ce qui ne lui était pas arrivé depuis longtemps. Bernd était professeur dans un lycée de Münster, le Paulinum, il aimait son métier et les élèves le respectaient à cause de son engagement sans faille.

« Mais ce n'est pas un boulot facile », dit-il, et il devint grave tout à coup. « Tu crois que tout roule et puis, brusquement, il se passe un truc qui te fait perdre les pédales et douter de tes capacités… »

Elle le regarda d'un air interrogateur.

« C'est ce qui s'est produit l'année dernière, par exemple, pendant une excursion à Brême, avec une de mes classes. » Il but une gorgée de vin avant de poursuivre. « Elle était mon élève depuis trois ans. » Il fixait son verre, et dut respirer un grand coup avant de prononcer la phrase suivante. « Elle s'est suicidée. Coupé les veines. C'est moi qui l'ai trouvée. C'était atroce. Elle venait juste d'avoir seize ans.

– Et pourquoi a-t-elle fait ça ? »

Il haussa les épaules. « Des rapports de merde avec ses parents. Beaucoup de fric, mais aucune cohésion familiale. En plus, elle se droguait vraisemblablement. Les parents avaient été convoqués mais ça n'a rien donné du tout. Ils n'ont pas pris la chose au sérieux. Après, il était trop tard.

– Tu te fais des reproches ? demanda Charlotte, émue.

– Ça n'aurait jamais dû se produire. Jamais. Cette image, la petite étendue là... du sang partout... Je n'arrive plus à me sortir ça de la tête. »

Charlotte avait la gorge serrée. « Ça arrive au milieu de la nuit », dit-elle doucement. « Tu dors profondément et tout à coup l'image horrible surgit. Elle est là, tout près, devant toi. Tu te réveilles, tu trembles de tout ton corps, tu es baigné de sueur et tu n'arrives plus à te rendormir. Tu sais que cette vision te poursuivra toujours, jusqu'à la fin de ta vie... »

Il la regarda, interloqué.

Charlotte gardait la tête baissée. Puis elle toussota, leva les yeux et lui sourit. Mais c'était un sourire forcé. « Ce poisson est vraiment délicieux, dit-elle. Tu savais qu'une lotte, ça peut mesurer dans les deux mètres ? »

9

« NON ! HURLA-T-ELLE. Stefan ! Non ! »

Elle était debout dans l'encadrement de la porte et voyait tout ce sang. Son petit corps blanc dans l'eau rougie, la tête submergée, les yeux grands ouverts, l'expression d'effroi. Elle voulut courir vers lui, le sortir de la baignoire, le prendre dans ses bras, pour que tout redevienne comme avant. Mais elle était incapable de bouger, comme si ses semelles étaient collées au sol. Désemparée, elle regarda sa mère qui gémissait, accroupie pieds nus sur le carrelage, les yeux braqués sur le corps sans vie, et elle se mit à crier.

Comme au ralenti, sa mère tourna la tête et fixa sur elle un regard rempli de haine. « Qu'est-ce que tu as fait ! siffla-t-elle. Tu vois ce que tu as fait ! »

Charlotte se réveilla en sursaut, le souffle court, inondée de sueur.

Bernd souleva la tête. « Qu'est-ce qui se passe ? » demanda-t-il en se frottant les yeux.

« Rien. Tout va bien, rendors-toi », se hâta-t-elle de répondre.

Il se retourna de l'autre côté. Charlotte jeta un coup d'œil au réveil. Presque six heures. Elle attendit que

Bernd se soit rendormi, se leva sans bruit et alla dans la salle de bains. Elle s'aspergea le visage d'eau froide et se regarda dans la glace. Pourquoi ne voulait-elle rien raconter à Bernd ? Parce qu'elle avait peur de trop se dévoiler ? Ou bien redoutait-elle sa pitié ? Car la pitié, elle le savait, c'était ce qu'il y avait de pire.

En tant qu'aînée de quatre enfants, elle avait appris très tôt à se sentir responsable de ses frères et sa sœur. Son père avait abandonné la famille quand elle avait sept ans. Il était parti s'installer en Espagne avec sa jeune compagne. Charlotte n'avait plus jamais entendu parler de lui.

Elle songea à sa mère, qui était restée en rade, seule et désespérée, débordée par ses quatre enfants en bas âge, déçue par son mari, par la vie et par l'amour. Elle était devenue dépressive. Charlotte ne lui avait plus jamais connu d'intérêt pour rien ni personne. Et comme ses enfants étaient encore petits, elle ne pouvait pas travailler, si bien que l'argent manquait à la maison.

Charlotte avait grandi en assumant le rôle de mère de substitution. À sept ans, c'était déjà elle qui mettait ses frères et sa sœur au lit, tandis que sa mère courait les supermarchés, car c'était l'heure où les produits alimentaires périmés étaient distribués aux nécessiteux du quartier...

Mais à quoi bon s'appesantir sur le passé ? De toutes ses forces, elle essaya de chasser ces idées noires, et le souvenir de ce terrible 21 juin 1979, le jour le plus horrible de sa vie, mais elle n'y parvint pas...

Ce soir-là, sa mère était sortie, comme d'habitude. Stefan était dans la baignoire pendant qu'elle s'occupait de coucher Ina et Philipp. Elle se revoyait comme si c'était hier, en train de changer la couche de Philipp tout en essayant de consoler Ina qui pleurait parce qu'elle s'était cogné la tête. Elle avait juste mis Philipp au lit et calmé Ina quand elle entendit le cri qui venait de la salle de bains.

Jamais Charlotte n'oublierait ce cri-là.

Quand elle arriva dans la salle de bains, elle trouva sa mère, qui entre-temps était revenue des commissions, à genoux à côté de la baignoire, et hurlant. Stefan gisait, sans vie, dans l'eau qui s'était teintée de rouge. Il avait glissé, sans doute, sa nuque avait heurté les robinets ou le bord de la baignoire, et il s'était noyé, pendant que Charlotte était à quelques mètres de là avec son autre frère et sa sœur…

Sa mère réussit finalement à sortir le corps de Stefan de la baignoire. Elle serrait son fils mort dans ses bras en pleurant.

« Stefan ! Mon amour ! » sanglotait-elle. Puis elle leva les yeux et fixa sur Charlotte un regard brûlant de haine. « C'est ta faute ! Tu l'as tué ! Pourquoi tu ne l'as pas surveillé ? Pourquoi ? » cria-t-elle.

Aujourd'hui encore, Charlotte entendait ces mots résonner dans sa tête, aujourd'hui encore elle entendait sa mère hurler et l'accuser. Et elle avait toujours devant les yeux le visage livide de son petit frère mort…

Elle avait espéré qu'avec le temps, le cauchemar reviendrait de moins en moins souvent, et de fait, ces derniers mois, elle avait constaté une petite amélioration, mais voilà que ça recommençait, la vision d'horreur revenait la tourmenter, presque chaque nuit, impitoyable. Cela tenait-il à cette affaire d'enlèvement, ou à la scène pénible dans la vieille ferme ?

Encore toute retournée, elle se mit sous la douche. C'était déjà la troisième nuit qu'elle passait avec Bernd. La veille au soir, après le dîner au *Papageno*, ils étaient venus chez lui tout naturellement, sans même avoir besoin de se concerter, et il lui avait tendu une brosse à dents neuve. « Je l'avais achetée pour toi à tout hasard », avait-il dit en riant et il l'avait déposée à côté de la sienne, dans le verre à dents, d'un geste théâtral.

Charlotte se sentait tiraillée. Elle éprouvait par moments cette excitation délicieuse que génère un nouvel amour, elle était heureuse de se réveiller le matin à côté de Bernd. Mais, en même temps, elle demeurait convaincue que leur relation n'avait aucun avenir. Elle savait que la passion sexuelle et les roucoulades, ça ne durait pas. Tôt ou tard, c'était fini et on en arrivait inexorablement au stade où il fallait prendre ses responsabilités, révéler ses secrets, bâtir des plans pour le futur – partir ensemble en vacances, emménager sous le même toit – et de fil en aiguille, un beau jour on parlait de fonder une famille. Elle n'avait jamais voulu aller jusque-là. Et sa grande crainte, c'était que les choses puissent se passer différemment cette fois-ci. Qu'elle veuille justement cela : imaginer avec Bernd un avenir commun. Prendre cette décision irrévocable qui l'avait toujours épouvantée.

À quoi cela tenait-il ? À Bernd ? À l'insouciance avec laquelle il la courtisait, faisant fi de ses réticences ? Peut-être... Ou alors à l'enfant disparu ? Autrefois, ce genre d'affaire n'avait rien de particulier à ses yeux. Elle parvenait à maintenir la distance professionnelle qui s'impose et manifestait peu de compréhension pour les collègues qui se montraient incapables de contrôler leurs émotions. Mais depuis quelques jours, elle devait bien constater que c'était en train de changer.

Depuis l'incident dans la ferme, depuis qu'elle avait vu le petit garçon dans la baignoire, c'était comme si le mur protecteur qu'elle avait réussi à construire à grand-peine s'était fissuré dangereusement. Elle avait mis des années à le bâtir, pierre après pierre. Elle avait utilisé plus de ciment que nécessaire, pour être bien sûre, et finalement elle était arrivée à reléguer de l'autre côté le souvenir atroce et les sentiments de perte et de culpabilité qui y étaient associés. Et voilà que tout à coup le mur semblait prêt à s'écrouler. Charlotte se sentait inexplicablement menacée, fragilisée. Elle ne savait pas ce qui allait se passer si les émotions qu'elle avait endiguées tant bien que mal la rattrapaient.

Ces pensées inquiétantes se dissipèrent à l'instant même où elle entra dans la cuisine et vit la table du petit déjeuner dressée. Un arôme de café tout frais emplissait la pièce. Bernd s'affairait devant la cuisinière, il faisait mousser du lait chaud.

« Je croyais que tu dormais encore, dit-elle en s'installant.

– Erreur, funeste erreur. » Il s'assit en face d'elle et lui servit du café et du lait mousseux. « Qu'est-ce qui t'est arrivé cette nuit, au fait ? demanda-t-il. On aurait dit que tu te débattais contre je ne sais quoi.

– Excuse-moi. Un cauchemar débile. »

Bernd but une gorgée de café. « Il se passait quoi ?

– Oh, rien d'intéressant. Ça ne mérite pas qu'on en parle. » Elle prit une tranche de pain et commença à la tartiner de beurre.

« Qui est Stefan ? »

Charlotte faillit s'étrangler. Elle se figea un instant avant de tendre la main vers le pot de confiture.

« Tu as crié plusieurs fois *Stefan ! Stefan !* C'est qui ?

– C'était mon frère », dit Charlotte avec réticence. « Il est mort. Il y a de nombreuses années de cela. » Elle mordit dans sa tartine. « Mmm, délicieuse, la confiture ! »

Bernd la regardait, perplexe. « Fabrication maison », dit-il. Il but une nouvelle gorgée de café. « Et si tu me racontais ce qui est arrivé à ton frère ?

– Oui, bien sûr », dit Charlotte, mais son ton disait le contraire.

À cet instant, son téléphone se mit à sonner. Ouf ! Sauvée par le gong. C'était Peter.

« Ton idée du groupe d'entraide était géniale, dit-il. Il faut qu'on y aille tout de suite. Je passe te prendre dans dix minutes. »

Charlotte eut un instant de panique. « Je ne suis pas chez moi.

– Aha…

– Pas de *Aha !* s'il te plaît. » Elle leva les yeux au ciel et donna à Peter l'adresse de Bernd, puis raccrocha.

Elle vida sa tasse et se leva. « Dans mon métier, on est un peu sujets au cauchemar », dit-elle en déposant un baiser sur la joue de Bernd. « Pas de quoi en faire tout un plat.

– Je n'en crois pas un mot. »

Elle sentit son regard dans son dos tandis qu'elle quittait la pièce.

« Voyez-vous ça, madame ma collègue qui a découché ! » dit Peter avec un petit air narquois tandis que Charlotte, quelques instants plus tard, s'asseyait à côté de lui dans la voiture.

« Madame ta collègue est majeure, au cas où tu ne t'en serais pas aperçu. Et contrairement à toi, j'ai une vie privée, moi. »

Peter se renfrogna. « Merci pour la remarque », dit-il en regardant la route.

Charlotte s'en voulut aussitôt. « Excuse-moi. Je n'aurais pas dû dire ça.

– C'est bon. »

Ils roulèrent un moment sans rien dire.

Ce fut Charlotte qui rompit le silence. « Tu es toujours en contact avec ton ex ? »

Il secoua la tête.

« Désolée. Je ne voulais pas me montrer curieuse.

– Tu accélères un peu, abruti ! » Il mit le clignotant et dépassa un 4 × 4 noir, rutilant de propreté, qui étincelait dans le soleil du matin. « Chauffeur du dimanche ! » Il appuya sur l'accélérateur. « Je suis tout le temps par monts et par vaux. » Il regarda Charlotte avec un petit rire bête. « Et puis j'aime bien être célibataire. »

Ce fut au tour de Charlotte de rire bêtement.

Peter prit la direction de l'autoroute.

« Pourquoi sommes-nous si pressés ? demanda-t-elle.

– Il faut qu'on soit à Osnabrück dans trois quarts d'heure, expliqua Peter. Plus exactement, à Lüstringen. C'est un quartier d'Osnabrück, un peu à l'extérieur. Il y a là une rencontre du… Comment s'appellent-ils déjà ?… une association de proches… Attends voir. » Il fouilla dans sa poche et en sortit un bout de papier qu'il essaya de déplier d'une main tout en tenant le volant de l'autre. « Ils ont de ces noms bizarres… Voilà, ça y est : Doux-amer – Vivre avec un diabétique. C'est le nom qu'ils ont donné à leur groupe. »

Peter remit le papier dans sa poche.

« C'est le groupe dans lequel notre ravisseuse a été photographiée ?

– Probablement. En tout cas le directeur croit l'avoir reconnue. Elle n'était là qu'en visiteuse, pour *prendre la température*, comme ils disent. Il y a beaucoup de gens qui font ça, ils vont voir de près pour se rendre compte si ce genre de groupe leur convient ou pas.

– Je comprends. Tu as l'intention d'interroger les membres un par un ou on fait une discussion de groupe, justement ? demanda Charlotte.

– Groupe.

– OK. »

Peter prit l'autoroute A1. Malgré les travaux, ils roulèrent plutôt bien. Le flux des automobilistes se rendant à leur travail était déjà passé. Au bout d'une demi-heure, ils changèrent d'autoroute et continuèrent en direction de Hanovre.

« Tu sais comment t'y retrouver, à Osnabrück ? » demanda-t-elle.

Il sortit un autre papier. « Une recherche sur Google, et une bonne imprimante, dit-il. Peut-être la police aura-t-elle un jour les moyens de nous payer des GPS… »

Il leur fallut contourner à peu près la moitié d'Osnabrück avant d'arriver enfin à Lüstringen. Une banlieue pavillonnaire banale, où les enfants jouaient sur les trottoirs et où les ados désœuvrés zonaient autour des arrêts de bus.

« C'est dans un coin comme ça que j'ai grandi », murmura Charlotte, pensive. L'endroit où habitaient ses parents nourriciers ressemblait à celui-ci. Curieusement, elle n'avait gardé presque aucun souvenir de l'environnement où elle avait vécu auparavant avec sa mère et ses frères et sa sœur. La maison, les différentes pièces – tout était devenu flou.

Seule la salle de bains était restée gravée dans sa mémoire. Le carrelage années soixante-dix, vert avec des petites fleurs jaunes, l'armoire de toilette Allibert au-dessus du lavabo, avec l'ampoule de gauche qui clignotait tout le temps à cause d'un mauvais contact, les toilettes recouvertes d'une housse en peluche verte, et la baignoire beige, le gel douche bon marché posé sur le rebord… la baignoire où Stefan était mort.

« Tu es toujours en contact avec tes parents ? demanda Peter. Tu ne parles jamais d'eux. »

Charlotte sursauta. Son collègue lisait-il dans ses pensées ? « Non ! Et c'est délibéré », dit-elle d'un ton sec.

Il la regarda, surpris. « Excuse-moi. Je ne voulais pas être indiscret. »

Charlotte était furieuse contre elle-même. Pourquoi se montrer aussi désagréable ? Surtout avec Peter. « Non, non, ne t'en fais pas. Je suis désolée. C'est moi qui suis un peu sur les nerfs, en ce moment. Tu n'y es pour rien. »

Elle s'était évidemment posé la question : fallait-il renouer le contact avec sa mère ? Elle n'arrivait pas à se décider. En fait, elle avait plus ou moins résolu de ne plus s'encombrer d'aucun lien familial. Elle voyait sa sœur une fois par an au maximum, et encore, la plupart du temps elles se contentaient d'un coup de téléphone, poli mais lointain. Et ses parents nourriciers ? Elle avait beau les aimer beaucoup, jamais elle ne les avait considérés comme ses parents, plutôt comme un oncle et une tante.

Personne, ni elle ni ses frères ni sa sœur, ne savait ce qu'il était advenu de leur mère. Après que les services sociaux lui eurent retiré la garde de ses enfants pour les confier à des familles d'accueil, le contact s'était définitivement rompu.

À l'époque il n'était pas envisageable pour eux de partir à sa recherche. Primo, ils étaient trop petits, et secundo, il était très difficile d'obtenir des informations. Au temps où Internet n'existait pas encore, les services de protection de l'enfance étaient les seuls à pouvoir en donner. Or, selon la philosophie de la personne en charge du dossier, il fallait que les enfants puissent vivre en paix dans leur nouvelle famille.

Le père de Charlotte, lui, avait déserté bien avant la mort de Stefan pour démarrer une nouvelle vie en Espagne. Il avait manifestement oublié qu'il avait eu des enfants. On n'avait même pas pu lui faire part de la mort de Stefan, car personne ne savait où il était.

Quant à sa mère, elle n'avait jamais cherché non plus à avoir des nouvelles. N'aurait-elle pas pu passer au moins un petit coup de téléphone de temps en temps ?

Pendant longtemps, chaque fois que Charlotte pensait à ses parents, c'était avec un sentiment de colère et d'impuissance.

Aujourd'hui, elle voyait les choses d'un autre œil. Quelle épreuve cela avait dû être pour sa mère, quand son mari l'avait quittée pour une femme plus jeune, la laissant seule avec quatre enfants à élever. Dans les années soixante-dix, ce n'était pas du gâteau. Charlotte se souvenait vaguement que la plupart des amis de ses parents avaient pris leurs distances, convaincus sans doute que sa mère était elle-même responsable de sa situation. Si bien qu'elle s'était mise à boire.

« Je n'ai aucun souvenir de mon père, dit-elle enfin. Et je n'ai plus aucune relation avec ma mère depuis que j'ai été mise en famille d'accueil. » Son regard se perdit dans le paysage au-delà de la vitre. « Je devrais peut-être essayer de trouver son adresse..., ajouta-t-elle. Je ne sais pas...

– On n'a qu'une mère, dit Käfer. Désolé, je ne savais pas que c'était pour toi un sujet douloureux. »

Charlotte se contenta de hocher la tête. « C'est là, juste devant. » Elle désignait le panneau indiquant la direction de la maison paroissiale.

Un instant plus tard, ils pénétraient du même pas dans le bâtiment de brique hollandaise rouge. Le sol de linoléum gris venait d'être lavé et sur le mur étaient punaisées des photos prises lors de diverses fêtes paroissiales et religieuses. À côté de la pièce où se réunissait le groupe de prière biblique, ils trouvèrent la porte avec l'écriteau DOUX-AMER.

« Entrez, entrez ! » dit l'animateur du groupe, un homme affable d'une bonne soixantaine d'années, avec plein de rides autour des yeux et une superbe barbe blanche. Charlotte lui trouva des airs de Père Noël.

Dans la pièce lumineuse étaient rassemblées une grosse vingtaine de personnes d'âges divers. À côté d'une femme de quarante-cinq ans environ, très soignée, portant une parure coûteuse et un sac Louis Vuitton, était assise une jeune fille dans les vingt ans qui évoqua tout de suite à Charlotte « les quartiers où l'on donne dans les Kevin et les Mandy » dont avait parlé la directrice du jardin d'enfants. Elle avait rassemblé ses cheveux aux mèches décolorées en une queue-de-cheval assez ridicule au sommet de son crâne. Et son T-shirt hyper-moulant en révélait plus qu'il n'en cachait : notamment les tatouages qui couvraient ses épaules et ses bras.

Il n'y avait que trois hommes dans l'assemblée. S'engager dans un groupe de parole de ce genre serait donc plutôt une affaire de femmes, songea Charlotte.

L'animateur du groupe, auquel Peter avait parlé au téléphone, se présenta et expliqua aux autres la raison de leur visite.

« Si personne n'y voit d'inconvénient, je propose que Mme Schneidmann et M. Käfer posent tout simplement leurs questions et nous en parlerons ensemble, d'accord ? » demanda-t-il à la cantonade.

Murmures d'acquiescement et hochements de tête lui répondirent.

« Nous sommes à la recherche de cette femme », expliqua Käfer en distribuant à la ronde le portrait-robot. « Vous la connaissez peut-être. Elle est associée à un crime gravissime. Un enlèvement d'enfant, pour être précis. La victime est probablement toujours entre ses griffes, aussi tout indice, si infime soit-il, peut être utile. Il est capital pour nous que vous disiez tout ce qui vous vient à l'esprit à propos de cette femme, même des choses qui vous paraîtraient tout à fait secondaires. Tout peut avoir son importance. »

Charlotte prit le relais. « Qui d'entre vous la connaît ? Peut-être quelqu'un se souvient-il de son nom, de sa voiture ou d'un autre détail frappant ? »

Une jeune femme leva timidement la main. « Qu'est-ce que vous entendez par "frappant" ? demanda-t-elle.

– Par exemple un tatouage, ou un piercing. La femme portait fréquemment les boucles d'oreilles représentées sur le portrait-robot, expliqua Charlotte. Tout ce qui concerne cette femme est intéressant pour nous.

– Prenez tranquillement le temps de regarder le dessin », ajouta Käfer lorsqu'il eut terminé sa distribution.

Des chuchotements se firent entendre ici et là tandis que chacun considérait le portrait avec attention. Charlotte et Käfer observaient les réactions dans la salle. Si quelqu'un ici connaissait Tanja mais ne voulait pas le dire, il fallait qu'ils le repèrent.

« Jamais vue, dit un des hommes.

– Si, objecta la femme au sac Vuitton. Elle est déjà venue ici. Je me rappelle.

– Est-ce que son nom vous revient ? » demanda Käfer.

La femme secoua la tête. « Non. Il faut dire que ça remonte à un bon bout de temps.

– Quels souvenirs vous reste-t-il de cette femme ?

– À vrai dire, aucun. À part ses boucles d'oreilles. Pour le reste, elle était discrète et gentille.

– Vous a-t-elle dit qui était malade, dans sa famille ? Parents, enfant, mari ? Ou bien a-t-elle donné des indices permettant de le déterminer ? voulut savoir Käfer.

– Je me rappelle que j'ai justement trouvé ça bizarre, lança la jeune fille aux mèches jaunâtres. Ici, c'est toujours la première chose qu'on raconte. On commence presque chaque phrase par "Mon père a ceci" ou "Ma fille a cela". Je me souviens juste qu'elle a dit que le diabète était le dernier de ses soucis. Mais c'est ce qu'on essaie tous de croire, finalement.

– Que voulez-vous dire ? » demanda Käfer.

L'animateur du groupe ne laissa pas à la jeune fille le temps de répondre. « Peut-être faut-il que je commence par vous expliquer dans quel but un groupe comme le nôtre se constitue, dit-il. Beaucoup de gens se demandent pourquoi les proches de malades du diabète éprouvent le besoin de se rencontrer.

– Exact, dit Charlotte. J'imagine que l'entourage doit faire face à une situation difficile.

– Difficile, oui, approuva l'homme. Et quand on dit ça, on est encore au-dessous de la réalité. La plupart des personnes qui sont là aujourd'hui ont un proche dont il faut gérer la maladie, une forme de diabète particulièrement lourde. C'est un boulot à plein temps, en fait. Chez un malade gravement atteint, il est d'une importance vitale de ne pas perdre de vue le taux de sucre. » Il désigna la dame au sac Vuitton. « Prenez par exemple Mme Rösler. Son mari est alcoolique et on ne peut pas s'en remettre à lui pour faire régulièrement ses injections d'insuline. Pour le père de M. Schneider – le monsieur aux cheveux noirs, là-bas, à droite –, c'est pareil. Il souffre d'Alzheimer et ne peut pas assurer lui-même ses injections quotidiennes. Quant à Mme Kirsch, elle a un enfant qui s'est révélé très tôt diabétique. » L'animateur désignait la femme qui se souvenait de Tanja. « Toutes ces personnes assument la lourde responsabilité de patients incapables de surveiller eux-mêmes leur taux de sucre. Ils doivent repérer les symptômes, surveiller l'alimentation et l'hydratation du malade et, si besoin est, ruser pour le soigner convenablement. C'est pourquoi l'échange avec d'autres qui sont dans le même cas est très précieux. » Il fit une brève pause avant de poursuivre. « Je suis moi-même concerné. Ma femme diabétique a eu une attaque. À part les moments où je viens ici, je m'occupe d'elle vingt-quatre heures sur vingt-quatre. Comme elle n'est plus capable d'aucune réaction, aucun signe extérieur ne me renseigne sur son taux de sucre. Aussi est-il vital d'être attentif au moindre détail. Et naturellement nous devons aussi penser à nous, les soignants. Nous aussi, nous avons parfois besoin d'être réconfortés, nous avons besoin de parler avec quelqu'un qui nous comprenne et nous aide à faire front. Et les gens touchés par le même problème sont les meilleurs interlocuteurs.

– Je comprends tout à fait, dit Charlotte. Si le diabète n'était pas le problème de la femme que nous cherchons, quelqu'un ici se souvient-il de quelle autre maladie souffrait son parent – ou sa parente ?

– C'était *un* parent, dit la fille aux cheveux jaunes. Je suis à peu près sûre qu'elle a dit quelque chose comme "Mon Klaus". Je lui ai demandé s'il s'agissait de son mari ou de son fils, ou encore de son frère, mais elle ne m'a pas répondu. »

Charlotte écoutait de toutes ses oreilles. « Vous êtes certaine que le nom, c'était bien *Klaus* ? »

La jeune fille haussa les épaules. « Quasiment sûre. En tout cas c'était un prénom masculin, et je crois bien, oui, que c'était *Klaus*.

– ... *il est tout le temps bizarre*..., murmura Charlotte.

– Pardon ? » demanda Peter, mais elle se contenta de secouer la tête.

« Et cette femme n'a pas précisé si ce Klaus souffrait d'une maladie invalidante ? demanda-t-elle. Si par exemple il était dépendant ? S'il avait une prothèse, s'il avait besoin d'un fauteuil roulant, ou d'un respirateur ? »

Personne ne se souvenait.

« Combien de fois cette femme est-elle venue à vos réunions ? voulut savoir Käfer.

– Je ne peux pas vous dire avec précision, répondit l'animateur du groupe. Deux ou trois fois peut-être, c'est ce qu'il me semble. La première fois, elle s'est contentée d'écouter, je me rappelle. Plus tard, elle a posé une ou deux questions. Quand il y a eu le grand congrès, celui où se retrouvent des groupes de parole venus de toute l'Allemagne, elle avait l'intention de venir. Et puis on ne l'a plus revue.

– Quelqu'un d'entre vous a-t-il remarqué dans quelle voiture elle roulait ? »

Pas de réponse.

« Je l'ai vue une fois à l'arrêt du bus, dit Mme Rösler.

– De quel bus ? Vous vous souvenez ? demanda Käfer.

– Celui qui se trouve juste en face d'ici.

– OK. Je souhaiterais revenir sur la raison principale pour laquelle vous vous réunissez, à savoir échanger vos expériences et les différentes astuces que vous avez pu mettre au point pour vous faciliter la vie avec vos malades, dit Charlotte. Est-ce que parmi vous quelqu'un se souvient d'avoir communiqué à cette femme un conseil pratique de ce genre ? Ou à l'inverse, aurait-elle eu, de son côté, un truc utile à partager ? »

Il y eut une longue minute de silence. Que vint rompre Mme Rösler.

« Je me souviens d'une chose qu'elle a dite. Et qui m'a donné à réfléchir, d'ailleurs.

– Qu'a-t-elle dit ? voulut savoir Charlotte.

– Elle m'a demandé pourquoi je me donnais tant de mal pour mon mari. C'était un alcoolique et il n'avait qu'à s'en prendre à lui s'il était malade. Voilà ce qu'elle m'a dit. Que c'était un égoïste et qu'il devait assumer seul les conséquences de son attitude. Qu'il ne méritait pas ma sollicitude.

– Je vois », dit Charlotte en prenant quelques notes. « Un patient coupable de son sort, en quelque sorte. »

La femme acquiesça. « Ça m'a rendue vraiment furieuse, à l'époque. Comment peut-on raisonner ainsi ? La maladie comme punition... Je sais que je lui ai alors demandé si les malades du sida, eux aussi, devaient se considérer comme coupables de leurs souffrances. Elle a haussé les épaules sans répondre et elle s'est détournée. » Mme Rösler avait les larmes aux yeux. « Il y a beaucoup de gens qui ne voient pas que la dépendance alcoolique de mon mari est une vraie maladie. Et ce n'est pas sans raison qu'il est devenu alcoolique, il y a quelque chose derrière, un problème qui fait qu'on en est arrivés là. »

Comme dans le cas de ma mère, songea Charlotte malgré elle. Et soudain, elle eut une envie furieuse d'être ailleurs, de quitter cette pièce où était venue se concentrer tant de souffrance et où, brusquement, elle se sentait à l'étroit, près d'étouffer.

Quand Katrin tourna pour s'engager dans sa rue, elle éprouva une brève sensation de légèreté. C'était comme si elle rentrait à la maison. Mais cela ne dura pas. Une petite voix intérieure la rappela aussitôt à l'ordre : non, ce n'était plus sa maison, son foyer, tant que Leo n'était pas de retour.

La veille au soir, après avoir mangé en silence, assise en face de sa mère à la table de la cuisine, se forçant à avaler quelques bouchées de la tourte aux pommes de terre, elle avait longuement cherché parmi les dossiers des patients de son père, mais la récolte était maigre.

Déchiffrer et interpréter les nombreuses abréviations de termes médicaux était beaucoup plus compliqué qu'elle ne l'avait imaginé. Heureusement, elle avait découvert sur le bureau un *Lexique des notions médicales*. Mais elle avait eu du mal à s'y retrouver dans la jungle des mots latins. Pour être honnête, elle devait reconnaître que ça lui avait fait du bien, d'une certaine façon, car ce travail intellectuel l'avait paradoxalement distraite de ses préoccupations. Et puis le sentiment de pouvoir faire quelque chose, enfin, de participer à sa manière à la recherche de son fils, n'avait pas de prix.

Elle était donc partie en voiture pour aller prendre quelques affaires à la maison, deux ou trois vêtements un peu moins chauds et les produits de beauté qu'elle avait oublié d'emporter quand elle était partie comme une voleuse, sous le coup de l'émotion, après la confession de Thomas. Non, elle n'était pas prête à se réconcilier avec lui, il s'était passé trop de choses, mais elle voulait lui raconter ce qu'elle avait appris de la bouche de Margarethe Brenner et aussi qu'elle épluchait les dossiers du cabinet. Du moins s'il était là, et pas à son travail.

Quoi qu'il en soit, elle avait aussi besoin d'aller dans la chambre de Leo, de respirer son odeur, de serrer contre elle ses peluches. Son fils lui manquait tellement que tout son corps lui faisait mal dès qu'elle pensait à lui. Et faisait-elle autre chose que de penser à lui ?

Un policier en uniforme était en train de descendre la rue, et Katrin sentit son ventre se nouer d'un coup. Se rendait-il chez eux ? Pour leur apporter l'horrible nouvelle que Leo… ?

« Allons, ce n'est qu'un agent de la circulation », se dit-elle à voix haute. « Leo est vivant ! N'en doute jamais ! »

Elle se ressaisit, gara sa voiture devant la maison et en descendit. Détail curieux, la fenêtre de la cuisine était ouverte et on entendait des voix à l'intérieur. La télévision était-elle restée allumée ?

Elle regarda sa montre. Presque deux heures. D'un pas résolu, elle alla vers la porte, l'ouvrit et entra dans le vestibule.

« Thomas ? » appela-t-elle. Elle ouvrit de grands yeux quand, regardant autour d'elle, elle vit le blouson de Thomas par terre, ses chaussures au milieu du couloir, sa sacoche renversée, son téléphone portable sur le plancher.

Prudemment, Katrin s'avança dans le séjour. Thomas dormait, avachi sur le canapé, un sac de biscuits d'apéritif ouvert dans sa main. Les voix mal doublées d'un quelconque feuilleton américain braillaient sur l'écran. Katrin attrapa la télécommande posée à côté de Thomas sur le canapé et éteignit.

Une série de bouteilles de vin vides étaient alignées sur la table basse, des sachets de chips froissés jonchaient le sol, ça puait l'alcool et le rance. Katrin ouvrit grand la fenêtre et laissa entrer l'air frais du jardin.

« Thomas ? »

Pas de réaction.

Elle s'approcha de lui, s'agenouilla et lui secoua doucement l'épaule. « Thomas, qu'est-ce qui t'arrive ? Thomas ! »

Dans un demi-sommeil, il repoussa machinalement son bras. « Lâche-moi ! » dit-il d'une voix pâteuse.

« Thomas ! » répéta-t-elle d'une voix plus forte.

Il ouvrit les yeux et la regarda, hébété.

« Ah, c'est toi… » Il se redressa. « Excuse-moi. »

Katrin fronça les sourcils. « Comment ça "c'est toi" ? Tu attendais quelqu'un d'autre ?

– Non, non ! répondit Thomas précipitamment. C'est juste que je suis surpris… C'est super que tu sois venue. » Il se redressa, posa le paquet de biscuits d'apéritif sur la table basse et se frotta le visage avec les mains.

Katrin l'observait. « Comment se fait-il que tu sois à la maison et pas au travail ?

– Je… Je n'ai pas pu. J'ai essayé mais je n'ai pas réussi à y aller. Et puis j'ai un peu trop bu. Voilà, c'est tout. »

Elle s'assit à côté de lui. D'un seul coup, la pitié la submergea. Dans quel état le retrouvait-elle ? Thomas… lui qui était toujours tellement maître de lui, tellement actif, concentré, vraiment pas le type pour lequel on s'inquiète.

Du moins Katrin l'avait-elle toujours cru.

Le voir comme ça, désemparé, défait, nourrissant l'espoir pathétique de noyer ses soucis dans le vin rouge, ça lui fendait le cœur. Elle prit sa main et la serra.

« Je suis désolé, articula-t-il péniblement. Tu n'as plus confiance en moi… et tu as sans doute raison. »

Katrin secoua la tête. « Écoute-moi, le vrai problème, ce n'était pas les autres femmes…

– Je sais, la coupa Thomas. Je n'aurais pas dû t'accuser de ce qui est arrivé. Je t'ai profondément blessée. »

Katrin se taisait.

« Je ne le pensais pas vraiment. Il faut que tu me croies. J'étais si désespéré…

– Peu importe les mots que tu mets dessus, le fait est que tu as cru que j'avais quelque chose à voir avec ce qui s'est passé, et ça m'a atteinte à un point, tu ne peux pas savoir. » Katrin reprit son souffle. « Mais maintenant nous devons rester solidaires, malgré tout.

– Oui », dit Thomas.

Leurs regards se rencontrèrent mais tous deux se hâtèrent de détourner les yeux.

« Tu reviens à la maison ? » demanda Thomas prudemment.

Katrin hésita. « Demain, peut-être », dit-elle enfin. « Mais pas aujourd'hui. J'ai une chose à terminer, d'abord. Hier soir, j'ai trouvé les dossiers des patientes de mon père. Je dois continuer à les parcourir, peut-être que je trouverai un indice.

– Je pourrais t'aider, si tu veux… »

Katrin secoua la tête. « Non, merci. Je préfère faire ça toute seule. »

Thomas acquiesça. « Merci. Merci en tout cas d'être revenue. »

Ils demeurèrent un moment assis côte à côte en silence. Katrin était contente de s'être forcée à pardonner à Thomas. C'était peut-être bon signe. Signe que tout allait s'arranger désormais. Mais aussitôt, la même pensée affreuse revint la torturer une fois de plus. Et si rien ne pouvait plus s'arranger, plus jamais ? S'ils n'avaient devant eux qu'un avenir sombre et sans espoir ? Si Leo... ?

« Je me sens si misérable quand je pense que Leo n'est peut-être plus en vie », dit-elle en étouffant un sanglot.

Thomas la prit dans ses bras et la serra contre lui. « Il est vivant. C'est obligé. Il le faut. » Katrin se dégagea de son étreinte et le regarda, les yeux brillants de larmes. « Je me dis toujours que je le saurais, je le sentirais s'il était mort. Je suis sa mère, ce n'est pas possible que je ne le sente pas ! » Thomas opina. Sa lèvre inférieure tremblait. Il la reprit dans ses bras, cacha son visage dans son cou et ses larmes mouillèrent la nuque de Katrin. « Il est vivant. Il le faut ! »

« Pourquoi tu es partie si vite ? Ça n'allait pas ? » demanda Käfer en se postant à côté de Charlotte qui consultait le plan de la ligne sur la vitre de l'abribus.

« J'avais besoin d'air », répondit-elle sans détacher son regard du plan. « Il y a un bus pour le centre-ville toutes les dix minutes. Le terminus, c'est Neumark, on ne peut pas rêver plus central. Tu crois que Tanja habite à Osnabrück ? »

Käfer haussa les épaules et regarda le plan à son tour. « À moins qu'elle ne soit descendue deux arrêts avant, à la gare centrale, et qu'elle ait pris le train pour Münster.

– En tout cas, elle prenait la voiture pour aller voir ce fameux Klaus, avec Ben », réfléchit tout haut Charlotte. « Ben a dit que Klausi habitait dans une grande forêt...

– Ce qui ne nous avance pas à grand-chose. Les forêts, dans le coin, ce n'est pas ce qui manque. Il y en a tout autour de Münster... »

Charlotte fit la grimace et se dirigea vers la voiture. « Examinons encore une fois tous les éléments dont nous disposons, on trouvera peut-être un indice quelconque qui nous aurait échappé. »

Ils montèrent dans le véhicule et Käfer démarra.

« Nous devons partir de l'hypothèse que ce Klaus est très malade, commença Charlotte.

– Et que ce n'est pas un malade “coupable de son sort”.

– Exact. Il n'est pas tombé malade par sa faute. Peut-être a-t-il été blessé dans un accident...

– Que Franz Wiesner aurait provoqué ?

– C'est envisageable, approuva Charlotte. Ou alors c'est quelqu'un d'autre dans la famille Wiesner/Ortrup qui en est responsable. Ou du moins à qui Tanja impute la responsabilité.

– C'est-à-dire ?

– Il existe ce qu'on appelle une “projection de responsabilité”. Quand par exemple un automobiliste subit un dommage lors d'un accident qu'il a causé en faisant une manœuvre d'évitement. Imagine : un enfant traverse la chaussée en courant, tu veux l'éviter et tu rentres dans un arbre. On peut tout à fait envisager que tu considères l'enfant comme responsable de tes blessures, même s'il n'y est objectivement pour rien.

– Je comprends, dit Käfer. Mettons que cet enfant, c'était Leo, et que c'est le mari de Tanja qui a été grièvement blessé en voulant éviter de le renverser...

– Klaus n'est pas son mari, l'interrompit Charlotte.

– Est-ce complètement exclu ? » Käfer s'engagea sur le tronçon de nationale qui menait à l'autoroute.

« Si ton mari est gravement malade, tu ne parles pas avec autant de mépris du mari d'une autre femme, expliqua Charlotte.

– Et si le couple va à vau-l'eau ?

– Dans ce cas, tu ne soignes pas ton mari malade. Tu demandes le divorce et tu le laisses se dépatouiller tout seul. » Elle se tourna vers Käfer. « Si tu étais une femme, quelle est la dernière personne que tu abandonnerais à son sort ? Si l'on en croit les statistiques, en tout cas.

– Mon enfant.

– Tout juste. Toutes les études le prouvent ou presque. On est toujours beaucoup plus disposé à faire porter le chapeau à des parents ou à des frères et sœurs qu'à des enfants qu'on a portés et mis au monde.

– Notre ravisseuse aurait donc un enfant à elle gravement malade, et elle enlève Leo pour en faire son deuxième enfant, en bonne santé celui-là… ?

– C'est possible », dit Charlotte.

Ce fut au tour de Käfer de secouer la tête. « Ça ne colle pas, dit-il. Pourquoi alors cette fixation sur les Ortrup ? Pourquoi n'a-t-elle pas kidnappé le petit Ben ? Ç'aurait été beaucoup plus facile pour elle, elle le gardait tous les jours. Et pourquoi a-t-elle assassiné Franz Wiesner ?

– Parce qu'elle rendait Franz Wiesner, ou peut-être même Leo, responsable du mal dont souffre son fils.

– Incriminer un enfant de trois ans ? objecta Käfer, sceptique.

– Selon sa vision à elle. Il faut que tu voies tout cela de son point de vue : nous savons qu'il existe un certain Klaus, et beaucoup de choses nous incitent à penser qu'il est gravement malade. Je pose l'hypothèse que ce Klaus est son fils mais, par mesure de précaution, je te l'accorde, nous ne devons pas exclure complètement à ce stade qu'il puisse s'agir d'un mari ou d'un frère.

– OK.

– Tanja ayant joué pendant des semaines la baby-sitter

pour le petit Ben sans avoir la possibilité de s'occuper d'un malade, que ce soit son fils, son mari ou son père, nous pouvons en déduire que ce Klaus vit dans une institution quelconque, dit Charlotte. Autrement dit, il faut que nous passions en revue tous les établissements dans lesquels il pourrait se trouver. À Münster, à Osnabrück, et dans les environs. »

Käfer opina. « Cela paraît un bon point de départ. Et comme nous ignorons quel âge a ce Klaus, il faut tout envisager : les maisons de retraite, les foyers pour enfants, les établissements pour handicapés…

– … les résidences médicalisées, les hospices et même les cliniques, ajouta Charlotte.

– Et sans savoir à quoi ce gars ressemble, ni même s'il ne vit pas dans sa propre maison et bénéficie de soins en ambulatoire… » Käfer soupira. « On n'est pas sortis de l'auberge.

– Tu as raison, il ne faut pas oublier les services de soins en ambulatoire.

– Mon Dieu, mais tu sais combien il y en a !

– Non, mais ne t'emballe pas. Je ne vais pas leur téléphoner à tous personnellement.

– Ce sont les collègues qui vont être contents », grommela Käfer.

Ils s'engagèrent sur l'autoroute qui fort heureusement était dégagée, si bien qu'ils roulèrent à bonne allure.

« Il faudra qu'ils s'intéressent en priorité aux établissements situés dans un bois ou au milieu d'un parc, précisa Charlotte. Peut-être qu'on arrivera de cette manière à circonscrire un peu les recherches. »

Dès qu'ils furent de retour au commissariat, Peter s'assit devant son téléphone. Peu après, il alla trouver Charlotte, un papier à la main.

« Qu'est-ce que c'est ? » demanda-t-elle en découvrant sur la feuille une liste interminable de chiffres.

« Un numéro de téléphone. À Astrakhan, répondit-il. Et le téléphone de qui ? Devine. »

Charlotte haussa les épaules. « Astrakhan ? C'est où, ça ? En Russie ? »

Käfer opina. « Au bord de la mer Noire. Et qui habite là ? À ton avis ? Hein ?

– Désolée, mais je ne comprends rien à ce que tu racontes.

– Elena et Boris Rustemovic !

– Les parents de...

– De Tite Fraise ! Exactement !

– Bravo, dit Charlotte, bluffée.

– Ce n'était pas si difficile. » Peter fit la grimace. « Grâce à l'administration et aux déclarations obligatoires de changement de domicile. La bureaucratie a du bon, quelquefois.

– Tu parles russe ?

– Non.

– Dans ce cas, nous n'avons plus qu'à espérer que ces deux-là n'ont pas complètement oublié leur allemand », dit Charlotte en composant le numéro. Elle mit le haut-parleur afin que son collègue puisse suivre la conversation.

On entendit un peu de friture sur la ligne, puis un bourdonnement sourd et enfin une sonnerie lointaine. À l'autre bout du fil, on décrocha.

« Allô », dit une voix de femme assez rauque.

« Je parle bien à Mme Elena Rustemovic ? »

La femme hésita un instant. « Oui.

– Je suis Charlotte Schneidmann, de la police criminelle allemande de Münster, en Allemagne. Vous me comprenez ? »

À nouveau, Charlotte n'entendit plus qu'un vague bourdonnement et craignit que la communication ne soit interrompue.

« Oui, dit enfin la femme. Que me voulez-vous ?

– Il s'agit de votre fille Annabell...

– Annabell est morte.

– Nous le savons, dit Charlotte. Pouvez-vous nous dire pour quelle raison votre fille s'est suicidée autrefois ? »

Elle crut entendre un sanglot étouffé.

« Madame Rustemovic, reprit-elle d'une voix plus douce, je sais que c'est très douloureux pour vous...

– ... Mon enfant unique... Pourquoi m'obligez-vous à... » Elena Rustemovic pleurait vraiment, cette fois.

« Je sais. Je suis sincèrement navrée. Mais il est très important que vous nous disiez ce qui s'est passé à l'époque. »

Nouveaux sanglots.

« Pourquoi votre fille s'est-elle ôté la vie ? insista Charlotte. A-t-elle laissé une lettre d'adieu, une explication quelconque ?

– Non. Elle était si triste. Elle pleurait tout le temps. Mon mari était furieux, il lui a dit qu'elle était une mauvaise personne... Il l'a punie parce qu'elle était la honte de la famille. Et Annabell était tellement malheureuse... C'est la tristesse qui l'a tuée...

– Et pourquoi était-elle si triste ?

– Elle avait changé. Elle était devenue une mauvaise personne..., articula Mme Rustemovic entre deux hoquets.

– Une mauvaise personne ? Vous voulez dire qu'elle avait fait des bêtises ? »

Silence à l'autre bout du fil.

« Vous êtes toujours là, madame ? Je vous en prie, madame Rustemovic, il faut que nous sachions. » Elle regarda Käfer et leva les yeux au ciel. « Un enfant a été enlevé. Nous ne le retrouverons que si vous nous aidez.

– Un enfant... » Mme Rustemovic s'éclaircit la voix. « Annabell est allée avec des hommes, avec plein d'hommes. C'était la honte de la famille... »

Charlotte soupira. Annabell Rustemovic avait apparemment mené une vie qui n'était pas du goût de ses parents, dont la culture paraissait plus que traditionnelle. Bon. Mais de là à se suicider… Difficile à comprendre.

« … la honte de la famille », répéta Mme Rustemovic.

Charlotte remercia la mère d'Annabell et raccrocha. « On n'obtiendra rien de plus de cette femme, dit-elle, déçue.

– Et maintenant ? » demanda Käfer, qui regardait vaguement par la fenêtre.

Charlotte réfléchissait. *La honte…* Pourquoi répétait-elle sans arrêt ce mot ?

Et soudain, elle sut ce que cela voulait dire. Elle aurait dû y penser tout de suite. Annabell était tombée enceinte. Voilà pourquoi elle s'était suicidée. Peut-être le père de l'enfant l'avait-il abandonnée ? Ou alors il s'agissait d'un viol ? Mais qui était le père ? Thomas Ortrup ? Franz Wiesner ? Ou ce fameux Klaus ?

Non, ce ne pouvait pas être Klaus. Tout donnait à croire qu'il était gravement malade et sans doute incapable de commettre un acte de violence.

Elle but une longue gorgée d'eau minérale de la bouteille qu'elle avait toujours sur son bureau.

Tanja, Annabell et Klaus… Quelque chose reliait ces trois personnes. Avaient-elles vécu ensemble une expérience terrible ? Une expérience qui les soudait à jamais ? Et qui avait un rapport avec Franz Wiesner et les Ortrup ?

Charlotte soupira. L'image de Tanja et d'Annabell se précisait de plus en plus, mais ce Klaus restait dans le flou. De quelque manière qu'elle s'y prenne, elle n'arrivait pas à voir le personnage. La recherche d'empreintes dans la maison des Wiesner n'avait pas permis de découvrir un ADN inconnu, Klaus n'y avait probablement jamais mis les pieds. Et pourtant, c'était lui la clé de toute cette affaire. Elle le sentait bien.

« Il faut qu'on retourne voir Thomas Ortrup. Si ça se trouve, il y avait quelque chose entre Annabell et lui. Je suis persuadée qu'elle était enceinte et que c'est pour ça qu'elle s'est suicidée. Elle s'est sentie déshonorée. Ce n'est pas pour rien que sa mère a employé trois fois le mot *honte.* »

Käfer acquiesça. « Je suis d'accord avec toi. Mais nous devrions aussi reparler avec Mme Wiesner. Ce pourrait tout aussi bien être son mari qui a eu une histoire avec Annabell. Peut-être la veuve garde-t-elle le silence par peur des ragots…

– Tu as raison, reconnut Charlotte. Il existe forcément un lien entre Tanja, Annabell et la famille Ortrup, ou plutôt Wiesner. Je vais parler avec Luise Wiesner. »

Le linge était posé sur son lit, soigneusement rangé par piles selon la couleur.

Avait-elle pensé à tout ? Il pouvait faire froid au bord de l'eau, et la priorité était de se protéger du vent. Il ne fallait surtout pas avoir à aller chez le médecin. Les premières semaines devaient se passer dans une discrétion totale.

Ce matin, elle avait réglé les derniers points importants. Elle avait parlé avec le gentil M. Lichter et l'avait mis au courant de son prochain voyage. Il croyait naturellement qu'il s'agissait juste de vacances, d'un petit séjour de deux semaines au soleil, elle pouvait difficilement lui dire qu'elle partait pour la mer Caspienne et ne reviendrait jamais.

Elle emballa les documents que lui avait donnés Annabell autrefois et qui la désignaient comme propriétaire de la petite datcha, elle ajouta dans la valise les clés et le dictionnaire. L'argent, c'était bon, elle en avait assez.

Son regard effleura les seringues et les ampoules posées à côté des vêtements. Les médicaments qu'elle avait commandés n'étaient malheureusement pas encore arrivés. Ils ne pouvaient pas partir sans.

Elle ne se mettrait pas en route sans une provision suffisante pour trois mois au moins, ç'aurait été beaucoup trop risqué. Qui sait si là-bas l'approvisionnement médical était vraiment aussi bien assuré que le décrivait Internet.

Aujourd'hui ou demain, peu importe, songeait-elle. Elle

avait bien fait de prévoir un stock de ruban adhésif. C'était beaucoup mieux que la corde à linge.

Elle alla dans la cuisine, ouvrit le réfrigérateur, sortit la crème fraîche, le beurre et les œufs. Comme dîner d'adieu, elle avait l'intention de préparer un superbe gâteau.

Charlotte apprit de Katrin Ortrup que sa mère était partie à l'église et qu'elle irait sans doute ensuite se recueillir sur la tombe de son mari.

« Elle a aussi dit que le nom de Klaus ne lui était pas inconnu. Mais elle n'arrive malheureusement pas à se souvenir plus précisément », raconta-t-elle à Peter, qui s'apprêtait à partir pour aller de son côté interroger Thomas Ortrup, cette fois au sujet d'Annabell.

« Et si ce Klaus était tout simplement un ami de la famille ? » suggéra-t-il.

Charlotte sourit. « Ben voyons. Tu es un petit rigolo, toi. Plus sérieusement : Katrin Ortrup m'a dit que ses parents ont toujours été engagés dans des activités sociales. Son père a soigné gratuitement des prostituées pendant des années et sa mère s'occupait de la collecte de vêtements à l'église. Elle pense qu'il y a peut-être un Klaus parmi les bénévoles de la paroisse.

– Ouais. » Peter fit la moue. « À vrai dire je n'y crois pas trop.

– Katrin Ortrup a dit un autre truc intéressant, ajouta Charlotte. Elle a retrouvé les vieux dossiers des patientes de son père. C'est une source d'information possible. Je passerai les prendre ensuite.

– Ça roule », dit Peter et il se replongea dans les comptes rendus des entretiens que ses collègues avaient menés avec le personnel des établissements de soins de la périphérie de Münster.

Soudain, il fronça les sourcils. « Il ne peut pas s'agir d'un hasard, murmura-t-il.

– Quoi donc ? » demanda Charlotte, qui était déjà sur le seuil, prête à partir.

Il prit une feuille de papier, écrivit quelques mots et la lui tendit. « Regarde sur quoi je viens de tomber. »

Elle prit le papier et ouvrit des yeux ronds.

Peter l'observait. « N'est-ce pas… ? »

Charlotte hocha la tête. « C'est une maison médicalisée ?

– *Foyer du Soleil.* À la sortie de la ville, direction Hiltrup.

– Merci. »

Il y avait aussi un numéro de téléphone sur le papier. Et un nom.

Agnes Schneidmann.

Le nom de sa mère.

Käfer jaugeait d'un œil critique la silhouette avachie de Thomas Ortrup dans l'encadrement de la porte. Il ne restait plus grand-chose de la fière allure qu'il avait à jeun. Manifestement, il était soûl comme une vache. Il tenait dans la main un verre avec un fond de vin rouge.

« Entrez », dit-il d'une voix pâteuse.

Käfer regarda le verre et entra. Il choisit d'aller droit au but. « Je ne vous retiendrai pas longtemps. Il s'agit d'Annabell Rustemovic. Elle travaillait autrefois à la *Casa Alecto.*

– J'ai déjà parlé de Tite Fraise avec votre collègue…

– Je sais, l'interrompit Käfer. Mais il faudrait que vous vous creusiez un peu la mémoire, monsieur Ortrup. Êtes-vous bien sûr qu'il n'y a jamais rien eu entre vous et Annabell Rustemovic ? Réfléchissez. »

Ortrup haussa les épaules. « Si vous croyez que je me souviens !

– Annabell attendait-elle un enfant de vous ? »

Ortrup le fixa avec des yeux ronds. « Mais non ! Évidemment que non ! » Il prit son visage dans ses mains et un sanglot fit tressauter ses épaules. Larmes d'ivrogne, songea Käfer.

« Et votre assistante, Carmen Gerber ? Elle est dans le coup ? »

Il ne répondit pas, mais se mit à sangloter plus fort.

Käfer se leva. Il n'obtiendrait rien de plus de ce type pour l'instant. « Je reviens d'ici peu, monsieur Ortrup. D'ici là, tâchez de vous souvenir. »

L'église Sainte-Élisabeth était un bâtiment typique des années soixante, un rectangle de béton sans la moindre décoration. On dirait un bunker plutôt qu'une église, songea Charlotte. Elle n'était pas très branchée religion mais tant qu'à faire, si elle avait eu à choisir, elle aurait vraisemblablement opté pour le catholicisme. Le faste de l'Église romaine, les chasubles ouvragées des prêtres, l'encens et les dorures lui paraissaient infiniment plus attrayants que l'austère sobriété des protestants. Pourtant, rien de tel ici... L'édifice peint en jaune était relativement petit, mais la paroisse n'était pas très étendue non plus. Du côté droit s'ouvrait la sacristie, à côté il y avait le bureau du prêtre. Charlotte poussa la porte de l'église, mais elle arrivait manifestement trop tard. La messe était déjà finie. Il n'y avait plus que le curé qui s'affairait près de l'autel.

Charlotte le rejoignit. Dans l'air flottait ce parfum de résine, un peu entêtant, propre à l'encens. « Bonjour. Vous êtes le prêtre en charge de la paroisse ? »

L'ecclésiastique se retourna et lui sourit aimablement. « Oui, effectivement. Je suis le curé Baumgarten. Et à qui ai-je l'honneur ? »

Charlotte lui montra sa carte de police et se présenta. « Connaissez-vous Luise Wiesner ? demanda-t-elle.

– Bien entendu. Elle assistait d'ailleurs à la messe tout à l'heure. Elle a voulu aller se recueillir ensuite sur la tombe de son mari. Vous la trouverez au cimetière, tout au bout, sur l'allée centrale. » Son expression devint grave. « Grâce à Dieu, il a trouvé la paix.

– Il me manque une information. Peut-être pourrez-vous m'aider. Je suis à la recherche d'une personne sur laquelle j'ai malheureusement très peu d'éléments, dit Charlotte. Son prénom est Klaus. Se pourrait-il que ce soit quelqu'un qui travaille à la collecte de vêtements de votre paroisse ?

– Une collecte de vêtements dans notre paroisse ? » demanda le curé, interloqué. « Vous devez vous tromper. Nous n'avons jamais pratiqué ici ce genre de collecte. Sainte-Élisabeth est une toute petite paroisse, vous savez. Même si nous le voulions, nous ne récolterions pas de quoi alimenter une collecte digne de ce nom. Et puis le bénévolat est une chose qui se perd, malheureusement. Une vie paroissiale avec des jeunes qui participent, qui se soucient du bien-être des anciens, qui pratiquent l'engagement social, ça ne se trouve plus guère de nos jours. Croyez bien que je le déplore. »

Charlotte était contrariée. Katrin Ortrup lui avait pourtant bien raconté que sa mère était en charge de la collecte de vêtements de la paroisse depuis des années. Il est vrai qu'elle lui avait aussi fait part de sa surprise en découvrant au grenier des sacs entiers de vêtements usagés destinés en principe à la fameuse collecte. Tout cela était plutôt étrange. S'agissait-il d'une autre paroisse que celle-ci ? Non, une confusion semblait impossible.

« Savez-vous quelles paroisses dans la région de Münster ont une collecte de vêtements ?

– Seulement les plus importantes, dit le prêtre. Saint-Paul en a une, et Saint-Lambert aussi, à ma connaissance. Sinon, il faut chercher du côté des associations caritatives, par exemple Caritas. Mais je ne peux évidemment pas vous dire si vous trouverez là ce dénommé Klaus que vous cherchez.

– Mme Wiesner aurait pu vous donner des vieux vêtements pour un autre usage. Je ne sais pas, moi, pour un orphelinat par exemple, ou un foyer de sans-abri ?

– Mme Wiesner ne m'a jamais apporté de vêtements, je regrette, déclara le père Baumgarten.

– Au fond, est-ce que vous connaissez bien la famille Wiesner ? » demanda Charlotte de façon assez abrupte.

« Je connais Mme Wiesner beaucoup mieux que son défunt mari. Pour tout dire, je le voyais assez peu. Elle, en revanche, fréquente régulièrement la messe. Alors nous bavardons de temps en temps. Et puis c'est moi qui la confesse. Mais un engagement social au sein de la paroisse... non, de la part de Mme Wiesner je n'ai rien vu de tel. » Il réfléchit. « J'ai plutôt l'impression que la messe, pour elle... comment dire... représente une sorte de fuite. Je suis convaincu que la foi l'a aidée par le passé à supporter bien des choses.

– Quoi, par exemple ? » demanda Charlotte, très intéressée tout à coup.

Le prêtre fit aussitôt machine arrière. « Non, je disais ça... C'est juste une supposition, voyez-vous.

– Je ne le crois pas, non. Qu'a-t-elle donc eu à supporter ?

– Dieu nous soumet toujours à de nouvelles épreuves dans le but de tester notre...

– Père Baumgarten, je vous en prie. Ne nous égarons pas », l'interrompit Charlotte.

Le curé se tourna vers l'autel, prit la bible et la ferma. « La foi peut apporter un réconfort quand on se trouve dans une situation difficile, dit-il enfin. Et Mme Wiesner a eu besoin de ce réconfort, d'une certaine façon. »

Charlotte soupira. La langue de bois de l'Église lui tapait furieusement sur les nerfs. « Et pourquoi Mme Wiesner a-t-elle eu besoin de réconfort ?

– Écoutez, je ne peux pas vous en dire plus. Ce sont juste des choses qui se racontent dans notre petite communauté.

– Mon père, écoutez-moi, dit Charlotte sèchement. Un enfant a été enlevé, et il semblerait qu'il existe un lien entre la femme qui a commis ce rapt et le défunt M. Wiesner.

– Mon Dieu ! Mais j'ignorais cela ! » Le prêtre avait blêmi.

« Alors dites-moi ce qu'on raconte », demanda impatiemment Charlotte.

Le père Baumgarten s'éclaircit la gorge et dit, baissant la voix : « Son mari s'est occupé de prostituées il y a bien des années, il les soignait gratuitement.

– Je sais. Et alors ? »

Il prit une profonde inspiration avant de poursuivre. « Mme Wiesner a eu, semble-t-il, le soupçon que les choses n'en restaient pas là. Le bruit a couru qu'elle souffrait beaucoup de cette situation.

– À votre avis, qu'est-ce qui pouvait bien se passer dans ce cabinet médical ?

– Je n'en sais rien. D'ailleurs je préfère ne rien m'imaginer du tout.

– Des jeux sexuels après l'heure de la fermeture… »

Le prêtre leva les mains comme pour repousser cette pensée impure. « Je vous en prie ! Mme Wiesner est une chrétienne fervente, elle respecte les traditions et la morale dans notre société marquée par une regrettable décadence des mœurs. » Il joignit les mains. « J'ai prié pour elle et pour son époux.

– Ça lui a fait une belle jambe.

– Pardon ?

– Non, rien. » Charlotte lui remit sa carte. « Si autre chose vous revient en mémoire, n'hésitez pas à m'appeler. »

Katrin était découragée. La pile des dossiers à examiner baissait à peine. Elle ne se doutait pas qu'il y avait là-dedans autant de femmes nées en 1974.

Elle prit en soupirant la chemise suivante.

Annabell Rustemovic.

Elle sursauta. La jeune femme qui s'était suicidée avait été une patiente de son père !

Tout excitée, elle ouvrit le dossier. Allons calme-toi, se dit-elle, reste attentive, sinon tu vas louper l'essentiel.

Le 25 mars 1992, une grossesse avait été diagnostiquée chez Annabell Rustemovic. Huitième semaine : la jeune femme en était à peu près au stade où se trouvait Katrin aujourd'hui. Venaient ensuite un certain nombre de résultats d'analyses de sang et autres, et puis le dossier s'arrêtait là. À la fin étaient mentionnés des symptômes de « psychose consécutive à fausse couche », avec une date : 14 juin 1992.

Katrin, songeuse, sirota une gorgée de thé. Annabell Rustemovic avait donc perdu son bébé, probablement deux mois après le constat de grossesse, ou peut-être un peu plus tard. Curieusement, la date de la fausse couche n'était pas précisée dans le dossier. Katrin calcula. Si l'on en croyait les dates, Annabell était peut-être enceinte de près de cinq mois quand elle avait perdu son enfant. Quelle horreur. À ce stade, un fœtus est parfaitement constitué, c'est déjà un petit être humain, qui doit juste grandir encore un peu avant de naître. Une fausse couche à ce moment-là, c'est presque comme si l'on accouchait d'un enfant mort-né. Pas étonnant si cette jeune femme n'avait pu supporter psychiquement une telle épreuve. Cela expliquait-il son suicide ? Et Tanja ? Quel rapport avait-elle avec cette histoire ? En imputait-elle la responsabilité au père de Katrin ?

Non, ce n'était pas possible. Avoir affaire à des fausses couches n'a rien d'exceptionnel dans la pratique d'un gynécologue. Le motif du meurtre de son père était à chercher ailleurs.

Et pourtant… Le fait qu'Annabell Rustemovic figure au nombre de ses patientes ne pouvait relever du hasard. Il faudrait en aviser Charlotte Schneidmann dès que possible.

Le dossier que Charlotte avait posé au bout de la table, à l'écart de la pile, était le plus épais de tous.

Relevés de compte 1985 à 2010, lut Katrin. Mon Dieu, papa, songea-t-elle, quel maniaque de l'ordre tu étais !

Elle se demanda si elle devait pour l'instant laisser ce dossier-là de côté pour continuer à passer en revue ceux des patientes, mais elle décida finalement de jeter au moins un coup d'œil aux comptes.

Dans les relevés des années quatre-vingt étaient mentionnés, à côté des revenus du cabinet, d'importants retraits en espèces. Katrin s'en étonna un peu au début mais se fit la réflexion que l'usage des chèques bancaires pour régler les achats n'était pas encore si répandu à l'époque, surtout en Allemagne. Elle se souvenait que sa mère recevait au début de chaque mois un petit paquet de billets : « Argent pour la maison, plus argent pour les distractions », disait son père sur un ton solennel qui les faisait rire tous les trois.

Les mentions de retraits en liquide devenaient de plus en plus rares au début des années quatre-vingt-dix. Bien sûr, songea Katrin. C'est à ce moment-là que sont apparues les cartes bancaires.

Soudain, elle fronça les sourcils. Bien qu'il n'y ait pratiquement plus de retraits en liquide, il n'y avait quasiment pas non plus de débits de carte bancaire. Comme si sa mère n'avait pas utilisé ce mode de paiement. Mais alors, comment réglait-elle ses achats ?

Katrin se creusait la tête. Combien de temps son père avait-il rapporté à sa mère de l'argent liquide pour les frais du ménage ? Tout le temps qu'elle-même était restée à la maison. Elle voyait encore les billets passer de la main de son père à celle de sa mère… Mais alors, si cet argent ne venait pas du compte dont elle avait le détail sous les yeux, d'où sortait-il ? Y avait-il un deuxième compte ailleurs ? Dont personne ne connaissait l'existence ?

Katrin but une gorgée de thé et parcourut à nouveau des yeux les colonnes de chiffres.

S'il existait un second compte, il fallait bien que son père l'alimente d'une façon ou d'une autre. Elle aurait donc dû trouver trace de virements effectués d'un compte à l'autre.

Katrin examina un à un tous les relevés. Il y avait un certain nombre de virements réguliers. Pour payer l'électricité, le téléphone, le loyer du cabinet. Normal.

Puis elle tomba sur une autre série de virements, réguliers aussi, et qui n'avaient rien à voir avec les frais de fonctionnement de la maison. Depuis 1993, son père avait chaque mois viré mille marks, plus tard mille euros, sur un compte dont le nom du titulaire n'apparaissait pas. Il y avait juste un numéro, toujours le même : 093 741 000.

Katrin écarta le dossier et chercha dans la pile qui se trouvait sur l'étagère à côté du bureau. Enfin, elle mit la main sur un classeur qui portait la mention : *Relevés de compte actuels*. Elle eut tôt fait de constater que, peu de jours avant sa mort, son père avait encore effectué un virement sur le compte 093 741 000. Ce devait être ce fameux second compte qu'elle cherchait, il n'y avait pas d'autre possibilité.

« À moins que 093 741 000 ne soit une personne… », dit-elle à voix haute.

Mais qui cela pouvait-il bien être ? Tanja ? Ou bien ce fameux Klaus ? À qui son père avait-il versé autant d'argent pendant dix-sept ans ? Et pour quelle raison ? En tout, cela faisait tout de même plus de deux cent mille euros !

Katrin avait les mains moites. Quelque chose lui disait que ces versements avaient un rapport avec la mort de son père. Une pensée terrifiante lui vint. Ils avaient aussi un rapport avec la disparition de Leo ! Il fallait montrer ces relevés de compte à Charlotte Schneidmann, de toute urgence.

Elle remit le classeur sur l'étagère et reprit l'épais dossier bancaire. Elle le feuilleta encore et encore. Il devait bien y avoir une indication quelque part ! Non, rien.

Quand elle voulut le mettre de côté, elle poussa un peu trop fort, énervée comme elle était, et il tomba par terre. Elle se pencha pour le ramasser. Mais qu'est-ce que c'était que ça ? Son regard tomba sur un truc blanc qui dépassait légèrement de la chemise cartonnée. Une feuille de papier pliée en quatre.

Le cœur battant, elle la déplia. C'était manifestement une pièce du dossier d'une patiente.

Elle lut et secoua la tête, incrédule. Ce devait être une erreur. Elle relut une deuxième fois, avant que la feuille ne lui échappe des mains.

« Mon Dieu… », murmura-t-elle, la bouche sèche.

Elle se leva d'un bond et sortit du bureau en trombe.

Leo ! À présent, elle savait où il était.

Il fallait qu'elle y aille, qu'elle le rejoigne le plus vite possible !

« Madame Wiesner ? »

Charlotte s'approcha d'elle. Les couronnes et les gerbes sur la tombe de Franz Wiesner avaient souffert de la chaleur. La plupart des fleurs étaient fanées. Quel gâchis, songea-t-elle.

Luise Wiesner sursauta et leva les yeux vers elle. Ils étaient remplis de larmes.

« Excusez-moi, je n'avais pas l'intention de vous faire peur.

– Qu'est-ce que vous voulez ? » dit la veuve d'une voix absente. Son regard se porta à nouveau sur les montagnes de fleurs en piteux état.

« Je veux que vous me disiez qui est Klaus et pourquoi votre fille pense qu'il s'occupe d'une collecte de vêtements qui n'existe pas, asséna Charlotte.

– Toujours ces vieilles histoires…, soupira Luise Wiesner.

– Comment ça, des vieilles histoires ? Il s'agit de votre petit-fils, madame Wiesner ! Vous voulez qu'on retrouve Leo, oui ou non ?

– Bien sûr que je le veux ! » Elle se pencha et redressa le ruban d'une gerbe. « Mais je ne crois pas que ces vieilles histoires puissent aider en quoi que ce soit. Je ne sais pas qui est ce Klaus. Et je ne veux pas le savoir. Je ne l'ai jamais vu. Il travaille peut-être pour ces femmes… Vous savez bien… celles qui se font payer… » Elle n'alla pas plus loin.

« Mais quel rapport avec la collecte de vêtements ? »

Mme Wiesner fit une pause avant de répondre. « Mon mari a toujours donné les vêtements usagés de ma fille à un certain Klaus, en tout cas une partie. Enfin, je crois. Nous n'en avons jamais parlé », ajouta-t-elle avec amertume. « Je ne voulais pas que notre fille soit au courant. C'est pour cela que je lui ai dit que ces habits étaient destinés à la collecte de la paroisse.

– Mais alors, pourquoi votre mari les gardait-il au grenier ?

– Il ne donnait que ce qui était utile. Sans doute que ces dames n'avaient pas l'usage de pantalons à pinces. »

Mme Wiesner fit une moue très expressive. Charlotte mesurait bien ce qu'il lui en coûtait d'avoir à parler de ces choses-là.

« Et qu'est-ce que votre mari faisait le soir dans son cabinet, après les heures de travail ? »

Mme Wiesner haussa les épaules. « Je ne sais pas. Sans doute aidait-il certaines de ces *dames* », dit-elle avec un sourire pincé. « Et sans doute le remerciaient-elles à leur manière…

– Que voulez-vous dire ? demanda Charlotte.

– Même quand ces dames ne travaillaient plus dans la rue, mon mari continuait à se rendre souvent à son cabinet le soir. Et à partir de ce moment-là, nous avons toujours eu beaucoup d'argent liquide à la maison.

– Vous voulez dire que votre mari se faisait payer ses soins médicaux non seulement en prestations sexuelles mais aussi en argent liquide ?

– D'où sortait-il cet argent, sinon ? Il ne jouait pas au casino, que je sache. » Elle secoua la tête. « Je ne sais pas. Et d'ailleurs je ne veux pas savoir. Tout cela me dégoûte. J'ai honte pour mon mari de cette double vie qu'il menait, dans le péché. Même si c'était terminé depuis plusieurs années et s'il se comportait depuis de manière décente. C'était un péché, cela reste un péché, ce qu'il a fait. Je ne peux pas lui pardonner, même aujourd'hui je ne lui pardonne toujours pas. »

Charlotte ne trouva rien à répondre. Qu'aurait-elle pu dire ? Elle avait pitié de Luise Wiesner, qui avait dû subir ces humiliations. Mais pourquoi se montrait-elle si dure, si inflexible ? Pourquoi se disait-elle incapable de pardon, même ici, sur la tombe de son mari ?

« Merci beaucoup, dit-elle enfin. Je passerai dans la journée prendre les dossiers médicaux. Peut-être Tanja était-elle une de ces femmes qui rendaient visite à votre mari le soir, après la fermeture du cabinet, parce qu'elles avaient besoin de son aide… »

« Vous êtes sur le répondeur de Thomas Ortrup. Je ne suis pas là pour le moment, mais vous pouvez me laisser un message après le signal sonore en indiquant vos coordonnées. Je vous rappellerai dès que possible.

– Chéri, c'est moi. Je sais où se trouve Leo. Je suis en route pour aller le chercher. Appelle-moi dès que tu auras eu ce message ! »

Katrin posa le téléphone portable à côté d'elle sur le siège du passager et appuya sur l'accélérateur. Elle fonçait sur l'autoroute A1 en direction d'Osnabrück. Il lui faudrait à peu près vingt minutes pour atteindre la sortie Lengerich.

Dieu merci, la circulation était fluide. Elle se fichait

pas mal des limitations de vitesse. Enfin, elle savait où était Leo. Pourvu qu'il aille bien, se disait-elle, pourvu que Tanja ne lui ait pas fait de mal.

Il y avait bien un Klaus à qui son père avait versé régulièrement mille marks, puis mille euros. Derrière le numéro 093 741 000 se cachait un certain Klaus Meyerhof, de père inconnu, et dont la mère était Tanja Meyerhof.

Tanja Meyer.

Katrin était bouleversée. Pourquoi son père soutenait-il financièrement ce Klaus Meyerhof ? Il devait avoir seize ou dix-sept ans à présent, Tanja était encore mineure quand elle l'avait mis au monde.

Du néant surgit tout à coup une pensée affolante. Klaus était-il l'enfant de son père ? Avait-il mis cette jeune fille enceinte et dû payer ensuite pendant des années pour entretenir ce fils illégitime ? Katrin sentit la bile monter à sa gorge. Son père avait eu, dix-sept ans plus tôt, une liaison avec une adolescente qui avait exactement son âge à elle, l'âge de sa propre fille…

Quelle autre explication aurait-il pu y avoir ? Tanja était-elle une prostituée mineure que son père suivait en tant que médecin ? Si l'on en croyait les dossiers et les déclarations de sa mère, son père ne s'occupait déjà plus des prostituées à cette époque. C'était au milieu des années quatre-vingt qu'il faisait ça. Or les paiements adressés à Klaus ne commençaient qu'en 1993. Il n'empêche que son père avait bel et bien soutenu financièrement ce dénommé Klaus. Et qu'il s'agissait bien du fils de Tanja. Peu importait le reste. Là où est Klaus, il y a Tanja, se disait Katrin. Et là où est Tanja, il y a Leo.

Leo… Elle sentit les larmes lui monter aux yeux, lui brouiller la vue. Vite, elle les ravala.

Enfin, la sortie de l'autoroute. Elle prit la bretelle et s'arrêta à la première station d'essence pour s'orienter. Elle déplia nerveusement la carte. Elle savait qu'il lui fallait suivre la direction de Tecklenburg. Elle regarda à travers le pare-brise. Aucun panneau à l'horizon. Zut ! Voilà qu'elle se mordait les doigts de n'avoir jamais voulu se procurer un GPS. Elle s'apprêtait à descendre de la voiture pour se renseigner auprès d'un employé de la station-service quand, enfin, elle aperçut un panneau. Elle se repencha sur la carte. Bon, il fallait repasser sous l'autoroute et ensuite aller tout droit. Au bout d'un kilomètre environ, tourner à droite.

La route traversait une épaisse forêt de feuillus. Les cimes des arbres de part et d'autre de la chaussée se rejoignaient au-dessus de sa tête si bien que Katrin avait l'impression de rouler dans un étroit tunnel de verdure.

Soudain, un doute lui vint. Si son père soutenait financièrement Klaus, et donc Tanja par la même occasion, quelle raison avait-elle de le tuer ? Peut-être avait-il décidé de cesser de payer… et peut-être cette décision lui avait-elle coûté la vie…

Entre-temps, Katrin avait atteint Tecklenburg. Elle ralentit et se repéra sur un de ces grands panneaux d'information que l'on trouve à l'entrée des agglomérations. Elle trouva la Kastanienallee. Kastanienallee, 25. C'était l'adresse où elle devait se rendre. C'était là que Leo l'attendait…

Un tracteur arrivait en sens inverse. Elle s'arrêta, baissa sa vitre et fit signe à l'homme au volant.

« Excusez-moi, je cherche le 25, Kastanienallee. Vous savez où c'est ?

– Vous voulez dire le foyer de handicapés ? demanda l'homme.

– Le foyer de hand…, bafouilla Katrin. Oui, oui, c'est ça, se hâta-t-elle d'ajouter.

– Vous allez jusqu'au prochain feu, là vous tournez à gauche, et puis tout droit sur deux kilomètres environ. Sur la droite vous verrez un vieux monastère. C'est juste là que se trouve le foyer. Vous ne pouvez pas vous tromper. »

Katrin remercia l'homme et redémarra.

Un foyer de handicapés ? La police avait bien parlé de diabète. Mais pouvait-on être diabétique au point de devoir vivre dans un foyer de handicapés ?

Ou bien s'était-elle trompée d'adresse ? Elle tourna à gauche et sortit de Tecklenburg. De part et d'autre de la route s'étendaient à présent des champs de colza en fleur qui brillaient d'un éclat doré sous le soleil.

Mais en admettant que ce soit la bonne adresse, comment devait-elle procéder ?

D'abord, avertir la police, se dit-elle.

Quelques minutes plus tard surgit sur sa droite un ensemble de bâtiments passablement sinistres et qui semblaient à l'abandon. Ce devait être le fameux monastère. Juste derrière, un peu en retrait de la route, Katrin découvrit plusieurs constructions modernes, avec des toits en terrasses, réparties autour d'un vaste parc.

Était-elle arrivée à destination ? Elle se gara sur le parking des visiteurs. Tout son courage l'abandonna d'un seul coup. Non, ce n'était pas ici qu'elle allait retrouver Leo. Jamais de la vie. Comment Tanja aurait-elle pu retenir un enfant prisonnier, à l'insu de tous, dans un foyer comme celui-ci ?

Les larmes lui montèrent aux yeux. Elle croisa ses mains sur le volant et y appuya son front. Que faire, à présent ?

Depuis qu'elle avait percé le mystère des relevés de compte grâce aux coordonnées bancaires et savait à qui étaient destinés les virements de son père, un fol espoir lui était venu. Elle croyait dur comme fer que son cauchemar était sur le point de se terminer. Et voilà qu'elle se retrouvait sur le parking d'un établissement de santé. Dans la cour allaient et venaient des soignants en blouse blanche, des patients se promenaient en poussant leur déambulateur ou en fauteuil roulant, d'autres prenaient le soleil sur un banc. Il y avait beaucoup d'animation, et Katrin était bien obligée de se rendre compte que c'était le dernier endroit au monde pour cacher un enfant…

La sonnerie de son portable la fit sursauter. C'était l'inspectrice Schneidmann.

« Où êtes-vous ? Pourquoi n'êtes-vous pas chez votre mère ? Je suis devant la maison, je viens chercher les dossiers du cabinet médical.

– Dans les dossiers de mon père, j'ai trouvé la mention de versements qui étaient apparemment destinés à un certain Klaus Meyerhof, expliqua Katrin.

– Et alors ? Où êtes-vous en ce moment ? »

Katrin hésita un instant. « J'ai pris la voiture. Je suis à l'adresse indiquée.

– Mais qu'est-ce que vous fabriquez ! hurla Charlotte Schneidmann. Vous ne pouvez pas… C'est beaucoup trop dangereux !

– Ce n'est pas une adresse privée. C'est un foyer de handicapés. Tanja ne peut pas avoir caché Leo ici. Il aurait été immédiatement repéré…

– OK. Vous restez là où vous êtes. Vous m'avez comprise ? Vous restez dans votre voiture et vous nous attendez. Mon collègue et moi, on se met en route immédiatement. C'est quoi, l'adresse ?

– Kastanienallee, 25. À Tecklenburg.

– Nous y serons dans une demi-heure. D'ici là, vous ne bougez pas d'un millimètre, compris ?

– Oui », répondit Katrin docilement, et elle referma son portable.

Elle se laissa aller en soupirant contre le dossier de son siège. Machinalement, elle porta son pouce gauche à sa bouche et commença à mordiller la petite peau au bord de son ongle, qui se mit à saigner. Elle sortit un mouchoir en papier de son sac et l'enroula autour de son pouce. Non, elle n'allait pas pouvoir tenir tout ce temps dans cette voiture, il faisait trop chaud, elle étouffait. Il fallait qu'elle sorte, qu'elle respire, qu'elle fasse quelques pas, sinon elle allait devenir folle.

Elle ouvrit la portière et descendit. À l'entrée du vaste terrain, il y avait une petite maison de concierge. Elle réfléchit un instant. Oui, c'est ce qu'elle allait faire. Elle hésita encore une seconde et puis se décida.

Un vieil homme en uniforme gris sortit de la maisonnette et vint à sa rencontre.

« Bonjour, je voudrais voir Klaus Meyerhof », dit-elle avec un grand sourire et, après avoir jeté un coup d'œil au badge que l'homme portait sur son veston, elle ajouta : « Auriez-vous l'obligeance de me dire où je peux le trouver, monsieur Lichter ? »

L'homme acquiesça, aimable lui aussi. « Vous venez pour la livraison, j'imagine ? »

Katrin réfléchit à toute allure. « Oui, exactement, dit-elle. J'ai tout dans la voiture.

– Je ne vous ai jamais vue. D'habitude, c'est toujours Mme Bredlich… »

Katrin eut une seconde de panique. « Elle n'a pas pu venir aujourd'hui. Elle est souffrante. » Fort heureusement, le concierge ne sembla pas remarquer le tremblement dans sa voix.

« Ah bon. J'espère que ce n'est pas trop grave.

– Non, non !

– Tant mieux. Vous avez le bon de livraison ? »

Nouvel accès de panique. Un bon de livraison ? Cette fois, il fallait jouer le tout pour le tout.

« Zut ! Je l'ai oublié. » Elle se racla la gorge. « Je suis vraiment désolée. Je n'y ai pas pensé. Vous comprenez, c'est juste un remplacement que je fais au pied levé pour Mme… » Katrin avait les mains moites.

Le concierge était de bonne composition. « Il faudra absolument me l'apporter la prochaine fois. N'oubliez surtout pas, je vous en prie.

– J'y penserai sans faute ! » s'empressa de dire Katrin. « Je peux lui apporter le… les affaires ?

– Ce ne sera pas possible. »

Katrin fronça les sourcils.

« En fait, Klaus n'est pas là. Il est allé passer quelques jours chez sa maman, expliqua le concierge.

– Ah bon. » Katrin réfléchissait à cent à l'heure. « J'espère que son état ne s'est pas aggravé...

– Non, non. Au contraire. Soi-disant qu'ils vont même partir en vacances avec le petit frère. Ils attendent juste les médicaments et l'adjuvant. Mme Meyerhof veut pouvoir... »

Katrin n'écoutait plus. *Avec le petit frère.* Leo, ce devait être Leo. Donc, il était vivant ! C'était le moment, la chance lui souriait. Il fallait qu'elle le rejoigne. Elle ne pouvait pas attendre plus longtemps ! Malgré son excitation, elle essaya de parler aussi normalement que possible. « Je peux aussi apporter les affaires à Mme Meyerhof directement chez elle. Ce n'est pas un problème. »

Le concierge la scruta un court instant. « OK, ça marche », dit-il enfin. « Mais pensez au bon de livraison la prochaine fois ! Il faut absolument me l'apporter, sinon je vais avoir des ennuis...

– Bien sûr ! » se hâta de répondre Katrin. « Je ne m'y retrouve pas encore très bien, ici », ajouta-t-elle après une pause. « Il n'y a pas longtemps que j'habite à Tecklenburg, vous savez. Vous pourriez me rappeler le trajet pour aller là-bas ? »

Le concierge opina. « Ils habitent un peu à l'écart. Je vais vous écrire l'adresse, comme ça vous pourrez l'enregistrer dans le GPS. »

Katrin faillit dire qu'elle n'avait pas de GPS, mais se retint. Elle prit le bout de papier avec l'adresse, remercia et le mit dans sa poche.

« Dites-moi, je sais que je ne devrais pas vous poser cette question », dit-elle alors d'un ton léger, comme en passant, « mais avec toutes les choses que Mme Meyerhof a commandées, je me suis vraiment demandé ce qu'il pouvait bien avoir, ce pauvre Klaus.

– Oh là là, ne m'en parlez pas », s'empressa de répondre le gardien en prenant une mine catastrophée. « C'est une histoire affreusement triste. Je ne peux rien vous dire de plus précis, malheureusement. Tout ce que je sais, c'est que ce malheureux garçon réclame des soins médicaux constants. Il y a quelque chose qui a foiré au moment de sa naissance. Il paraît que c'est le médecin qui est responsable. Le pauvre gosse... »

Katrin se contenta d'un hochement de tête et prit congé.

« Et surtout, n'oubliez pas le bon de livraison ! » entendit-elle crier derrière son dos.

« Demain matin, promis ! » Le cœur battant à tout rompre, elle rejoignit sa voiture, ouvrit la portière et s'écroula sur le siège.

Maintenant, il fallait qu'elle se rende à cette fichue adresse.

Quoi que son père ait pu faire, elle ne voulait pas y penser pour le moment. Il fallait juste retrouver Leo.

Les doigts tremblants, elle appuya sur le démarreur.

Charlotte parlait au téléphone pendant que Käfer, au volant, fonçait sur l'autoroute.

« À quelle date a été effectué le dernier gros retrait sur ce compte ? » demandait-elle. Elle écouta la réponse et hocha la tête. « Aha. Merci. » Elle referma son portable. « Le lendemain du jour où le chat a été tué, Franz Wiesner a retiré quinze mille euros de son compte en banque.

– Tanja zigouille le chat et s'en sert de moyen de pression sur le vieux bonhomme, pour qu'il crache au bassinet. Tu ne crois pas ? »

Charlotte réfléchissait. « Le chat était un premier avertissement. Sur le cadre brisé de la photo de Leo que Luise Wiesner a retrouvé par terre à côté de son mari mourant, il y avait des empreintes digitales qu'on n'a pu attribuer à personne. C'étaient peut-être celles de Tanja...

– Tu veux dire qu'elle serait venue menacer Franz Wiesner chez lui, en lui disant qu'il risquait d'arriver des bricoles à son petit-fils ? »

Charlotte acquiesça. « Peut-être. Elle était chez lui, elle réclamait de l'argent, imaginons qu'il n'a pas cédé, alors le ton est monté. Elle l'a peut-être menacé de s'en prendre à Leo s'il ne lui donnait pas ce qu'elle voulait. Il finit par lui donner l'argent, et là-dessus elle le tue sournoisement.

– C'est un scénario plausible. Mais si elle a obtenu qu'il paie, pourquoi enlever Leo ? demanda Käfer. Nous savons qu'elle s'est rapprochée de Katrin Ortrup et qu'elle a cherché à devenir son amie dans une intention bien précise... Et pourquoi a-t-elle fait en sorte que Katrin Ortrup apprenne les infidélités de son mari ?

– Si je savais...

– On est arrivés », dit Käfer.

Il entra sur le parking. Ils descendirent de la voiture et regardèrent autour d'eux.

« Pas de Katrin Ortrup, dit-il.

– Zut ! » Charlotte sortit son téléphone de sa poche et composa un numéro. « Je lui avais pourtant bien dit... Madame Ortrup ? Mais où êtes-vous, pour l'amour du ciel ? » demanda-t-elle d'une voix sévère. « Comment ça ? Vous dites ? Je vous entends à peine... Pourquoi parlez-vous si doucement ? Allô ! »

Charlotte regarda le téléphone d'un air inquiet. « La communication a été coupée. Elle a murmuré quelque chose à propos de Leo. Aucune idée de l'endroit où elle peut être. » Elle regarda Käfer. « Demande donc s'ils peuvent essayer de localiser son portable. Pendant ce temps je vais interroger le concierge. Il aura peut-être vu quelque chose. »

Käfer s'exécuta et elle se dirigea vers la maisonnette du concierge. Elle se présenta et posa tout de suite sa question. « Vous avez peut-être repéré une jeune femme qui est restée un moment sur ce parking ?

– Désolé, je ne peux rien pour vous, répondit l'homme. La seule jeune femme que j'ai vue, et que je ne connaissais pas d'ailleurs, c'est une employée de la pharmacie qui venait livrer des médicaments et des adjuvants pour Klaus Meyerhof. »

Charlotte dressa l'oreille. « Pouvez-vous me la décrire ? Taille moyenne, silhouette sportive, cheveux blonds, queue-de-cheval ?

– Oui, c'est ça. Tout juste. La trentaine, je dirais, peut-être un tout petit peu plus. Elle a décidé d'aller livrer directement au domicile de Klaus Meyerhof parce qu'il n'est pas au foyer en ce moment. Je lui ai donné l'adresse, et puis elle est partie. » Il fronça les sourcils. « J'ai fait une bêtise ?

– Non, non ! Ne vous inquiétez pas. » Charlotte se força à sourire. « Pourriez-vous me la donner, cette adresse, s'il vous plaît ? »

Il écrivit quelque chose sur un bout de papier qu'il lui tendit. « Voilà. À votre service. Je peux vous demander ce que vous lui voulez, à Klaus Meyerhof ? Ce pauvre garçon a déjà assez de problèmes comme ça...

– Que voulez-vous dire ? »

Le concierge eut un rire amer. « Il est handicapé de naissance. Un handicap sévère. Il est en fauteuil roulant, il est incapable de parler correctement, il ne peut à peu près rien faire tout seul, même pas boire... »

« Je l'ai ! » s'écria à cet instant Käfer, depuis le parking. Charlotte remercia le concierge et se hâta de rejoindre son collègue.

« On a localisé son portable. Elle doit se trouver dans les environs de...

– Du 12, Buchenweg », compléta Charlotte en montant dans la voiture. « Allez, démarre.

– Ça roule. » Käfer mit le contact et lui tendit un papier avec un itinéraire griffonné à la hâte.

« Espérons qu'elle va être capable d'attendre jusqu'à ce qu'on arrive », dit Charlotte avec inquiétude tandis qu'ils reprenaient la route.

« Toute seule, elle ne risque pas de faire grand-chose, fit remarquer Käfer.

– Elle, non, mais Tanja…, répondit Charlotte. N'oublie pas qu'elle a déjà commis un meurtre. Si elle se sent acculée… » Elle ne termina pas sa phrase.

Käfer se contenta d'opiner et appuya sur l'accélérateur.

Enfin, elle touchait au but.

Katrin se tenait devant un portail en fer forgé, derrière lequel une large allée menait à une maison dont on ne distinguait qu'un bout de toit derrière un épais rideau d'arbres. Que devait-elle faire à présent ? Charlotte Schneidmann venait d'appeler. Elle lui avait dit où elle se trouvait, en parlant très bas parce qu'elle avait trop peur que Tanja l'entende, et puis elle s'était dépêchée d'éteindre son portable. Il fallait espérer que l'inspectrice avait bien compris ce qu'elle disait.

Pour retrouver son calme, elle se força à respirer à fond, deux fois de suite. Elle avait dû demander son chemin à plusieurs reprises et malgré cela elle avait encore trouvé le moyen de se tromper, tellement elle était tendue.

Sur un petit écriteau décoloré par le temps, elle avait lu l'adresse : *Buchenweg, 12.* Et, au-dessus, deux noms : *Horst et Anneliese Meyerhof.*

Étaient-ce les parents de Tanja ? Et si c'était le cas, seraient-ils là aussi ? Prêts à défendre leur fille, le cas échéant ?

Il n'y avait pas trente-six moyens de s'en assurer.

Elle ne tenta pas d'ouvrir le portail. Par peur qu'il se mette à grincer et révèle aux occupants l'arrivée d'un intrus. D'un coup d'œil, Katrin vérifia que la rue était déserte. Aucune voiture à l'horizon. Ne faisant ni une ni deux, elle escalada le portail en fer. Sur l'allée envahie d'herbe qui menait à la maison, elle vit des petits cailloux blancs et ronds, les mêmes qu'elle avait vus en photo sur la page Facebook de Tanja.

Cette fois, elle ne s'était pas trompée.

Aussi discrètement que possible, elle suivit l'allée qui montait en pente douce et passa à côté d'un abri à moitié en ruine. Katrin reconnut immédiatement la vieille Volkswagen Polo vert foncé qui était garée dessous. C'était celle dans laquelle elle avait vu Tanja si souvent devant le jardin d'enfants. Tanja avait prétendu que c'était leur véhicule d'appoint, qu'elle n'utilisait que lorsque son mari avait besoin de la BMW. Katrin savait maintenant que c'était encore un mensonge, un de plus.

À côté de la Polo stationnait une grosse camionnette jaune, d'apparence relativement neuve. Sur la vitre arrière était fixé un autocollant : *Handicapé à bord.*

Katrin poursuivit son chemin. L'allée décrivait une légère courbe sur la droite et, tout à coup, la maison apparut. Elle était tout en bois et ressemblait plutôt à une maisonnette de garde forestier ou une bicoque de chasseur.

Katrin se rappela soudain que Tanja avait dépecé le malheureux chat dans les règles de l'art. Si son père était chasseur, ou l'avait été, sans doute avait-elle appris comment s'y prendre en le regardant faire.

Des bois de cerf étaient fixés au-dessus de la porte – la pointe d'un andouiller, du côté gauche, était ébréchée. La petite maison avait l'air plutôt pimpante, beaucoup mieux entretenue que l'allée qui y menait. Les rebords des fenêtres étaient garnis de jardinières remplies de géraniums rouges superbes. Derrière les vitres, des rideaux à rayures qui paraissaient tout droit sortis de la dernière collection Ikea, et devant la porte, un paillasson moderne sur lequel on pouvait lire : *Hôtel Maman.*

Katrin sentit la moutarde lui monter au nez. Mais qu'est-ce qu'elle s'imaginait, cette bonne femme ? Elle se croyait drôle ?

Ne te déconcentre pas, s'admonesta-t-elle. Il ne fallait pas qu'elle se laisse submerger par ses émotions. Garder la tête froide, c'était indispensable si elle voulait arriver à quelque chose.

Elle se cacha derrière un gros tronc d'arbre et réfléchit. Arriver à quoi, au juste ? Force lui était de constater qu'elle n'avait pas le moindre plan. Mieux valait attendre l'arrivée de la police. Que ferait-elle si Tanja était armée ? Elle-même n'avait rien sur elle qui lui permette de se défendre.

Elle jeta un coup d'œil furtif à la maison. La porte était-elle fermée à clé ? Et si ce n'était pas le cas, que devait-elle faire ? Entrer, tout simplement, et dire à Tanja : Rends-moi mon fils ? Elle quitta son abri et se faufila vers le côté droit de la maison, qu'elle longea. Sur l'arrière s'étendait une grande terrasse. Le sol était fait de planches très épaisses. On entrait dans la maison par une porte en bois. Sur la gauche, une fenêtre. Dans la partie droite de la terrasse, deux grands pots avec des tournesols jaune d'or. Juste devant, une chaise longue dans un tissu imprimé rouge et blanc, et une petite table ronde. Tout à fait à l'extrémité, à droite, là où la terrasse débouchait sur le jardin légèrement en contrebas, un énorme tonneau, sans doute destiné à recueillir l'eau de pluie. Derrière un carré de pelouse pas très grand commençait la forêt, une forêt épaisse et sombre.

Elle ne peut pas s'enfuir par là, songea Katrin, les taillis l'empêcheraient d'avancer et elle se ferait très vite rattraper.

Que faire, maintenant ? Le plus sage serait de retourner à la route et d'attendre sagement la police, au lieu de me mettre en danger, et Leo par la même occasion.

Juste au moment où elle allait faire demi-tour, elle entendit une voix. *Sa* voix.

« Il faut qu'on se dépêche d'aller au cours de musique. C'est la dernière fois, alors j'aimerais bien qu'on soit à l'heure. »

Katrin sursauta. À pas de loup, elle longea le mur de la maison jusqu'à la petite fenêtre pour pouvoir jeter un coup d'œil à l'intérieur. Elle retenait son souffle comme si le bruit de sa respiration risquait de la trahir.

« Qui veut encore un peu de cacao ? » disait Tanja. Savait-elle que Leo adorait le cacao ? Katrin éprouva un immense soulagement. Dieu soit loué, Leo avait l'air d'aller bien.

Elle s'approcha et, quand elle put enfin épier par la vitre, son cœur fit un bond. Elle se mordit la main pour ne pas hurler de joie.

Leo ! Il était là, assis à la table sur une chaise d'enfant, la ceinture de sécurité bouclée, avec devant lui une assiette et un gros morceau de gâteau dans lequel il fourrageait avec une cuillère. Il avait un sparadrap sur le front. Peut-être s'était-il cogné. À part ça, il avait l'air de bien se porter.

Du gâteau au chocolat et aux cerises, constata Katrin. Quel enfant résisterait à une telle gourmandise ?

Un instant, cela lui rappela la fois où, tout en sirotant un café ensemble, Tanja et elle avaient fait le procès de ces mères toutes-puissantes, qui ont des idées bien arrêtées sur ce que les enfants doivent manger ou pas.

Quelle impression bizarre, de voir sa prétendue amie dans cette situation… En un sens, c'était un spectacle rassurant. Une scène de la vie quotidienne, paisible et apparemment normale…

Elle dut fermer les yeux pour briser ce semblant d'harmonie. Non, il ne se passait rien de normal ni de paisible dans cette cuisine ! Ce qu'elle avait devant les yeux à cet instant, c'était son pire cauchemar !

Cette femme n'a jamais été ton amie, se répéta-t-elle. Elle a assassiné ton père, elle a enlevé ton fils, elle est ton ennemie jurée !

En face de Leo était assis un garçon de dix-sept ou dix-huit ans, dans une chaise roulante. Probablement ce fameux Klaus. À l'évidence, il était lourdement handicapé. Des mouvements désordonnés agitaient son corps.

Il tenait sa tête un peu inclinée sur le côté, de la bave coulait de sa bouche.

Et près de lui : Tanja.

Elle était tout à fait comme d'habitude, pondérée, sereine. D'apparence soignée, ainsi que Katrin l'avait toujours vue, les cheveux propres et brillants, un léger maquillage, et naturellement les fameuses boucles d'oreilles en forme de fraises. Inconscience de sa part ? Non, Tanja paraissait au contraire très sûre de son affaire.

Elle venait de couper une part de gâteau avec un grand couteau et s'efforçait de le faire manger à Klaus. Tandis qu'elle ne cessait d'essuyer les miettes de chocolat et la bave sur son menton, elle parlait à Leo.

« Quand Klaus sortira de l'école de musique, vous pourrez jouer encore un peu tous les deux. Si tu veux, tu pourras faire quelques jolis dessins avec les petits cailloux blancs...

– Oui », dit Leo.

Katrin eut la gorge serrée quand elle entendit la voix frêle de son fils.

« Tu ne peux pas venir à l'école de musique, tu le sais. Pendant ce temps-là, tu n'auras qu'à écouter un CD, d'accord ? Tu verras, ça va passer très vite. »

Leo se mit à pleurer. « Pas dans la chambre noire...

– Il n'y en a pas pour longtemps, Leo.

– Je veux aller voir ma maman... » Le petit pleurait de plus en plus fort.

Comme si on avait appuyé sur un bouton, cette phrase fit voler en éclats toutes les résolutions de Katrin. Non, elle n'attendrait pas l'arrivée de la police ! Il fallait qu'elle intervienne. Tout de suite ! Leo, mon trésor... Elle n'avait plus qu'une pensée en tête : le serrer de nouveau dans ses bras, être auprès de son petit garçon qui la réclamait. Plus rien d'autre n'avait d'importance.

« C'est moi, maintenant, ta maman », dit Tanja d'une voix sévère. « Tu le sais très bien.

– Je veux aller voir ma maman.

– Arrête, Leo ! Tais-toi. Tu sais ce qui arrive quand tu n'es pas obéissant...

– Me pique pas, me pique pas ! »

Leo...

Courbant le dos pour ne pas être vue, Katrin courut jusqu'à la porte donnant sur la terrasse. Elle s'immobilisa, reprit son souffle un instant. Allait-elle réussir à ouvrir cette porte ? Peut-être était-elle fermée à clé. Qu'importe, il fallait qu'elle essaie.

Elle posa la main sur la poignée et appuya dessus de toutes ses forces. La porte s'ouvrit sans lui opposer la moindre résistance et Katrin se trouva propulsée dans la cuisine.

« Maman ! » s'écria Leo en tirant sur la ceinture qui le tenait attaché à sa chaise.

Tanja sursauta et la fixa avec des yeux ronds. Puis elle saisit sur la table le grand couteau de cuisine dont elle venait de se servir pour le gâteau.

« Reste assis, Leo ! » dit-elle sans quitter Katrin des yeux. « Ainsi, tu nous as retrouvés... Qui aurait pensé... »

Katrin ne bougeait pas. Elle regardait son fils et lui souriait. « Tout va bien, mon chéri. Maman est là, tout va bien. »

Son cerveau tournait à cent à l'heure. Que devait-elle faire ?

« Libère Leo », dit-elle aussi posément qu'elle put.

L'expression de regret qui passa sur le visage de Tanja paraissait presque sincère.

« Ma chère Katrin, il faut que ce soit bien clair pour toi : je ne le ferai jamais. Leo m'appartient désormais. Tu comprends ? Il est à moi. Tu te mets en travers de notre chemin, tu es un obstacle à notre avenir commun. Franchement, il aurait mieux valu que tu ne nous retrouves jamais », ajouta-t-elle avec une douceur inquiétante.

Leo tirait sur sa ceinture de toutes ses forces. Klaus lui-même était devenu nerveux, son corps était agité de soubresauts et il lançait ses bras et ses jambes dans tous les sens.

« Tout va bien, mon Klausi, tout va bien. » Tanja lui caressait la tête pour le calmer. « Tu n'as pas besoin de t'énerver, la vilaine tante sera bientôt repartie. *Et pour toujours.* »

Il fallait gagner du temps. Katrin devinait que c'était sa seule chance. Il fallait qu'elle parle, qu'elle entraîne Tanja dans une conversation qui, avec un peu de chance, laisserait le temps à la police d'arriver.

« Je croyais vraiment que tu étais mon amie, dit-elle.

– Eh bien tu t'es trompée.

– Mais pourquoi tout cela ? Pourquoi as-tu assassiné mon père ? » demanda Katrin d'une voix tremblante.

Tanja la regarda, surprise. « Ah bon, tu sais ça aussi ? » Elle éclata de rire. « Il ne l'avait pas volé ! Crois-moi. Si quelqu'un a mérité son sort, c'est bien lui.

– C'était son père ? » demanda Katrin en désignant Klaus.

Tanja pouffa. « Tu plaisantes, ou quoi ? Tu me vois coucher avec ce vieux débris ? Pour l'amour du ciel, jamais de la vie !

– Est-ce qu'il t'a... violée ?

– Mon Dieu, non !

– Alors explique-moi, bon sang ! Dis-moi enfin pourquoi tu as fait tout ça ! J'ai tout de même le droit de savoir. Allez, raconte ! » s'écria Katrin. Les larmes coulaient sur son visage.

« Maman, maman ! » hurlait Leo qui sanglotait tant et plus. Ne pas pouvoir le prendre dans ses bras immédiatement lui fendait le cœur, mais Katrin savait que c'était sa vie qui se jouait en ce moment.

« Arrête de brailler comme ça », dit Tanja d'un ton sec. Puis elle regarda un long moment Katrin avant de répondre. « Tu n'as aucun droit. Ta famille a perdu tous ses droits.

– Je voudrais comprendre. Je t'en prie. »

Tanja regarda Klaus. Elle était très triste, tout à coup. Puis elle parla. « Ton père était le seul recours, à l'époque, pour les filles qui avaient des problèmes. »

Katrin l'interrompit. « Que veux-tu dire par là ? Je sais qu'il aidait autrefois des prostituées, à titre gracieux, mais il y a très longtemps de cela. Quel rapport avec toi ?

– Comme tu es naïve, mon Dieu ! » Tanja ricana méchamment. « *À titre gracieux* – quelle expression raffinée ! Oui, au début c'était seulement les putes qu'il aidait à se débarrasser de leur gnard, mais il a vite fait de piger quel commerce lucratif on pouvait faire avec les avortements illégaux. À l'époque, le paragraphe 218 n'existait pas encore. Une grossesse non désirée, c'était une tuile énorme. Et une énorme source de profits. Pour ton père en particulier. Son engagement pour les putes n'a pas duré longtemps et ensuite n'importe quelle fille pouvait venir le trouver après la fermeture du cabinet, à la condition d'avoir sur elle assez d'argent liquide. »

Katrin sentit le sol se dérober sous ses pieds. C'était donc de là que venaient les billets qu'ils avaient toujours à la maison. Et pour ça que son père retournait si souvent au cabinet le soir. Pour pratiquer des avortements clandestins.

« En agissant ainsi, il a probablement secouru un grand nombre de femmes en situation désespérée », dit-elle d'une voix faible. Elle songeait au dévouement dont son père avait fait preuve à son égard quand elle était enceinte, comme il s'était montré attentionné avec elle.

« Possible. Mais moi, il a détruit ma vie », dit Tanja avec amertume. « Je n'avais que seize ans. Je ne savais même pas ce qui m'arrivait. J'étais venue pour un examen de routine et tout à coup il m'a dit : *Tu es dans ta vingt-quatrième semaine.* Comme ça, sans préambule.

– C'était beaucoup trop tard pour avorter, de toute façon.

– Non, pas quand on s'appelle le docteur Franz Wiesner. Il m'a dit que mon enfant serait gravement handicapé, même pas viable, probablement. Il m'a dit qu'il allait m'en débarrasser, qu'il fallait juste que je lui donne cinq mille marks, et mon problème serait résolu. Personne n'en saurait jamais rien... » Les larmes lui montèrent aux yeux. « Alors je me suis rendue au cabinet, un soir. C'était au mois de mai, mais il faisait un froid de chien et il n'avait pas cru bon d'allumer le chauffage. Je me suis dit qu'il allait m'en débarrasser tout de suite. Des clous. Au lieu de ça, il m'a fait prendre un médicament censé déclencher l'expulsion, et presque aussitôt j'ai été prise de violentes contractions. Je n'avais aucune idée de ce qui m'attendait, je n'oublierai jamais à quel point j'ai souffert ce soir-là. Il me disait que c'était normal, qu'il fallait que je patiente, que le fœtus ne résisterait pas, qu'il allait sortir mort, et que j'en aurais fini... » Sa voix s'étrangla. « Mais ça ne s'est pas passé comme ça du tout. Il voulait vivre, mon Klaus, il ne voulait absolument pas mourir, il respirait, il poussait même des petits cris très faibles. Alors ton père l'a simplement posé sur la table et il a laissé faire. Il va bientôt mourir, qu'il disait. Il est resté là, tout nu à même la table, pendant des heures. Mais il ne mourait pas, tu comprends. Il n'est pas mort ! Pendant tout ce temps, je n'ai pas arrêté de regarder mon enfant, mon enfant que j'avais voulu tuer et qui voulait vivre, à tout prix. Il était minuit passé quand il a fini par m'emmener dans une clinique. Il m'a laissée à l'entrée. Je devais dire que j'avais fait une fausse couche et alors ils prendraient la relève, ils s'occuperaient de moi. Klaus est resté pendant des semaines aux soins intensifs. Mais il a surmonté ça. Il a survécu à l'avortement. »

Tanja caressa une nouvelle fois très doucement la tête de son fils. Son maquillage avait coulé. « Sévères lésions postnatales, m'ont-ils dit à l'hôpital. Si on l'avait mis dans un incubateur tout de suite à sa naissance, il n'aurait jamais été handicapé à ce point. Jamais. Et si je l'avais gardé… » La voix de Tanja s'étrangla. « Voici l'œuvre de ton père. Regarde bien cet enfant, afin de ne jamais oublier quel monstre c'était ! » Elle déposa un baiser sur le front de Klaus et murmura : « Ça me fait tant de peine, mon chéri, tant de peine… »

Katrin était pétrifiée. « Mon Dieu. » Ce fut tout ce qu'elle réussit à dire.

« Non. Dieu n'a rien à voir là-dedans. Il était aux abonnés absents, ce soir-là », dit Tanja d'une voix creuse. « L'intervention m'a rendue stérile. Mon rêve de fonder une famille a été balayé d'un coup alors que j'avais à peine dix-sept ans.

– Mais il t'a soutenue financièrement…, dit Katrin d'une voix éteinte.

– Génial ! La classe, n'est-ce pas ? Après que je l'ai eu menacé de le dénoncer, il a finalement accepté de nous apporter un soutien financier. Mais mille euros par mois, plus une pension d'invalidité d'un montant ridicule – tu crois qu'on va loin, avec ça ? Tu penses vraiment que j'aurais pu payer les soins de Klaus dans un institut digne de ce nom avec une somme pareille ? J'ai accumulé dettes sur dettes. Mon héritage, la maison de mes parents, même cette vieille bicoque de chasseur – tout appartient à la banque. Et puis ton père a fermé son cabinet et m'a déclaré avec le plus grand sérieux qu'à l'avenir il ne pourrait plus me payer. Que sa retraite était plutôt maigre et que Klaus était grand maintenant. Qu'est-ce qu'il s'imaginait donc ? Au contraire, c'est maintenant que les problèmes commencent. Tu sais combien ça coûte, un fauteuil roulant comme celui-ci ? Pour chaque dépense supplémentaire il faut que je négocie avec la caisse d'assurances. Et la plupart du temps elle rejette ma demande !

– Tu l'as assassiné…

– C'était une punition méritée !

– Qui es-tu donc pour en juger ? Pourquoi ne l'as-tu pas dénoncé ? Il serait passé devant un tribunal. Il aurait été condamné à la mesure de ce qu'il avait commis. »

Tanja éclata de rire. « Ben voyons ! Qui m'aurait crue ? Après tant d'années ? »

Katrin ne répondit pas.

« Et puis un procès n'aurait jamais vengé Annabell », ajouta Tanja presque à voix basse.

« Annabell ?...

– C'était ma meilleure amie... Et tu sais où nous nous sommes connues ? Justement dans la salle d'attente de ton père... » Tanja eut un rire sarcastique. « Ton salopard de mari lui avait donné le tuyau... Sans lui, tout cela lui aurait été épargné... » Son couteau de cuisine à la main, elle se dirigea vers une étagère et prit une petite boîte bariolée. « Ton père lui a fait sauter son bébé. Elle était dans son cinquième mois. Une petite fille. En pleine santé. Qui n'a pas survécu à l'avortement. Annabell l'a emportée en quittant le cabinet. Ton père était ravi de ne pas avoir à se débarrasser lui-même du bébé mort... » Tanja s'était remise à pleurer, mais cette fois elle ne fit rien pour sécher ses larmes. « Elle a enterré son enfant dans la forêt et quelques jours après elle s'est pendue au même endroit.

– C'est atroce... » Katrin était au bord de la nausée. « Maintenant je comprends pourquoi tu haïssais mon père. Mais pour quelle raison as-tu enlevé Leo ? » Elle tourna la tête vers son fils. Il avait cessé de pleurer et on aurait dit qu'il les écoutait de toutes ses oreilles.

Tanja haussa les épaules. « Ça fait partie du châtiment.

– Que veux-tu dire ?

– Juste avant de tomber dans le coma, il m'a déclaré que je ne pouvais pas le supprimer complètement, qu'il continuerait à vivre à travers ses descendants, le souvenir qu'ils garderaient de lui, à travers toi, à travers Leo, à travers votre bonheur. Alors je lui ai dit que non, que ça ne se passerait pas comme ça. Que je ferais en sorte que son petit-fils l'oublie très vite et que sa fille ne soit plus jamais heureuse. Si tu avais vu la stupéfaction sur son visage ! » Tanja ricana.

Katrin sentit un frisson glacé lui parcourir le dos. Tels étaient donc les derniers mots que son père avait entendus avant de perdre conscience. Il était mort en sachant qu'il avait entraîné toute sa famille dans le gouffre.

« Tu voulais détruire ma famille… », murmura-t-elle.

Tanja jouait avec le couteau dans sa main. « Ton père m'a tout pris. Et tu sais ce qu'il m'a donné en échange : les vêtements dont tu ne voulais plus ! Non, il n'était pas question que vous continuiez à vivre comme ça, comme si rien ne s'était passé. Une jolie petite famille où tout va bien… »

Katrin réfléchissait fiévreusement. « Et maintenant ? Qu'est-ce que tu vas faire, maintenant ? Tu ne peux pas rester cachée dans cette maison pour le restant de ta vie..

– Bien sûr que non ! » Tanja sourit. « Demain matin, on sera partis. Et personne ne pourra nous en empêcher. Même pas toi. »

Son sourire s'effaça d'un coup.

Katrin sentit que le temps des explications était révolu. « Bon. Je comprends à présent pourquoi tu as fait tout ça. » Elle se força à parler calmement. « Et je suis vraiment navrée de tout ce que tu as dû subir. Mais maintenant je vais prendre Leo et m'en aller. Et tu ne vas pas nous retenir. »

Elle fit un pas en direction de son fils. Qui se remit aussitôt à tirer sur sa ceinture de sécurité.

Tanja brandit son couteau en secouant la tête.

« Personne ne va nulle part », dit-elle, glaciale.

À cet instant précis, Leo réussit à se dégager de la ceinture. « Maman, maman ! » cria-t-il en s'agitant sur sa chaise qui oscillait dangereusement. Katrin voulut se précipiter vers lui mais Tanja lui barra la route.

« N'essaie même pas ! » hurla-t-elle.

La chaise d'enfant vacillait de plus en plus, elle finit par basculer et se renversa. Leo tomba la tête la première et se cogna le front, mais sans trop de mal apparemment car il se releva aussitôt et courut vers sa mère, contournant Tanja qui paraissait figée sur place.

« Maman, maman !

– Leo ! »

Katrin le souleva dans ses bras et le pressa contre elle. « Tout ira bien, maintenant, mon trésor ! » sanglotait-elle.

Alors elle vit Tanja sortir de son hébétude et s'approcher lentement, le couteau pointé vers elle.

Elle pivota sur ses talons et fonça vers la porte, sortit sur la terrasse et courut le long de la maison, en direction de l'allée principale. Arrivée là, elle posa Leo par terre, lui prit la main et lui cria : « On court ! Allez, cours aussi vite que tu peux ! »

Elle descendit l'allée à toute allure en tirant Leo derrière elle. Elle ne voulait plus le perdre, jamais plus ! Ils allaient rejoindre la route et puis la traverser et se cacher dans la forêt… Et après ? Elle essaya d'envisager la suite mais dans son esprit régnait un chaos total.

« Vous n'irez nulle part ! » cria Tanja.

Katrin jeta un coup d'œil par-dessus son épaule. Tanja les rattrapait. Dans sa main, la lame du couteau miroitait sous le soleil. Il fallait qu'ils atteignent la route, sinon ils étaient fichus.

« Arrêtez-vous ! Vous n'y arriverez pas ! »

Le grand portail était là, juste devant eux. Enfin, ils y étaient. Katrin appuya sur la poignée – rien ! C'était fermé à clé !

« Vite, je t'aide à passer par-dessus ! » dit-elle en prenant Leo dans ses bras.

« Maman, maman ! »

Elle le souleva et le déposa de l'autre côté. « Sauve-toi, Leo ! Cours, je te rejoins !

– Maman ! » Leo ne bougeait pas, il la regardait, apeuré.

Katrin grimpa sur une barre transversale de la grille et passa une jambe par-dessus le portail.

« Cours, mon trésor, cours ! » dit-elle, haletante. « On fait la course tous les deux, tu veux ? Le glacier nous attend là-bas, derrière les arbres ! Celui qui arrive le premier aura… »

Les yeux de Leo brillaient déjà. Il partit en courant.

Une pensée surgit dans l'esprit de Katrin. Si une auto arrivait… Pourvu que… Elle retint son souffle. Ouf. Leo avait traversé sans dommage, Dieu soit loué. Elle entreprit de passer la deuxième jambe par-dessus le portail – mais en vain. Son pantalon s'était accroché dans la grille.

« Merde… » Elle se retourna avec anxiété. Tanja n'était plus qu'à quelques mètres d'elle. Une grimace de haine déformait son visage.

Katrin tira sur son pantalon, mais sans arriver à se dégager. Elle regarda où était Leo. Un sentiment de soulagement et de gratitude l'envahit tout entière quand elle vit sa petite tête blonde disparaître au milieu des taillis. D'un seul coup, elle se sentit parfaitement calme. C'était fini. Leo était sauvé…

Une douleur fulgurante lui troua le dos, puis ce fut le noir.

« Ne sommes-nous pas déjà passés par là ? » demanda Charlotte en désignant une maison à colombages apparemment vide, sur la gauche. « Ça me rappelle quelque chose.

– À moi, pas », répondit Peter en appuyant sur l'accélérateur.

« On met trop de temps ! Bon Dieu, j'espère qu'on ne va pas arriver trop tard. J'ai un pressentiment de merde.

– L'essentiel, c'est qu'elle n'entreprendra rien toute seule », dit Käfer, plus pour se convaincre lui-même.

« On ne peut que l'espérer… »

À cet instant, il freina brusquement, si fort que Charlotte fut projetée vers l'avant, la ceinture lui cisaillant le ventre. La voiture dérapa et se mit en travers de la chaussée. Elle fit une embardée et s'arrêta à quelques centimètres d'un tronc d'arbre.

Charlotte reprit son souffle. Elle était devenue blême. « Mais qu'est-ce qui se passe ? » demanda-t-elle.

« Là-devant ! » s'écria Käfer en pointant le doigt sur la route. « J'ai vu quelque chose. Un enfant. Il a traversé en courant. C'est peut-être Leo ! Il a disparu dans la forêt, sur la gauche. »

Il sortit du véhicule en trombe, Charlotte se hâta de le rejoindre.

« Tu es sûr ? C'était peut-être un chevreuil…

– Non, non, c'était un enfant. Pas de doute là-dessus. Dépêche-toi ! »

Ils filèrent sur la chaussée, jusqu'à l'endroit où Käfer avait vu l'enfant. Là, ils tournèrent à gauche et s'enfoncèrent dans un épais taillis.

« Leo ? Leo ! criait Charlotte. Leo, on vient pour t'aider ! Pour te ramener à ta maison ! N'aie pas peur ! Où es-tu, Leo ? »

Charlotte fonçait droit devant elle, sans se soucier des ronces qui lui égratignaient les bras.

Où était passé ce gamin ? Elle s'interrogeait fiévreusement. Est-ce qu'il avait continué à courir ? Ou bien s'était-il tapi quelque part ?

« Leo, sors de là ! C'est la police. Tu n'as plus besoin de te cacher ! » cria Käfer, à quelques pas derrière elle.

Aucune réaction. L'enfant était manifestement effrayé au point qu'il n'osait même pas sortir de sa cachette. Mais l'essentiel était acquis : il était libre. Katrin Ortrup avait donc retrouvé Tanja et libéré son fils. Mais si l'enfant errait tout seul dans cette forêt, qu'était-il arrivé à sa mère ? Charlotte redoutait le pire.

« Appelle les renforts », dit-elle à Käfer, tandis qu'ils progressaient toujours à grand-peine à travers les fourrés. « Si c'est vraiment Leo, Katrin Ortrup doit se trouver en très grand danger. »

Tandis que Käfer alertait ses collègues, Charlotte se demandait comment elle pourrait bien attirer Leo hors de sa cachette.

« Tu dois bien avoir sur toi une sucrerie quelconque, non ? » dit-elle.

Käfer fouilla dans sa poche et en sortit un sachet de petits ours en sucre gélifié.

« Tiens. Ce sont mes derniers. »

Katrin prit le sachet et s'avança encore de quelques mètres.

« Leo, je m'appelle Charlotte. Ta maman m'a montré ton nounours, tu sais, celui qui a la cravate autour du cou. Et il m'a donné des petits ours en sucre pour toi. Ton nounours pense que ce sont tes bonbons préférés. C'est vrai, ça ? »

Charlotte mit son doigt sur ses lèvres pour signifier à Käfer de faire silence. L'oreille tendue vers les profondeurs de la forêt, elle essayait de distinguer quelque chose dans l'épais taillis. Au bout d'un moment, elle perçut une sorte de frôlement puis une branche craqua.

« Il est où, mon nounours ? » demanda soudain une toute petite voix. Leo devait être tout près. Pourtant elle ne le voyait toujours pas.

« Alors ? Tu veux les petits ours en sucre ? Tout de suite ou bien tu préfères plus tard ? »

Pendant un moment, il n'y eut d'autre bruit que le gazouillis des oiseaux.

« Tout de suite. » C'était à nouveau la voix d'enfant.

Et soudain, un petit garçon blond sortit des broussailles.

« Les verts. Je veux les verts.

– Moi aussi, ce sont mes préférés », dit Charlotte en s'asseyant par terre. Käfer resta un peu en arrière. « Attends, je trie. »

Elle ouvrit le sachet, sortit un petit ours vert et le tendit à Leo. Il le prit et le mit dans sa bouche.

« Tu te cachais ? » demanda-t-elle.

Il hocha la tête.

« Où est ta maman ?

– Chez Tanja, dit Leo. Elle arrive, maman. On va aller chez le glacier. Maman, elle a dit que le glacier il était là, dans la forêt. »

Charlotte sourit. « Le glacier ? Super. Et Tanja, elle est où ?

– Là-bas. » Leo tendait le doigt en direction de la route.

Charlotte lui donna un autre ours vert, puis elle se leva et le prit par la main. Ensemble, ils se dirigèrent vers la voiture.

« Maman est là ! » cria l'enfant, le bras tendu vers l'autre côté de la chaussée.

« Tu veux dire, là où il y a le portail ? » demanda Charlotte.

L'enfant acquiesça.

« Bravo, dis donc ! Tu es drôlement observateur. Comme un vrai policier ! » Charlotte lui caressa la tête.

Leo rougit, tout fier.

« Maintenant on va rentrer à la maison », dit-elle avec douceur. « Tu es content ?

– Et maman ? »

L'enfant la regardait, une immense attente dans les yeux.

« On va l'emmener avec nous, d'accord ? »

Leo s'illumina.

« Et les renforts, ça vient ? » murmura-t-elle à Käfer.

« Ils sont en route.

– Ils en mettent, un temps. » Elle composa le numéro de Thomas Ortrup.

Il décrocha à la première sonnerie.

« Monsieur Ortrup ? Nous sommes sur le point de rejoindre votre femme. Tout va bien. J'ai là quelqu'un qui voudrait vous parler » Elle tendit son portable.

« Papa… »

« Leo, il faut que tu écoutes bien ce que je vais te dire, OK ? »

Charlotte s'accroupit et considéra le petit garçon d'un air sérieux. Ces yeux bleus grands ouverts, si confiants... Ils lui rappelaient Stefan. Son petit frère aussi la regardait comme ça, avec cet air attentif et curieux, s'en remettant à elle entièrement.

Ils étaient à cinquante mètres environ de l'entrée, dissimulés derrière les buissons à hauteur d'homme. Entretemps, Käfer était parti garer la voiture sur un chemin de forêt non loin de là, pour qu'elle ne soit pas immédiatement repérable de la route.

Les renforts n'étaient toujours pas là. Charlotte était de plus en plus tendue. Elle n'en pouvait plus d'attendre. Il fallait qu'ils pénètrent dans cette maison, qu'ils sortent Katrin Ortrup de là. Mais que faire de Leo pendant ce temps ?

« Leo, écoute-moi bien maintenant. Ta maman est encore chez Tanja. Le grand monsieur et moi, on va aller dans la maison la chercher. Vous voulez rentrer à la maison tous les deux ensemble, n'est-ce pas ? »

Leo acquiesça. « Et Klausi ?

– On va l'emmener, lui aussi. » Elle passa à nouveau la main sur sa petite tête blonde. « Tu peux me décrire Klausi, me dire un peu plus précisément comment il est ? »

Leo réfléchit. « Klausi, il peut pas courir. Il tremble de partout. »

Charlotte hocha la tête. « Il est dans un fauteuil avec des roues ?

– Hm.

– D'accord. Alors regarde, je vais te donner tout le sachet de petits ours en sucre. Tu as le droit de les manger tous – mais pas d'un seul coup, on est d'accord ?

Nous, on va aller chercher ta maman, et toi, pendant ce temps, tu attends dans la voiture.

– Maman… ? » Le petit visage de l'enfant se crispa. Il était sur le point de fondre en larmes.

« N'aie pas peur, Leo, ça ne va pas durer longtemps. Je te parie que tu n'auras pas encore fini de manger les nounours, qu'on sera déjà de retour. Avec ta maman. D'accord ? »

Leo la regardait avec de grands yeux.

Charlotte cherchait fiévreusement une idée. Soudain elle trouva. « Viens, je vais te montrer quelque chose. » Elle prit le petit par la main et ils s'éloignèrent.

Käfer venait à leur rencontre. « Dépêche-toi ! Nous perdons un temps précieux. »

Elle se contenta de hocher la tête et poursuivit en direction de la voiture. Leo s'immobilisa. « Je veux pas rentrer dedans… »

Charlotte lui montra le gyrophare mobile, posé sur la plage avant.

« Est-ce que je peux te charger d'une mission ? Tu veux bien veiller sur notre lumière pendant qu'on n'est pas là ? »

Leo acquiesça. Charlotte ouvrit la portière du côté du passager et le petit garçon grimpa à l'intérieur. Elle lui mit le gyrophare mobile dans les mains.

« Mais il ne faut pas que tu te sauves, tu comprends ? Tu dois me le promettre », dit-elle, solennelle.

Leo ne répondit pas, toute son attention était concentrée sur la grosse lampe bleue.

« Ne vaudrait-il pas mieux verrouiller les portières ? » suggéra Käfer à voix basse.

Charlotte réfléchit un instant, puis secoua la tête.

« Non. J'ai peur que ça lui fasse péter les plombs. Il a déjà drôlement assuré, ce petit gosse. »

Käfer opina. « Les collègues sont au courant. Ils vont s'occuper de lui dès qu'ils arrivent.

– Et ce sera quand ? »

Käfer haussa les épaules, puis il fit demi-tour et se fraya un chemin à travers les broussailles jusqu'à se retrouver face au portail de l'autre côté de la route. Charlotte le suivit. Courbés en deux, ils traversèrent la chaussée et se plaquèrent contre le mur de clôture, juste à côté du portail. Käfer s'avança d'un pas et saisit la poignée. Fermé. Il se tourna vers Charlotte et ils échangèrent un coup d'œil. Elle opina et ils escaladèrent la grille l'un après l'autre.

Charlotte fut saisie quand elle vit les petits cailloux ronds et blancs de l'allée. Elle fouilla la poche de son pantalon, en sortit le caillou qu'elle avait rapporté du jardin d'enfants et le montra à Käfer. « Regarde, j'ai trouvé celui-ci dans le casier de Leo, murmura-t-elle.

– Exactement les mêmes, constata Käfer. Tanja le lui avait probablement rapporté d'ici.

– Elle n'aurait pas pu trouver un cadeau plus discret que celui-là pour s'attirer sa confiance. Les enfants de l'âge de Leo adorent les cailloux, ils les collectionnent et les conservent comme un trésor.

– Elle n'a vraiment rien laissé au hasard. »

Tandis qu'ils remontaient prudemment l'allée en restant sous le couvert des arbres, ils sortirent leurs armes et firent sauter le cran de sûreté.

Soudain, Charlotte attrapa Käfer par le bras en désignant le sol. Un épais liquide rouge. Une flaque. Du sang.

Käfer regarda de plus près. Là-bas, plus loin devant eux, d'autres cailloux tachés de rouge. La piste ensanglantée remontait l'allée.

C'est alors qu'ils virent d'autres traces. Deux rainures parallèles creusées dans le sol. Manifestement un corps qu'on avait traîné, les talons avaient laissé ces deux sillons.

Charlotte sentit son cœur se serrer. Arrivaient-ils trop tard ?

Quelques mètres plus loin, les empreintes cessaient d'un coup.

« À partir de là, la victime a été portée », dit-elle à voix basse.

« Sans aucun doute », dit Käfer entre ses dents.

Ils s'approchèrent de la maison. Sur la gauche, sous un abri à moitié en ruine, deux véhicules étaient garés, une petite Polo verte et une camionnette jaune avec un autocollant *Handicapé à bord* sur la vitre arrière. Charlotte s'interrogea. Et si Tanja n'avait pas agi seule ? Si elle avait un complice ? De toute façon, se dit-elle, le sort en est jeté, il est trop tard pour attendre les renforts.

Sur un signe de Käfer, ils se séparèrent. Charlotte se posta sur la gauche de la porte d'entrée, et lui sur la droite.

Tout était silencieux.

Ils n'eurent pas le temps de se demander comment ils allaient procéder. La porte s'ouvrit d'un coup et une femme sortit.

Charlotte retint son souffle. Tanja ! Ce devait être elle ! Les boucles d'oreilles...

Käfer fut le premier à réagir. Il pointa sur elle son pistolet. « Ne bougez plus. Pas un geste. Police criminelle de Münster, vous êtes en état d'arrestation ! » s'écria-t-il.

La femme se figea un instant, puis fit demi-tour et se rua à l'intérieur de la maison. Mais quand elle voulut refermer la porte, Käfer avait eu le temps de placer son pied dans l'entrebâillement. « C'est terminé ! » cria-t-il.

De l'intérieur, la femme s'arc-bouta contre le battant, mais Käfer réussit à maintenir la porte entrouverte. Alors, la femme lâcha prise. La porte s'ouvrit en grand et alla heurter le mur. La femme traversa le vestibule à toute vitesse et entra dans une pièce, Käfer sur ses talons, suivi de près par Charlotte. « Arrêtez-vous ! »

La femme obtempéra et se retourna lentement vers eux.

« Les mains derrière la tête, et mettez-vous à genoux ! »

La femme avait le souffle court. Mais elle ne bougeait pas. Finalement, elle esquissa un sourire oblique.

« Vous êtes Tanja Meyerhof ? demanda Charlotte.

– En quoi ça vous regarde ?

– Répondez-moi !

– Et si je dis oui, qu'est-ce qui va se passer ?

– Où est Katrin Ortrup ? intervint Käfer.

– Comment je le saurais ? demanda Tanja. Je n'ai plus aucun contact avec elle depuis longtemps.

– Ah bon ? Et Alecto, ça vous dit quelque chose ? Et le message ? Le SMS ?

– Je ne sais pas de quoi vous parlez, fit Tanja, butée.

– Oh, je vous en prie, dit Käfer. Épargnez-nous vos airs de sainte-nitouche. Nous savons que vous avez assassiné Franz Wiesner. Et vous avez kidnappé Leo Ortrup. » Il fit une pause. « Le petit est en sécurité. Il vous a échappé, n'est-ce pas ? Vous partiez à sa recherche, c'est ça ? »

Tanja pinça les lèvres.

« Mais parlez, bon sang ! Vous ne faites qu'aggraver votre cas », dit Charlotte.

À cet instant, un bruit leur parvint, comme un étrange tintement étouffé. Cela semblait venir du fond de la maison.

Qu'est-ce que c'était ? Était-ce Katrin Ortrup ? Était-elle attachée, bâillonnée, essayait-elle de leur signaler sa présence ? Charlotte remarqua que Tanja était devenue nerveuse. Elle jetait des coups d'œil vers une porte sur la droite.

« Qui est là-bas ? » demanda Käfer.

Tanja avala sa salive. « Mon fils, dit-elle enfin. Il faut que j'aille m'occuper de lui tout de suite. » Elle voulut se diriger vers la porte en question, Mais Charlotte lui barra le chemin, le pistolet pointé.

« Vous n'irez nulle part tant que vous ne nous aurez pas dit où se trouve Katrin Ortrup », dit-elle, très calme.

Les bruits venant de l'autre pièce, des petits halètements étouffés, cette fois, étaient de plus en plus forts.

« Je vous en prie ! Mon fils est malade ! Il a une crise, il faut absolument que j'aille le secourir ! »

Charlotte et Käfer échangèrent un coup d'œil. Et si ce n'était qu'une ruse ? Si elle avait caché une arme là-bas ?

« Ma-ma-ma… »

Charlotte fit un pas de côté pour la laisser passer. Tanja ouvrit la porte et se précipita à l'intérieur. Charlotte et Käfer la suivirent, toujours l'arme au poing.

Au milieu de la pièce, sur un fauteuil roulant, ils découvrirent un garçon d'environ seize ou dix-sept ans. Ce devait être Klaus. Son corps était agité de soubresauts, les larmes ruisselaient sur ses joues, et il bavait tant et plus en répétant convulsivement : « Ma-ma-ma… »

Tanja se pencha vers lui, caressa tendrement ses cheveux trempés de sueur et lui dit avec une grande douceur : « Ce n'est rien, mon chéri. Il ne faut pas t'agiter comme ça. Tout va bien maintenant, calme-toi, mon trésor.

– Dites-nous où est Katrin Ortrup et un médecin pourra venir s'occuper de votre fils », dit Charlotte.

Tanja se retourna en éclatant d'un rire amer. « Et que ferait-il, votre médecin ? Aucun médecin au monde n'est capable de venir en aide à mon fils. »

Charlotte s'impatientait. « Dites-nous une bonne fois où se trouve Katrin Ortrup ! Sinon, nous nous verrons dans l'obligation de…

– Qu'allez-vous faire si je pousse le fauteuil de mon fils dehors, si je le charge dans la voiture et que je m'en vais ? Vous allez me tirer dessus, peut-être ? »

Charlotte avança d'un pas. « Vous n'emmènerez votre fils nulle part, madame Meyerhof. Nous allons le confier aux services sociaux et il ira dans un foyer. Et un foyer qui ne sera pas aussi beau, je le crains, que celui où il a séjourné jusqu'à présent.

– Vous ne pouvez pas faire ça, hurla Tanja.

– Les foyers de la protection de l'enfance sont parfois dans un triste état…, soupira Charlotte. Manque de personnel, vous savez ce que c'est… Il faut souvent attacher les patients, les abrutir avec des médicaments. Ce n'est pas la joie. »

Klaus était de plus en plus agité. Ses spasmes étaient si violents que le fauteuil roulant se mit à trembler. Il levait les yeux vers sa mère, l'air affolé.

Parfait, pensa Charlotte. C'était exactement le but visé. Aucune mère ne supporte le regard terrorisé de son enfant sans défense.

Tanja blêmit.

« Je vous fais une proposition, dit Charlotte. Vous nous dites où est Katrin Ortrup et je fais en sorte que Klaus continue à vivre dans son environnement familier, où il connaît le personnel soignant et se sent bien.

– Klaus reste avec moi ! rugit Tanja. Personne n'arrivera à nous séparer, vous entendez ? Personne ! »

Charlotte ne dévia pas d'un iota. « Pour la dernière fois : si vous nous dites maintenant où est Katrin Ortrup votre fils retrouvera son cadre de vie habituel. Sinon, il atterrira dans un foyer de l'État. Vous voulez lui infliger ça ? C'est comme ça que vous voulez le quitter ? Car inutile de vous dire que vous ne le reverrez jamais… » Elle fit une pause. « À vous de décider. »

Charlotte ne se sentait pas très fière d'utiliser cet enfant handicapé comme moyen de chantage, mais elle n'avait pas le choix. Katrin Ortrup était peut-être grièvement blessée, luttant contre la mort à quelques mètres d'eux. Chaque seconde comptait.

« Vous ne voyez pas ce que vous êtes en train de faire à mon fils ! cria Tanja. Vous le terrorisez ! Laissez-le tranquille, bon Dieu !

– D'accord – dès que vous m'aurez dit où se trouve Katrin Ortrup.

– Ma-ma-ma…

– Personne ne nous séparera ! » Les yeux de Tanja se remplirent de larmes. Elle les essuya résolument. « Personne ! » Elle se rua sur Charlotte et tenta de lui arracher son arme.

Charlotte recula brusquement, heurta une chaise et perdit l'équilibre. Elle essaya de se rattraper au mur mais son geste fit tomber le pistolet de sa main.

Tanja s'en empara et le pointa sur elle.

Soudain, il y eut une détonation.

L'espace d'une milliseconde, le temps parut suspendu On n'entendait plus le moindre son.

Puis Tanja s'effondra.

Charlotte, saisie, regarda Käfer, qui baissait lentement son pistolet. Le temps d'un battement de cœur, elle s'était agenouillée à côté de Tanja qui gisait au sol. « Non ! Merde ! Non, ne mourez pas ! Il ne faut pas qu'elle meure ! » Les yeux de Tanja étaient exorbités, le sang coulait de sa bouche, elle respirait par à-coups.

« Où est Katrin Ortrup ? Répondez-moi ! » cria Charlotte.

Mais Tanja ne réagissait plus. Elle émit un dernier râle et sa tête bascula sur le côté.

Tanja était morte en emportant son secret avec elle : elle était la seule à savoir ce qui était arrivé à Katrin Ortrup.

Sa première sensation, ce fut un goût de terre. Une odeur de moisi. Il faisait froid. Sa peau la tirait et la démangeait, elle avait l'impression d'être enduite de boue.

Elle essaya précautionneusement d'ouvrir les yeux… Mais n'étaient-ils pas déjà ouverts ? Il faisait tellement sombre qu'elle ne distinguait strictement rien. Où était-elle ?

Elle avait du mal à respirer, comme si elle ne recevait plus suffisamment d'oxygène. Je vais étouffer, pensa-t-elle soudain. Elle voulut crier, mais aucun son ne sortit.

Dès qu'elle essaya de bouger, une douleur infernale lui traversa le dos, comme les piqûres simultanées de mille aiguilles minuscules. Ses poumons lui faisaient mal, c'était comme si elle respirait du feu.

Reste tranquille, se dit-elle, ressaisis-toi. Il ne faut pas que tu paniques.

Mais où pouvait-elle bien se trouver ? Avec ses doigts, elle tâta le sol sous elle. Elle était étendue sur d'étroites planches de bois. Sous son corps, elles étaient mouillées, mais si elle tâtonnait un peu plus loin, ça devenait de plus en plus sec. Elle approcha ses doigts de son nez. Une odeur un peu métallique… Elle prit peur. Du sang. Ça ne pouvait être que du sang, le sien, qui s'écoulait de son corps.

Elle continua à explorer autour d'elle avec ses doigts. Précautionneusement, de planche en planche. Entre elles, il y avait de la terre et des petits cailloux. Sur le côté droit, sa main buta contre un obstacle. Une paroi. À gauche aussi. Des parois se dressaient à la verticale, alternant terre battue et planches horizontales. Malgré la douleur qui lui vrillait le crâne, elle souleva la tête. Rien. Elle la laissa retomber et reprit son souffle. Elle leva les bras, les mains en avant, et, avant qu'elle ait complètement déplié les coudes, ses doigts rencontrèrent une surface dure. Des planches de bois, là aussi. Qui ne présentaient aucun interstice, contrairement à celles qui se trouvaient sous elle et sur les côtés… C'est pour cela qu'il faisait si noir… Mais où pouvait-elle bien être ? Autour d'elle, il y avait quoi ? Une espèce de caisse en bois ? Incrustée dans la terre ? Peut-être avait-elle servi autrefois de cellier ? Et maintenant ? Maintenant elle lui tenait lieu de cercueil …

Le souffle lui manqua quand elle prit conscience de la situation.

Elle était dans sa tombe.

Enterrée vivante.

Les larmes jaillirent de ses yeux. Non, ce n'était pas possible, elle ne pouvait pas mourir maintenant ! Leo… Il avait besoin d'elle ! Ses mains glissèrent sur son ventre. Et son bébé ! Il fallait qu'il vive…

Katrin essaya d'écouter ce qui se passait à l'intérieur d'elle. Tanja lui avait juste blessé le dos, la lame n'avait pas atteint son ventre. Mais combien de temps le fœtus pourrait-il résister, avec tout ce sang qu'elle perdait ? Et elle-même ? Combien de temps tiendrait-elle ?

Si elle pleurait, elle allait utiliser encore plus d'oxygène. Elle s'efforça de respirer lentement et régulièrement. Mais au bout de quelques secondes, elle sentit monter la panique et se mit à trembler.

« Au secours ! » cria-t-elle aussi fort qu'elle put. « Au secours ! » Mais sa voix était bien trop faible. Elle tambourina avec les poings contre les planches au-dessus de sa tête, gratta désespérément le bois jusqu'à se briser les ongles, mais elle sut tout de suite que ses forces n'y suffiraient pas. Et personne ne l'entendrait. Elle était perdue.

Elle allait s'asphyxier peu à peu… S'en rendrait-elle compte ? Se sentirait-elle mourir ? Peut-être se serait-elle vidée de son sang bien avant de manquer d'air. Elle avait lu quelque part que lorsqu'on mourait d'hémorragie on se sentait devenir de plus en plus faible et qu'on finissait par s'endormir.

Une profonde tristesse s'abattit sur elle. Elle allait mourir, son enfant mourrait aussi sans être même venu au monde. Et Leo ? Elle se força à espérer que lui au moins s'en était tiré.

Elle l'imaginait courant à travers bois, vif comme une belette, oui, il était incroyablement leste, il courait si vite qu'elle avait souvent du mal à le rattraper. Et comme il aimait se cacher ! Leo… C'était un petit garçon courageux. Absolument pas peureux, pas du tout craintif, contrairement à ce que prétendait Thomas. Thomas… Lui non plus, elle ne le reverrait plus… Que deviendrait-il, sans elle il n'arriverait jamais à se débrouiller…

Une dernière fois elle passa ses deux mains sur son ventre, puis les laissa retomber de part et d'autre de son corps. C'est alors qu'elle sentit quelque chose de dur dans la poche droite de son pantalon. Il lui fallut un moment pour comprendre ce que c'était. Son cœur fit un bond. Elle avait encore son téléphone sur elle !

Elle le sortit avec précaution de sa poche et l'ouvrit. Il fonctionnait, la batterie n'était pas vide. Mais lorsqu'elle regarda l'écran, son dernier espoir s'évanouit. Pas de signal. Le téléphone ne captait pas. Même l'horloge ne marchait plus.

01.01.01, 00 : 00

C'était tout.

Elle essaya de réfléchir.

Soudain, une idée lui vint. Peut-être tout n'était-il pas encore perdu. Peut-être lui restait-il une dernière, une infime chance.

Elle tapa nerveusement sur les touches.

Réglages... Alarme... Mélodie... Non, pas *Mélodie... Volume de la sonnerie.* Voilà ce qu'il lui fallait.

Elle régla le volume au maximum.

Mon Dieu, je vous en prie, faites que ce soit assez fort ! Faites que quelqu'un entende !

Puis elle appuya sur *Enregistrer.*

Charlotte sortit sur la terrasse et regarda autour d'elle. Tout de suite à gauche de la porte, il y avait une petite table et une chaise longue, et à droite, au fond, juste là où commençait le jardin légèrement en contrebas, un grand tonneau pour récolter l'eau de pluie. Par la fenêtre ouverte de la petite pièce attenante lui parvenait une ritournelle agaçante. Elle avait mis en route le lecteur de CD parce qu'elle espérait arriver ainsi à calmer Klaus. Apparemment, ça marchait, ses petits cris étouffés devenaient plus faibles.

Tandis que Käfer passait la maison au peigne fin, elle se creusait la tête. Où pouvait-on imaginer de cacher un cadavre sur cette terrasse ? Elle scruta les parterres de fleurs qui la bordaient sur trois côtés. Non, personne n'avait creusé par là récemment, la terre ne portait aucune trace récente.

D'ailleurs, Tanja aurait-elle eu le temps de creuser une tombe ? Difficilement. Entre le dernier appel de Katrin Ortrup et la découverte de Leo, il s'était écoulé trois quarts d'heure au grand maximum.

Elle arpentait nerveusement la terrasse. Ses pas rendaient un son mat sur les planches. Et si Katrin Ortrup gisait quelque part dans la forêt ? Les bois commençaient juste à la limite du jardin. La végétation était si dense qu'elle faisait une barrière qui paraissait infranchissable. Dès que les renforts seraient là, il faudrait qu'ils lancent une battue. Entreprendre ce genre de recherche toute seule n'avait aucun sens.

Elle était sur le point de quitter la terrasse pour descendre dans le jardin quand elle s'immobilisa, soudain en alerte. Quelque chose avait changé. Elle fit demi-tour, revint à son point de départ, puis se dirigea de nouveau vers la limite de la terrasse. Ses pas ne faisaient plus le même bruit mat, ils résonnaient davantage…

« Peter ! s'écria-t-elle. Viens ici, vite ! Je sais où elle est ! »

Son collègue sortit de la maison en trombe. « Où ça ?

– Tais-toi ! » dit soudain Charlotte, tendant l'oreille. « C'est quoi, cette musique ? »

Elle percevait une mélodie lointaine, étouffée. Un rythme moderne…

« Qu'est-ce que j'en sais, moi, grogna Käfer. La musique pour enfants, j'y connais que dalle.

– Mais non, pas le CD ! Tu n'entends pas ? ! » Charlotte se mit à genoux, se pencha et colla son oreille contre les planches. « Ça vient de là-dessous ! Cette mélodie… J'ai déjà entendu ça. Mais où ? Ces notes saccadées… Mais oui ! Un portable ! Peter, c'est le téléphone de Katrin Ortrup !

– La citerne ! » Käfer se précipita. Il n'y avait fort heureusement que très peu d'eau à l'intérieur, si bien qu'en poussant de toutes ses forces il réussit à déplacer le tonneau.

Dessous, des planches posées les unes contre les autres. Ils s'agenouillèrent, empoignèrent les planches, les soulevèrent et les posèrent sur le côté…

Trop tard. Ils étaient arrivés trop tard. Telle fut la première pensée qui vint à l'esprit de Charlotte.

Devant eux gisait Katrin Ortrup. Blanche comme un linge, la bouche grande ouverte, les yeux clos.

C'est seulement en se remettant à respirer que Charlotte se rendit compte à quel point elle tremblait. Elle se pencha et lui posa deux doigts sur la carotide.

Puis elle ferma les yeux et attendit.

Au bout de quelques instants, un sourire illumina son visage.

Épilogue

Tandis que Charlotte se dirigeait vers la résidence pour personnes âgées, elle revoyait la scène qui s'était déroulée sur la terrasse, derrière la vieille bicoque de chasseur.

Katrin Ortrup était vivante. Ils n'étaient pas arrivés trop tard.

Le médecin urgentiste avait pu stopper l'hémorragie, puis les secouristes avaient hissé la blessée sur une civière avec mille précautions et l'avaient transportée dans l'ambulance.

Et là, elle avait brusquement ouvert les yeux.

« Leo, avait-elle murmuré. Thomas… »

Charlotte n'oublierait jamais cette image : Leo et Thomas qui l'embrassaient en pleurant. Jamais de sa vie elle n'avait vu trois personnes aussi heureuses, aussi immensément soulagées, parce qu'elles avaient failli se perdre et venaient de se retrouver. Charlotte était convaincue que cette petite famille était maintenant assez forte et soudée pour prendre un nouveau départ.

À cet instant, elle avait éprouvé tout au fond d'elle-même un sentiment qui lui était radicalement étranger : la nostalgie de sa propre famille. Le désir d'avoir une famille à elle.

Qui la chercherait si elle disparaissait ? Qui pleurerait de joie en la retrouvant ? Et si on ne la retrouvait pas – qui y aurait-il pour pleurer au bord de sa tombe ? Bernd ? À la longue, il finirait par se lasser de ses résistances, de son refus de s'abandonner, de nouer un lien véritable. Ses frères et sœur ? Elle n'avait plus guère de contacts avec eux depuis des années. Elle avait vu Philipp pour la dernière fois à l'occasion de l'enterrement du grand-père. Quant à sa mère… Elle n'était même pas venue aux obsèques de son propre père.

Elle considéra le paquet de chocolats à la pâte d'amandes joliment emballé qu'elle avait à la main. Autrefois, sa mère aimait beaucoup la pâte d'amandes. Était-ce toujours le cas ?

Elle se demanda ce que cela pouvait signifier pour une mère de passer un quart de siècle sans voir son enfant, sans même lui parler. Qu'aurait éprouvé Katrin Ortrup si elle avait dû être séparée de son Leo adoré pendant les vingt-cinq prochaines années ? Cette séparation l'aurait très certainement brisée. La famille semblait compter plus que tout à ses yeux, en particulier ses enfants, et elle avait justement de bonnes chances d'en avoir bientôt deux à voir grandir.

Charlotte entra dans la résidence pour personnes âgées. Une odeur écœurante de soupe aux pois et de produits d'entretien lui assaillit les narines. Elle remarqua comme elle avait ralenti le pas en se dirigeant vers l'accueil.

Avait-elle bien fait de venir ?

Elle songea à Klaus, le grand perdant dans toute cette histoire. Lui n'avait plus personne. Quoi qu'elle ait pu faire par ailleurs, Tanja était le seul être au monde qui l'aimait vraiment… Comment savoir ce que ce garçon lourdement handicapé avait compris de ce qui était arrivé ? Aujourd'hui, il était de nouveau entre les mains de soignants qu'il connaissait bien, il était bien traité mais jamais plus il ne trouverait quelqu'un qui lui prodiguerait autant d'amour que sa mère l'avait fait.

Même une meurtrière aime son enfant.

Sur le plan matériel au moins, l'avenir du garçon était assuré. Katrin Ortrup avait décidé de ne pas conserver pour elle l'héritage de son père, mais d'en faire bénéficier le foyer où vivait Klaus. Elle n'annulerait pas de cette façon la lourde responsabilité qui pesait sur les épaules de Franz Wiesner, mais au moins cela l'aiderait, elle, à vivre avec ce triste legs à assumer.

La responsabilité, songea Charlotte... Sa mère la considérait-elle toujours comme responsable de la mort de Stefan ?

« Je viens rendre visite à Agnes Schneidmann », dit-elle à l'hôtesse derrière le comptoir de l'accueil.

« Un instant, je vous prie. » La jeune femme regarda l'écran de son ordinateur.

Qu'allait-il se passer ? Que devait-elle dire ? Sa mère allait-elle seulement la reconnaître ?

Charlotte espérait qu'elle pourrait au moins la prendre dans ses bras, sentir à nouveau son contact... Même si elle n'avait jamais voulu se l'avouer au fil de toutes ces années, même si elle avait refoulé cette pensée de toutes ses forces – eh bien oui, sa mère lui avait manqué, infiniment.

« Puis-je vous demander qui vous êtes ? s'enquit l'hôtesse.

– Charlotte Schneidmann, sa fille.

– Un instant. » La femme prit son téléphone.

Peut-être réussiraient-elles à être encore une fois mère et fille. Peut-être sa mère avait-elle fini par admettre que Charlotte n'était pas coupable de la mort de son frère. Que ce n'était la faute de personne, juste un accident tragique, comme il en survient tous les jours dans le monde.

« Le docteur van Holden arrive tout de suite, dit la jeune femme.

– Merci, mais je pourrais peut-être parler plus tard avec le médecin ? Je préférerais voir d'abord ma mère, dit Charlotte.

– Le voilà justement », dit l'hôtesse en désignant un homme en blouse blanche d'une cinquantaine d'années qui approchait d'un bon pas.

« Achim van Holden, je suis le directeur médical de cet établissement. Vous êtes la fille d'Agnes Schneidmann ?

– Charlotte Schneidmann, oui. Qu'y a-t-il de si urgent que nous devions en parler tout de suite ? »

Le médecin hésita quelques secondes. « Venez avec moi », dit-il.

Charlotte le suivit le long des couloirs ripolinés. Sur les murs étaient accrochées d'immenses photos de paysages paisibles et luxuriants. Baignés d'un soleil radieux. Une impression de calme et de sérénité émanait de ces images.

Charlotte eut tout à coup un mauvais pressentiment.

Quand, une fois arrivés dans le bureau du docteur Holden, le médecin ôta ses lunettes et la regarda d'un air grave, elle sut qu'elle ne s'était pas trompée.

Cette fois, elle était arrivée trop tard.

REMERCIEMENTS

De nombreuses personnes m'ont aidée à concrétiser le projet de ce livre. Je souhaite remercier en particulier mon éditeur Lutz Steinhoff pour son travail formidable, ainsi que, chez Lübbe Verlag également, Claudia Müller, Bettina Steinhage, Gerke Haffner et Lena Schäfer. Carsten Buchsbaum, de la police criminelle du Land de Basse-Saxe m'a communiqué des connaissances générales fort utiles sur le travail de la police, Lars Kröner et Frank Schmihing ont partagé avec moi leur savoir technique en matière médicale et légale – grand merci à eux.

Par ailleurs, je tiens à remercier Anke Hilbrenner et Jakob Beetz pour avoir lu et relu mon texte et pour leurs suggestions, ainsi que Elisabeth Meyer, Julia Samwer, René Förder et Peter Käfferlein.

Enfin je remercie mon mari Axel, sans qui rien de tout cela n'aurait été possible.

« SPÉCIAL SUSPENSE »

MATT ALEXANDER
Requiem pour les artistes

STEPHEN AMIDON
Sortie de route

RICHARD BACHMAN
La Peau sur les os
Chantier
Rage
Marche ou crève

CLIVE BARKER
Le Jeu de la damnation

INGRID BLACK
Sept jours pour mourir

GILES BLUNT
Le Témoin privilégié

GERALD A. BROWNE
19 Purchase Street
Stone 588
Adieu Sibérie

ROBERT BUCHARD
Parole d'homme
Meurtres à Missoula

JOHN CAMP
Trajectoire de fou

CAROLINE CARVER
Carrefour sanglant

JOHN CASE
Genesis

PATRICK CAUVIN
Le Sang des roses
Jardin fatal

MARCIA CLARK
Mauvaises fréquentations

JEAN-FRANÇOIS COATMEUR
La Nuit rouge
Yesterday
Narcose
La Danse des masques
Des feux sous la cendre
La Porte de l'enfer
Tous nos soleils sont morts
La Fille de Baal
Une écharde au cœur
L'Ouest barbare

CAROLINE B. COONEY
Une femme traquée

HUBERT CORBIN
Week-end sauvage
Nécropsie
Droit de traque

PHILIPPE COUSIN
Le Pacte Pretorius

DEBORAH CROMBIE
Le passé ne meurt jamais
Une affaire très personnelle
Chambre noire
Une eau froide comme la pierre
Les Larmes de diamant
La Loi du sang
Mort sur la Tamise

VINCENT CROUZET
Rouge intense

JAMES CRUMLEY
La Danse de l'ours

JACK CURTIS
Le Parlement des corbeaux

ROBERT DALEY
La nuit tombe sur Manhattan

GARY DEVON
Désirs inavouables
Nuit de noces

WILLIAM DICKINSON
Des diamants pour Mrs Clark
Mrs Clark et les enfants du diable
De l'autre côté de la nuit

MARJORIE DORNER
Plan fixe

FRÉDÉRIC H. FAJARDIE
Le Loup d'écume

FROMENTAL/LANDON
Le Système de l'homme-mort

STEPHEN GALLAGHER
Mort sur catalogue

LISA GARDNER
Disparue
Sauver sa peau
La Maison d'à côté
Derniers adieux
Les Morsures du passé
Preuves d'amour
Arrêtez-moi

CHRISTIAN GERNIGON
La Queue du Scorpion
Le Sommeil de l'ours
Berlinstrasse
Les Yeux du soupçon

JOSHUA GILDER
Le Deuxième Visage

JOHN GILSTRAP
Nathan

MICHELE GIUTTARI
Souviens-toi que tu dois mourir
La Loge des Innocents

JEAN-CHRISTOPHE GRANGÉ
Le Vol des cigognes
Les Rivières pourpres
Le Concile de pierre

SYLVIE GRANOTIER
Double Je
Le passé n'oublie jamais
Cette fille est dangereuse
Belle à tuer
Tuer n'est pas jouer
La Rigole du diable
La Place des morts
Personne n'en saura rien

AMY GUTMAN
Anniversaire fatal

JAMES W. HALL
En plein jour
Bleu Floride
Marée rouge
Court-circuit

JEAN-CLAUDE HÉBERLÉ
La Deuxième Vie de Ray Sullivan

CARL HIAASEN
Cousu main

JACK HIGGINS
Confessionnal

MARY HIGGINS CLARK
La Nuit du Renard
La Clinique du Docteur H.
Un cri dans la nuit
La Maison du guet
Le Démon du passé
Ne pleure pas, ma belle
Dors ma jolie
Le Fantôme de Lady Margaret
Recherche jeune femme aimant danser
Nous n'irons plus au bois
Un jour tu verras...
Souviens-toi
Ce que vivent les roses
La Maison du clair de lune
Ni vue ni connue
Tu m'appartiens
Et nous nous reverrons...
Avant de te dire adieu
Dans la rue où vit celle que j'aime
Toi que j'aimais tant
Le Billet gagnant
Une seconde chance
La nuit est mon royaume
Rien ne vaut la douceur du foyer
Deux petites filles en bleu
Cette chanson
que je n'oublierai jamais
Où es-tu maintenant ?
Je t'ai donné mon cœur
L'ombre de ton sourire
Quand reviendras-tu ?
Les Années perdues
Une chanson douce
Le Bleu de tes yeux

CHUCK HOGAN
Face à face

KAY HOOPER
Ombres volées
PHILIPPE HUET
La Nuit des docks
GWEN HUNTER
La Malédiction des bayous
PETER JAMES
Vérité
TOM KAKONIS
Chicane au Michigan
Double Mise
MICHAEL KIMBALL
Un cercueil pour les Caïmans
LAURIE R. KING
Un talent mortel
STEPHEN KING
Cujo
Charlie
JOSEPH KLEMPNER
Le Grand Chelem
Un hiver à Flat Lake
Mon nom est Jillian Gray
Préjudice irréparable
DEAN R. KOONTZ
Chasse à mort
Les Étrangers
AMANDA KYLE WILLIAMS
Celui que tu cherches
NOËLLE LORIOT
Le tueur est parmi nous
Le Domaine du Prince
L'Inculpé
Prière d'insérer
Meurtrière bourgeoisie
ANDREW LYONS
La Tentation des ténèbres
PATRICIA MACDONALD
Un étranger dans la maison
Petite Sœur
Sans retour
La Double Mort de Linda
Une femme sous surveillance
Expiation
Personnes disparues
Dernier refuge
Un coupable trop parfait
Origine suspecte
La Fille sans visage
J'ai épousé un inconnu
Rapt de nuit
Une mère sous influence
Une nuit, sur la mer
Le Poids des mensonges
La Sœur de l'ombre
Personne ne le croira
JULIETTE MANET
Le Disciple du Mal
PHILLIP M. MARGOLIN
La Rose noire
Les Heures noires
Le Dernier Homme innocent
Justice barbare
L'Avocat de Portland
Un lien très compromettant
Sleeping Beauty
Le Cadavre du lac
DAVID MARTIN
Un si beau mensonge
LISA MISCIONE
L'Ange de feu
La Peur de l'ombre
MIKAËL OLLIVIER
Trois souris aveugles
L'Inhumaine Nuit des nuits
Noces de glace
La Promesse du feu
ALAIN PARIS
Impact
Opération Gomorrhe
DAVID PASCOE
Fugitive
RICHARD NORTH PATTERSON
Projection privée
THOMAS PERRY
Une fille de rêve
Chien qui dort
STEPHEN PETERS
Central Park

JOHN PHILPIN/PATRICIA SIERRA
Plumes de sang
Tunnel de nuit

NICHOLAS PROFFITT
L'Exécuteur du Mékong

PETER ROBINSON
Qui sème la violence…
Saison sèche
Froid comme la tombe
Beau monstre
L'été qui ne s'achève jamais
Ne jouez pas avec le feu
Étrange affaire
Coup au cœur
L'Amie du diable
Toutes les couleurs des ténèbres
Bad Boy
Le Silence de Grace
Face à la nuit

DAVID ROSENFELT
Une affaire trop vite classée

FRANCIS RYCK
Le Nuage et la Foudre
Le Piège

RYCK EDO
Mauvais sort

LEONARD SANDERS
Dans la vallée des ombres

TOM SAVAGE
Le Meurtre de la Saint-Valentin

JOYCE ANNE SCHNEIDER
Baignade interdite

THIERRY SERFATY
Le Gène de la révolte

JENNY SILER
Argent facile

BROOKS STANWOOD
Jogging

RIVECA STEN
La Reine de la Baltique
Du sang sur la Baltique
Les Nuits de la Saint-Jean

WHITLEY STRIEBER
Billy

MAUD TABACHNIK
Le Cinquième Jour
Mauvais Frère
Douze heures pour mourir
J'ai regardé le diable en face
Le chien qui riait
Ne vous retournez pas
L'ordre et le chaos
Danser avec le diable

LAURA WILSON
Une mort absurde

THE ADAMS ROUND TABLE PRÉSENTE
Meurtres en cavale
Meurtres entre amis
Meurtres en famille

Composition : Nord Compo
Impression : CPI Bussière en mai 2015
Éditions Albin Michel
22, rue Huyghens, 75014 Paris
www.albin-michel.fr

ISBN : 978-2-226-31723-0
ISSN : 0290-3326
N° d'édition : 20598/01. – N° d'impression : 2014835
Dépôt légal : juin 2015
Imprimé en France